Jefferson's WORLD

Illana Cantin

Jefferson's WORLD

Semestre 1

hachette
ROMANS

Couverture : Hachette Romans Studio
Visuels : Shutterstock

Hachette Livre, 58 rue Jean Bleuzen, 92170 Vanves.

À Elodie, pour toutes les heures
passées à discuter de cette histoire.

Chapitre 1

Les vacances d'été touchaient à leur fin, et Tim ne souhaitait qu'une chose : remonter le temps. Il voulait revenir quelques mois en arrière, quand tout allait bien dans sa vie, quand il n'était pas coincé dans une chambre aux murs jaunes à s'interroger sur son existence.

Il avait toujours connu la côte Ouest des États-Unis, à Los Angeles : du soleil toute l'année, une bande d'amis et une famille qui venaient le voir à tous ses matchs. Le pied. Il avait même eu une super petite amie ; la rupture avait été compliquée, mais il était persuadé de pouvoir la récupérer. Puis, du jour au lendemain, tout avait changé. Sans lui demander son avis, sa mère l'avait envoyé chez sa tante. Il l'avait rencontrée deux fois, elle vivait dans le fin fond de l'Ohio.

Officiellement, il était là pour tenir compagnie à cette femme, seule depuis la mort de son mari. En fait,

Tim soupçonnait ses parents de vouloir l'éloigner de ses copains. Surtout depuis la nuit passée en garde à vue pour vandalisme dans un lieu public – une longue histoire. La police avait été clémente, mais ses parents beaucoup moins. Pourtant, ils n'étaient pas stricts, au contraire : ils faisaient partie de cette vague d'informaticiens branchés travaillant pour les grandes firmes et jouant au baby-foot pendant leurs pauses. Mais leurs enfants leur donnaient du fil à retordre. Noa, la cadette, vivait pour son reflet, et Tim n'en loupait pas une : ses résultats étaient en baisse depuis son entrée au lycée. L'ambition de ses parents de le voir entrer dans l'une des meilleures universités du pays fléchissait de jour en jour. La garde à vue avait été de trop. Direction l'Ohio. Il réfléchirait à sa conduite et reviendrait à Los Angeles pour terminer le lycée.

Tim avait mal pris la situation. Il n'était pas habitué à être puni, encore moins aussi brutalement. Il avait eu l'été pour s'y faire, profitant des dernières soirées au bord de la piscine et des ultimes escapades au fast-food au milieu de la nuit. Puis il s'était envolé vers un territoire lointain, où la population des vaches devait être plus nombreuse que celle des hommes.

Il était arrivé la veille de la rentrée scolaire. Sa tante l'avait accueilli avec chaleur, lui assurant qu'il se trouverait bien à Delphos. Elle s'était occupée de tout : sa chambre, son inscription au lycée, ses fournitures scolaires. Dans son euphorie, elle lui avait acheté des tee-shirts trop petits et l'avait inscrit au théâtre. Tim avait gardé le silence : sa tante était si heureuse d'avoir enfin de la compagnie, elle qui n'avait jamais réussi à avoir d'enfants.

Le soir, allongé sur son nouveau lit, dans sa nouvelle chambre, il avait fixé ce plafond jaune, sali de quelques taches d'humidité. Sa nouvelle vie commencerait le lendemain. L'ancienne lui manquait déjà.

**

Le lycée public de la ville était un bâtiment dépourvu de personnalité, aux murs en briques et aux allées droites. Un jardinier au volant d'une tondeuse à moteur entretenait la pelouse. Le parking s'étendait, immense ; de chaque nouvelle voiture qui s'y engageait sortait un élève. Tim les regardait avec le sentiment étrange que ces jeunes n'étaient pas comme lui. Ils étaient plus fades, s'habillaient tristement, ne souriaient pas. Il pensa à ses amis, à quelques milliers de kilomètres, qui vivraient la même rentrée dans un décor plus coloré et plus joyeux. Tim les enviait.

Voyant qu'il traînait à sortir de la voiture, sa tante lui glissa des mots de réconfort :

— Tu verras, les gens sont très gentils ici.

Il n'en doutait pas. Rassemblant son courage, il ouvrit enfin la portière pour sortir et prit une longue inspiration. Une douleur irradia dans le côté droit de son corps. Il se plia en deux, pressant une main contre ses côtes. Sa tante s'enquit, inquiète :

— Tout va bien ?

— Ça va, la rassura-t-il. Je dois reprendre le sport, c'est tout.

Il avait passé son été à se la couler douce sur la plage ou dans son lit, mettant de côté l'entraînement. Il comptait s'y remettre sérieusement, et profiter de cette année d'ennui pour devenir l'athlète que toutes les universités s'arracheraient. Il avait prévu de réussir les sélections de football. En espérant que ce lycée perdu aurait une équipe.

D'un signe de la main, il salua sa tante. Elle ne quitta pas le parking avant de l'avoir vu entrer dans le bâtiment.

Dans les couloirs bruyants, Tim ne se sentait pas à sa place. Il mesurait une tête de plus que la moyenne, et était persuadé que le mot « nouveau » était écrit sur son front. Dans une petite ville comme celle-ci, les élèves devaient tous se connaître. Il se débrouilla comme il put pour trouver sa salle, suivant les indications sur les panneaux. Malgré ça, il se perdit et arriva en retard à son premier cours. L'année commençait bien.

En fin de matinée, il avait ce fameux cours de théâtre auquel sa tante l'avait inscrit, pensant bien faire. Tim était obligé d'y aller, au moins pour rayer son nom de la liste des élèves. Jusqu'ici, son expérience du lycée de campagne n'avait pas été glorieuse. Il n'avait sympathisé avec personne, et la menace de manger seul à la pause du midi planait sur lui. En seize ans d'existence, cela ne lui était jamais arrivé. Ce n'était pas aujourd'hui que la situation allait changer. Il devait vite trouver quelqu'un afin d'éviter de passer pour un loser, quitte à choisir un de ces gamins bizarres qui faisaient du théâtre.

Devant l'auditorium, des élèves patientaient. Les portes s'ouvrirent quand Tim arriva à leur hauteur. L'enseignante qui les accueillit était l'archétype même de l'ancienne étudiante en arts dramatiques qui n'avait jamais décroché un rôle. Des lunettes carrées à monture verte, une tunique orange et des sandales à lanières. Des yeux globuleux qui semblaient en perpétuelle quête de talent et un sourire qui laissait entrevoir des dents jaunes. Tim eut un frisson, mais choisit de lui donner une chance. Il allait rester jusqu'à la fin du premier cours, pour être poli, et dans l'espoir de se lier avec quelqu'un.

Il suivit le mouvement jusqu'à la scène, chercha où s'asseoir. Les autres élèves s'installaient déjà en groupe. Ses yeux se posèrent sur une fille dans le fond, adossée à une malle noire. Elle était plutôt mignonne, avec une queue-de-cheval et un tee-shirt à manches courtes par-dessus un autre à manches longues. Elle semblait n'attendre personne. *Bingo*, se dit-il. Tim alla la voir.

— Je peux m'asseoir ? demanda-t-il.

Elle leva furtivement les yeux de son téléphone et haussa les épaules, l'air de dire qu'elle s'en fichait.

Tim, un peu blessé par son indifférence, s'installa. La fille continua de tapoter sur son téléphone pendant que la professeure rassemblait ses notes avec maladresse. Tim tenta une approche :

— Tu trouves pas qu'elle ressemble à la prof dans *Harry Potter* ? Celle qui les fait lire leur avenir dans les tasses de thé ?

— Je n'ai pas vu *Harry Potter*, répliqua la fille.

Elle lui faisait comprendre, sans méchanceté, qu'il l'embêtait.

— Oh… souffla Tim. D'accord.

Il hésita à changer de place, à s'immiscer dans l'un des groupes, mais le cours commençait. Tim se retrouvait coincé avec une fille qui ne levait pas les yeux de son écran. À tous les coups, il allait manger seul.

Le cours était soporifique. L'estomac de Tim gargouillait déjà. En regardant sa montre, il constata qu'il restait une bonne heure à tuer.

— Le miroir, lança l'enseignante d'un ton mystérieux.

Les élèves acquiescèrent d'un air entendu, Tim eut l'impression d'être le seul abruti à n'avoir aucune idée de quoi elle parlait.

— Prenez votre voisin, et choisissez un humain et un miroir. Lorsque l'humain fait un geste, le miroir devra l'imiter. Puis parlez ! Parlez entre vous, apprenez à vous connaître ! Nous sommes dans cette classe pour créer du lien, rétablir la confiance entre les individus !

Tim n'avait pas envie de faire cet exercice stupide, d'autant qu'il ne comptait pas revenir, mais il fit un effort. Doucement, il se tourna vers sa voisine. À sa grande surprise, elle lui demanda, complaisante :

— Tu veux jouer quel rôle ?

— Je m'en fiche, je n'ai qu'à être le miroir.

La fille acquiesça. Elle était peut-être plus mal à l'aise que lui, se dit Tim devant son visage fermé. Ils firent l'exercice d'abord en silence, sa camarade levant une main, Tim l'imitant. Mais bientôt, ce silence devenant trop pesant, elle le brisa, au soulagement du garçon :

— Tu es nouveau, non ?

Il rit.

— C'est quoi qui t'a mis la puce à l'oreille ?

— On commence à tous se connaître. Personne ne choisit le théâtre en option. À part nous.

Tim haussa les épaules, posant son bras sur son crâne pour mimer la fille.

— C'était une erreur. Je ne pense pas continuer.

— Je comprends, acquiesça-t-elle.

— Ça n'a pas l'air de te passionner, remarqua Tim. Pourquoi tu restes ?

— Je suis chargée des décors chaque année. Personne d'autre ne veut les faire, alors je suis tranquille dans mon coin et ça me fait une bonne note à la fin.

C'était une raison légitime.

— Tu t'appelles comment ? demanda le garçon.

— Jude.

— Jude, OK, moi, c'est Tim.

— Enchantée, Tim. Au plaisir de ne plus jamais te voir ici.

Il sourit. Elle était marrante, à la réflexion. Froide, mais marrante.

Une fois le cours terminé, Tim voulait proposer à Jude de manger avec lui. Mais à peine eut-il le temps d'aller informer la professeure qu'il arrêtait l'option qu'elle avait disparu. Tim se résigna à engloutir le sandwich préparé par sa tante dans un coin de la cour, à l'ombre d'un arbre. À la moitié du premier jour de sa nouvelle vie, il n'allait pas bien. Il était loin de sa famille, de ses amis, dans un lycée où les gens ne l'abordaient pas.

Tim n'avait jamais eu de mal à se faire des amis. Toujours entouré, filles, garçons, peu importe. Les gens connaissaient son nom. Il était invité aux fêtes, aux sorties, aux soirées jeux vidéo. Il n'avait jamais appris à aller vers les autres, car les autres venaient vers lui, d'habitude. Ce jour-là, livré à lui-même, il n'avait que son téléphone pour lui tenir compagnie, et il ne pouvait pas appeler ses amis à cause du décalage horaire.

Tim déprimait.

Il lui restait une heure à tuer avant la reprise. Pour se dégourdir les jambes, il fit le tour du lycée. Sur le stade, il aperçut un attroupement. Une bande masculine se regroupait autour d'un autre gars, impressionnant de charisme. Il était taillé comme une armoire à glace, des épaules imposantes et une mâchoire carrée. Il brandissait une feuille et un crayon.

— On a très peu de places, cette année, et on ne prendra pas les bons, on prendra les meilleurs. Les sélections sont demain à 14 heures. Vous êtes en retard, vous êtes exclus d'office.

— C'est pour quoi ? glissa Tim à un garçon sur sa gauche.

— Les sélections pour l'équipe de football.

Tim haussa les sourcils, surpris. On faisait ça dans un coin du lycée, à la volée, comme si on s'inscrivait pour un club très secret. Tant mieux s'il était tombé dessus par hasard. Le gars déposa papier et crayon sur une table pour que chacun y écrive son prénom. Tim nota le sien parmi les derniers, et, en avisant le gorille en face de lui, il crut lire un certain jugement dans ses yeux. Tim bomba le torse avec fierté. Il connaissait ses capacités. Il allait décrocher cette place, intégrer l'équipe et rendre sa nouvelle vie moins pourrie.

**

Par pur hasard, Jude était dans son cours de maths. Tim la croisa encore le lendemain juste avant le déjeuner. Le bureau derrière elle était libre. En posant son sac, il lui lança :

— Hey Jude !

Elle esquissa un sourire contrit ; il comprit.

— On te fait souvent la blague ?

— Tout le temps, admit-elle.

— Génial, alors tu es déjà habituée.

Jude pouffa. C'était bon signe, elle voulait continuer de parler avec lui.

— Tu es partie vite hier, rappela-t-il. Je voulais te proposer de manger avec moi, mais je n'ai même pas eu le temps.

— Oh… Désolée.

— C'est pas grave. Tant mieux, en fait. Je suis tombé par hasard sur les inscriptions pour l'équipe de football.

— Tu veux rejoindre l'équipe de football ?

Il y avait du mépris dans la voix de Jude, et Tim se redressa, piqué au vif. Alors elle était de ces filles artistes qui trouvent tous les sportifs débiles ? Avec dédain, il répliqua :

— Quoi, tu n'aimes pas les joueurs de football ?

— Pas du tout, se défendit Jude. C'est seulement que… cette équipe de football, ici… Enfin, je vais rien te dire, je vais te laisser te faire ton propre avis.

Tim fronça les sourcils, intrigué, alors qu'elle se retournait. Le professeur demanda l'attention de la classe. Tim réussit tout de même à glisser à sa camarade dans un murmure :

— Du coup, ça te dit qu'on mange ensemble, ce midi ?

— Non, je ne peux pas, répondit Jude, évasive.

Tim soupira. C'était le deuxième vent qu'elle lui mettait. Et comme il n'était qu'un adolescent stupide, plus une fille le repoussait, plus il s'intéressait à elle.

Les sélections se déroulèrent sous un soleil étouffant. Vingt gars étaient alignés sur le terrain, à attendre de montrer ce qu'ils valaient. Tim était confiant : il était plus sportif et mieux bâti que les trois quarts de ses concurrents, et il avait cru entendre que l'équipe cherchait un ailier. C'était son poste, à Los Angeles. Il allait tout déchirer.

Le garçon de la veille était le capitaine de l'équipe. Tim le comprit en notant son air assuré et la manière dont il se campait aux côtés de la coach, comme s'il était le maître du monde. On annonça les consignes : un test physique d'endurance, quelques passes, puis des coups d'envoi et des dégagements pour les joueurs encore en lice.

Tim faisait partie du deuxième groupe. Il s'assit sur un banc pendant que la première dizaine de garçons faisait ses preuves. Parmi eux, il y en avait un en surpoids, qui tenait difficilement le rythme. Il traînait la patte derrière le peloton. À côté de lui, le capitaine s'agaça :

— Qu'est-ce qu'il s'imaginait, celui-là ? C'est dur de courir quand on a vingt kilos de gras en trop.

Tim ne tiqua pas. Dans un sens, il avait raison, mais il se montrait bien agressif. À la moitié du second tour de piste, le garçon s'arrêta, essoufflé, rouge et en sueur. Il fit signe à la coach qu'il cessait le test. Tim pensa qu'en réalité, il n'avait pas envie d'entrer dans l'équipe, qu'il avait juste tenté l'épreuve, par défi. Mais le capitaine ne partageait pas son avis. Il attrapa le candidat éreinté par le col et souleva sa tête comme un sac.

— T'es là pour nous faire perdre notre temps ? C'est ça ? Tu crois qu'on n'a que ça à faire de voir des clowns comme toi se traîner pendant dix minutes ? Pour qui tu te prends ? Reviens dès que tu auras pris un minimum de muscles sous toute cette graisse !

— Terence ! hurla la coach.

Le capitaine lâcha le garçon et s'éloigna, marmonnant des insultes. Tim, glacé, chercha dans les yeux de ses camarades l'assurance qu'il n'était pas le seul révolté, mais les autres candidats gardèrent un silence conciliant, et Tim, conformiste, se tut lui aussi. Seule la coach adressa quelques mots de réconfort à l'élève.

Le capitaine revint au moment où le groupe de Tim s'engageait sur le terrain. Soudain, sa confiance retomba ; l'idée qu'au bord de la pelouse, on était en train de l'injurier sans qu'il le sache le paralysait. Il commença sa course à un rythme de croisière, emboîtant le pas au reste de la troupe. Mais au bout du premier tour, son souffle se fit court – lui qui enchaînait les kilomètres avant l'été ! Il avait dû sacrément s'encrasser en deux mois. Tim força, il connaissait ses limites et il était loin de les avoir atteintes.

Le deuxième tour fut éprouvant, le troisième véritable torture. Tim avait les poumons en feu, et la même douleur que la veille, brûlant le côté droit de son torse, le cloua sur place. Il tomba à genoux, secoué par une violente quinte de toux. Les autres garçons lui passaient devant, la mine inquiète, sans pour autant s'arrêter. Tim toussait, et toussait encore, sans que sorte la boule coincée dans sa gorge. Chaque fois qu'il voulait prendre sa respiration, son souffle était de plus en plus saccadé. Quand, enfin, ce qui bloquait ses poumons remonta le long de sa trachée, il porta sa main à sa bouche, par réflexe, et cracha dedans. Sur sa paume s'étala un caillot de sang et de mucosités.

— Tout va bien ? entendit-il.

Tim s'empressa de fermer le poing et leva les yeux sur la coach et le capitaine. Le garçon hocha la tête, se releva, et fit de son mieux pour ne pas montrer que le monde tournait autour de lui.

— Je vais aller boire, dit-il.

Alors qu'il s'éloignait vers les vestiaires, il entendit dans son dos la voix railleuse du capitaine :

— On a décroché le pompon, cette année !

Chapitre 2

Un bruit de rideau réveilla Colin. La lumière matinale l'aveugla et la voix agaçante de sa mère acheva son supplice :

— Bonjour, mon sucre d'orge. Aujourd'hui, le soleil brille, les oiseaux chantent, et c'est le premier jour de ta dernière année au lycée !

Colin souffla dans son oreiller, fatigué. Il avait passé les vacances à se coucher tard ; se réveiller à 7 heures n'était plus du tout dans ses habitudes.

Comme il ne se levait pas, sa mère frappa dans ses mains et lui servit un monologue strident qui comportait la fameuse phrase : « Si tu t'étais décidé à reprendre le rythme un peu plus tôt, tu n'aurais pas autant de mal à te lever ! » Colin soupira lorsqu'elle quitta sa chambre. Pourquoi, alors qu'il avait dix-sept ans, ses parents s'obstinaient-ils encore à le réveiller ?

On frappa à sa porte. Fort. Beaucoup trop fort pour que ce soit sa mère. La voix de son père tonna :

— Au rapport dans deux minutes et habillé, s'il te plaît !

Cette fois, Colin sauta hors de ses draps. Il avait vu son père en action, il avait vécu l'horreur d'un lit retourné. La première règle de la famille Hogan était celle-ci : ne pas titiller le père. En quatrième vitesse, il enfila l'uniforme de son lycée et descendit, son blazer à la main.

L'ambiance du petit déjeuner était toujours calme. On était loin de la famille bruyante et pressée qui se disait bonjour entre deux gorgées de jus d'orange. Non, chez les Hogan, il y avait des traditions : manger ensemble, aller à la messe le dimanche, laisser papa dormir l'après-midi et ne jamais parler de sexualité, d'alcool ou de drogue. Sa mère lui servit une copieuse portion d'œufs brouillés pendant que son père lisait le journal.

— Allez, mange, une grosse journée t'attend.

Colin obéit, mais il n'avait pas d'appétit. Il frémissait à l'idée de retourner au lycée, avec ses cours barbants, ses professeurs sévères et ses élèves hautains. Il se réconforta en se disant qu'il ne lui restait qu'un an. Une année avant la récompense de ses efforts ; en voyant le nom de l'établissement sur son dossier, les universités ne pourraient que l'accepter. Une année, et il quitterait Delphos pour toujours. Une année, et il pourrait être libre.

Son père le déposa à 7 h 40. L'endroit était désert, contrairement au lycée public. Personne ne traînait devant les grilles. Avant que Colin ne sorte de la voiture, son père l'interpella :

— Passe une bonne journée, et rapporte-moi les meilleures notes !

Colin eut un sourire contrit. Son père s'éloigna dans son vieux tacot au moteur tonitruant. C'était le prix à payer pour que Colin reste à Saint-John. Le lycée privé de Delphos était l'un des plus de l'État. Une mention dans le dossier multipliait la chance d'être accepté dans une prestigieuse université : Yale, Harvard, Brown... Tant de noms dont on avait seriné Colin depuis sa tendre enfance. Ses parents avaient même aménagé un coin sur le dessus de la cheminée, pour y poser une photo de sa cérémonie des diplômes, dans quelques années. Comment leur dire que Colin ne rêvait que d'une petite fac d'état, où il aurait la paix ? L'inscription à Saint-John coûtait une fortune, mais rien n'était trop beau pour le fils unique des Hogan. Colin détestait l'endroit : uniforme obligatoire, règles strictes et entraînement militaire deux fois par semaine. Il avait tenté de négocier avec ses parents, au moins pour prendre la littérature en option à la place du sport, mais ça aussi, c'était un sujet à ne pas aborder.

Avant d'entrer, Colin épousseta son blazer et redressa l'insigne accroché sur sa poitrine. Ce badge, on le lui avait remis solennellement avant l'été. Chaque année, une poignée parmi les élèves les plus âgés se voyaient attribuer le rôle prestigieux de médiateur de bonne conduite. Un titre pompeux qui octroyait la responsabilité de surveiller les autres adolescents et de distribuer des heures de colle. Colin figurait sur le tableau d'honneur, n'avait jamais loupé un seul jour de cours, et son exemplarité était louée par tous ses professeurs. Il avait accepté le badge pour rendre fier son père et ordonner aux garçons qui le traitaient de fayot de faire des pompes.

La cour était vide. À cause de ses très bons résultats et du taux d'acceptation en université qui avait explosé tous les records l'année passée, l'administration du lycée avait décidé une augmentation des frais de scolarité. Certains de ses anciens camarades n'avaient pas pu suivre et se retrouvaient dans le système public. Colin aurait aimé y aller, lui aussi, mais…

Il s'arrêta : quelque chose clochait. Ça sentait le tabac, véritable hérésie. Dans un coin de la cour, à quelques mètres, un garçon était en train de se griller une cigarette. Ce mec n'avait pas peur ! Il n'était pas vieux, peut-être deux ou trois ans de moins que Colin. Ce dernier s'approcha. Le garçon n'était pas blanc. Un teint mat, des cheveux noirs, un air hispanique peu fréquent dans les rues de Delphos. À n'importe qui, cela n'aurait fait ni chaud ni froid, mais pas à Colin, qui avait grandi en étant une des seules personnes noires de son lycée. L'adolescent se sentit d'autant plus responsable de ce gamin : il voulait l'empêcher de devenir le bouc-émissaire des surveillants. À Saint-John : on mettait vite les gens dans des cases.

— Tu n'as pas le droit de fumer ici.

Le gamin soutint le regard de Colin avec défi. Celui-ci ne céda pas. Le garçon écrasa son mégot contre le muret derrière lui, avant de se justifier.

— Je suis nouveau.

— J'ai bien compris, mais c'est écrit juste à l'entrée du lycée.

— Je n'ai pas dû le voir.

Colin n'y croyait pas. Sa sympathie dégringola rapidement. Le jeune avait l'air d'être une tête à claques, et non quelqu'un à protéger. Le coup de grâce fut porté quand il demanda à Colin :

— Toi aussi, tu es en seconde ?

Colin répondit sèchement :

— Je suis en dernière année.

Bombant la poitrine pour faire ressortir son insigne, il indiqua le bâtiment principal, devant lequel d'autres élèves patientaient, et ordonna :

— Dépêche-toi de les rejoindre. Et ne t'avise plus de sortir une cigarette ici !

Le garçon leva les mains en signe de reddition. Après s'être assuré qu'il suivait bien ses instructions, Colin se dirigea vers la salle qui accueillait les dernières années. Les plus âgés du lycée étaient facilement repérables :

ils affichaient un air décontracté, appelaient les surveillants par leur prénom et prenaient leurs aises avec l'uniforme. Colin s'adossa contre un mur, en retrait des discussions, conscient qu'il ne faisait pas partie de leur monde. La plupart étaient là grâce à papa et maman qui pouvaient se permettre de débourser des sommes exorbitantes, mais lui devait travailler d'arrache-pied pour rentabiliser le sacrifice de ses parents. C'était une pression bien différente. Tous ses amis dans le même cas étaient partis : il se retrouvait seul.

On les installa dans un amphithéâtre refait à neuf, avec un équipement sonore dernier cri et des prises électriques sous chaque siège. La directrice se présenta avec sérieux, dans le tailleur strict qu'elle avait sûrement acheté pour la rentrée. Elle leur servit le discours habituel – Colin l'avait entendu chaque année pendant quatre ans. Ils devaient s'estimer chanceux d'avoir accès à la meilleure éducation, les universités connaissaient le lycée et s'arrachaient ses élèves. Tout ce bla-bla mythifié. Colin écouta patiemment, jusqu'à ce qu'on les libère. Il allait rejoindre son premier cours quand la directrice l'interpella :

— Monsieur Hogan !

Il tiqua. Il n'aimait pas ses manières pompeuses.

— Pouvez-vous me suivre ?

Colin s'inquiéta. Avait-il commis une erreur ? La gorge nouée, il suivit la directrice jusqu'à son bureau. Il loupait l'entrée en classe, il devrait demander un mot écrit pour justifier son retard. La femme l'installa dans un fauteuil Louis XVI et le prévint qu'ils attendaient quelqu'un. La méfiance de Colin grandit. La conversation banale que la directrice entretenait n'arrangeait rien.

— Comment vous sentez-vous pour votre premier jour en tant que médiateur de bonne conduite ?

— Pour le moment, ça va, mais il n'est que 9 heures.

Il ne voulait pas dénoncer le garçon à la cigarette. Il ne servait à rien de le mettre sous le radar. On frappa à la porte. Sur l'invitation de la directrice, un garçon entra. Quand il prit place à ses côtés, Colin haussa les sourcils : le gamin qui fumait. La directrice fit les présentations.

— Monsieur Hogan, voici Swann Valquez. Monsieur Valquez a intégré notre établissement grâce à une bourse nationale. Il a remporté le premier prix d'un concours pour étudiants organisé par la NASA !

— C'était un petit concours à l'intérieur de l'État, se justifia le garçon.

— Nous sommes ravis d'accueillir un esprit comme le sien. Comme nous souhaitons encourager nos élèves à dépasser leurs limites, Monsieur Valquez et moi-même sommes convenus qu'il était pertinent pour lui d'assister à plusieurs cours de dernière année, notamment en physique et en maths.

Elle fixa Colin avec un sourire effrayant. Celui-ci fronça les sourcils, il ne voyait pas ce qu'il faisait là. La directrice continua :

— Je compte sur vous, monsieur Hogan, pour l'accompagner dans ces cours et l'aider à développer ses capacités. Vous êtes vous aussi un élève brillant, je ne doute pas que vous parviendrez à vous entendre. Puis en tant que médiateur, vous pourrez aider Monsieur Valquez à se familiariser avec Saint-John, qui est peut-être… plus strict que ce qu'il connaît.

Colin échangea un regard interloqué avec Swann avant de hocher lentement la tête. La directrice apposa sa signature sur deux feuilles volantes pour attester de leur présence dans son bureau puis les congédia en leur souhaitant une bonne journée.

Une fois dehors, Swann déclara :

— Je suis à peu près sûr que c'était raciste, ce qu'elle a dit.

— Oui, souffla Colin. C'est peut-être quelque chose à quoi il faudra t'habituer.

Swann fronça les sourcils.

— Grosse ambiance ici, à ce que je vois.

Colin soupira. Pour dire vrai, il était agacé de devoir jouer les chaperons. Il avait déjà beaucoup à penser cette année, entre les admissions à l'université à préparer, ses responsabilités au lycée, les cours de catéchisme que le prêtre lui demandait d'assurer… Si en plus il devait jouer les baby-sitters !

— On devrait peut-être se caler un créneau hebdomadaire pour travailler ensemble, proposa Colin. Comme ça, on est sûrs d'être libres le reste de la semaine.

— Oh ! fit Swann. T'embête pas, je ne compte pas y aller, à ces cours, j'ai dit ça pour lui faire plaisir.

— Mais… tu n'as pas le droit de sécher.

— Oui, je sais. Ça veut pas dire que je ne le ferai pas. Si tu ne te présentes jamais, le prof ne peut pas savoir que tu es absent.

Swann tapota sa tempe comme pour signifier que c'était une réflexion révolutionnaire. Il passa la bandoulière de son sac sur son épaule et salua Colin. Celui-ci le regarda partir, se demandant s'il comptait se rendre en cours ou non.

— Ne fume pas dans le lycée ! lui rappela-t-il.

— Je vais essayer, rétorqua Swann.

Colin resta planté dans le couloir, perplexe. Au moins, il n'aurait pas à caser ce gamin dans son emploi du temps débordé. C'était déjà ça.

La journée avait été longue, remplie de discours officiels affirmant que cette année serait décisive, qu'il fallait donner son maximum. Colin marcha jusqu'à sa maison avec la perspective délicieuse d'avoir enfin un moment à lui. Avec l'été et ses deux parents au travail, il avait pu passer des journées à faire ce qu'il voulait. À traîner sur Internet et à regarder la télévision sans que personne le lui reproche. Il s'était prélassé des après-midi entiers dans le jardin, n'avait pas ouvert un manuel pendant deux mois, et, quand ses parents rentraient le soir, ils ignoraient tout de sa paresse. Avec la reprise du lycée, son temps de solitude était réduit à une heure – à peine. Colin devait en tirer le meilleur parti.

Quand il aperçut, de loin, la voiture de son père garée dans l'allée, il marqua le pas, déçu. Son père était dans la cuisine, il se préparait un sandwich. Colin lui demanda :

— Tu as déjà fini ta journée ?

— Les femmes au bureau avaient demandé à terminer plus tôt pour aller chercher leurs enfants à l'école le jour de la rentrée. Ils nous ont donné à tous notre après-midi, à rattraper bien évidemment.

— Ah, d'accord.

— Tu y crois, toi ? continua son père. On demande à tout le bureau de partir et de revenir demain plus tôt, pour cinq mamans. Cinq ! Ces démocrates veulent absolument leur donner les pleins pouvoirs, ça en devient ridicule.

— C'est pas une bonne chose ? demanda Colin. J'aurais bien aimé que maman vienne me chercher à l'école quand j'étais plus jeune.

— Et les autres travailleurs ? Ils s'en fichent bien. Il est loin le temps où seuls les plus méritants avaient du travail. Aujourd'hui, il faut se plier à tous les petits caprices de chacun. Enfin, bref. Et toi, ta première journée ? Comment ça s'est passé ?

Colin haussa les épaules. Il repensait à Swann et la manière désinvolte que celui-ci avait d'affronter le monde.

— Normal, répliqua-t-il. Il y a un nouveau, en seconde, qui, apparemment, est un génie. Il va prendre des cours de dernière année, la directrice m'a demandé d'assurer son suivi.

— C'est bien, ça. Tu dois garder son contact, il sera peut-être quelqu'un d'important plus tard !

Colin acquiesça en silence, comme chaque fois que son père lui donnait ce genre de faux conseils. Des phrases toutes faites, qui voulaient dire tout et son contraire à la fois. Il monta à l'étage et se débarrassa de son blazer, le lançant à travers la pièce. Le vêtement tomba mollement sur une chaise. Colin s'étala sur son lit, rincé de sa journée. Le soir même, il devait donner un cours de catéchisme aux enfants de la paroisse, et il n'avait pas envie d'y aller.

Une année, se répéta-t-il. Il partirait de cette ville paumée et vivrait enfin une vie sans barrière. Depuis ses quatorze ans, il comptait les jours jusqu'à sa délivrance. Colin en avait marre de cette routine harassante. Là-bas, dans sa future vie, ses parents ne seraient pas sur son dos, il ne serait pas obligé d'avoir les meilleurs résultats ou d'être le parfait chrétien. Il avait beau croire en Dieu, il ne trouvait plus de sens à tout ce qu'on lui demandait de faire : le bénévolat, les cours, ses petits boulots à la paroisse. Il n'osait pas en parler à sa mère, encore moins à son père. Ils auraient été horrifiés. On l'aurait renvoyé à ses études. Il ne servait à rien d'argumenter, dans cette maison.

Une année.

Chapitre 3

Depuis quelques jours, la routine matinale de Tim consistait à tousser jusqu'à se libérer du poids dans sa poitrine. Les premières fois, le désagrément passait en quelques minutes, mais à présent, il devait cracher les glaires qui obstruaient sa gorge. Depuis les sélections, il n'y avait que des mucosités, ce qui l'avait en partie rassuré. Il se shootait à l'aspirine et au sirop pour la toux, mais rien à faire, le mal ne passait pas et la fatigue s'accumulait. Il se soupçonnait de couver une petite grippe. Il pouvait appeler sa mère avec sa voix enrouée et la convaincre que l'air de l'Ohio, trop froid, n'était pas du tout fait pour lui.

Sa tante le voyait se racler la gorge. Souvent, elle posait sa main sur son front d'un geste maternel, pour vérifier sa température. Tim se laissait faire docilement, mais il taisait le reste : l'incident pendant les sélections, la douleur dans ses côtes et la sensation d'essoufflement quand il montait un escalier. Il était persuadé que son corps lui faisait payer les abus de l'été. Il avait tenté de se remettre à la course. Sans succès, il n'avait pas dépassé les cinq cents mètres. Ça commençait à l'agacer.

Ce mardi matin, Tim se réveilla avec une quinte de toux plus violente que d'habitude. Quand il se précipita dans la salle de bains pour se débarrasser des mucosités, il resta interdit face au lavabo.

Il crachait de nouveau du sang.

Tim fixa les caillots rouges sur le blanc immaculé, paniqué. Il passa son doigt à l'intérieur de sa joue pour voir s'il ne s'était pas coupé, mais le doigt ressortit propre. Confus, il lava le lavabo à grande eau, soucieux de ne laisser aucune trace. Tim fixa son reflet. Dans sa tête, c'était l'anarchie. Devait-il en parler à sa tante ? Si elle l'apprenait, elle se mettrait dans tous ses états alors que ce n'était peut-être pas grave. Il avait tellement toussé, il était normal qu'au bout d'un moment, il crache du sang, non ? Sûrement. Rien de grave.

Rien de grave, se répéta-t-il.

En guise de petit déjeuner, il prit un cachet pour la gorge et quelques cuillères de sirop pour la toux. Sa tante vérifia qu'il n'avait pas de fièvre.

Ça allait passer.

Comme il n'avait plus de cours de théâtre, l'heure avant le déjeuner était libre. Tim aurait peut-être dû prendre une autre option, pour sa moyenne et son

dossier scolaire, mais aucun club ne le t
avait lamentablement échoué aux sélecti
donc dans les couloirs, à la recherche d'un
s'asseoir et faire semblant de travailler. Il n'était toujours pas parvenu à se faire un seul véritable ami. Toutefois, il ne mangeait plus tout seul depuis le deuxième jour, car la bande de gars avec qui il avait tenté les sélections l'avait invité à se joindre à eux. Ils étaient sympas, mais ils ne se voyaient que pendant les pauses, et Tim n'arrivait pas à s'intégrer.

Le garçon commençait à apprécier cette solitude forcée. Il avait redécouvert sa passion pour les jeux de société ; sa tante et lui dépoussiéraient chaque soir une des boîtes qui traînaient dans le grenier. Mais tiendrait-il une année scolaire ? Tim en doutait.

En cherchant le chemin de la bibliothèque, il passa par hasard devant l'auditorium. La porte était ouverte ; sur le battant, quelqu'un avait accroché une feuille indiquant « AUDITIONS ». Tim aperçut, à l'intérieur, quelques élèves disséminés dans les rangs. Parmi eux, il reconnut la tête blonde de Jude et son éternelle queue-de-cheval. Il n'avait pas eu l'occasion de lui reparler depuis le cours de maths. Chaque fois qu'il la croisait et voulait l'aborder, elle fuyait. Il craignait qu'elle ne l'évite : personne n'était occupé au point de ne pas avoir une seconde pour faire la causette à un camarade. Le garçon s'en désespérait ; plus elle lui filait entre les doigts, plus il voulait apprendre à la connaître.

Tim décida d'aller la voir, se faisant la promesse que si elle l'envoyait de nouveau balader, il abandonnerait. Discrètement, pendant que l'enseignante donnait des consignes pour les candidats, Tim se glissa à côté d'elle.

— Hey Jude, chuchota-t-il.

Jude ne l'avait pas remarqué.

— Salut. Tu vas bien ?

Tim hocha la tête dans un sourire, heureux de cet accueil plutôt amical. Il s'enfonça dans son siège et désigna la scène d'un signe de tête. Les premiers rangs étaient remplis d'acteurs en herbe, impatients de montrer leur talent.

— C'est pour quelle pièce ?

— On fait *Œdipe Roi*, cette année, dit Jude.

— Tu auditionnes ?

La fille rit doucement.

— Non, jamais de la vie !

— Pourquoi, t'as peur ? demanda Tim.

— Carrément. Non, je suis très douée pour faire des décors, mais je suis terrorisée à l'idée de monter sur scène. Et toi ?

Tim ricana à son tour.

— Non, je ne suis pas quelqu'un d'artistique.

— Les sélections de l'équipe de football, au fait ? Tu as été pris ?

Tim rougit, penaud. Il ne voulait pas perdre la face et admettre qu'il n'était plus capable de courir un kilomètre sans cracher ses poumons, alors il mentit :

— Non, j'ai préféré refuser. J'ai vu comment les autres joueurs étaient, tu avais raison.

— Ils ne sont pas tous horribles. Terence n'est pas un cadeau, mais les autres, ça va.

— C'est le capitaine, Terence ? s'assura Tim.

— C'était, le reprit Jude. Tu n'as pas entendu ? La coach l'a viré.

— Viré ?

— Oui. Pour harcèlement ou moquerie. C'est mon frère qui me l'a dit. C'était au moins son troisième avertissement. Avant, l'ancien coach passait l'éponge, mais la nouvelle a une tolérance zéro concernant ce genre d'actes. Enfin, tu dois le savoir mieux que moi, ça s'est passé pendant les sélections. Je ne suis pas trop ce genre d'histoires.

Au contraire, Jude semblait suivre « ce genre d'histoires » de très près.

Tim ne répondit rien. Il pensait au garçon essoufflé. D'un côté, il était heureux de savoir qu'un abruti pareil était puni pour ses actes infâmes, mais le sportif en lui trouvait la décision dangereuse. Virer un capitaine, ce n'était pas sans conséquence sur le reste de la saison. Il chassa cette pensée de sa tête. Le mec était une ordure, il l'avait mérité. Mince, s'il ne s'était pas laissé aller pendant l'été, il aurait peut-être pu le remplacer ! Pourquoi s'était-il relâché ?

L'enseignante laissa enfin la scène aux élèves, et ils défilèrent un à un, déclamant leurs répliques dans l'espoir d'obtenir le premier rôle. Jude griffonnait sur un carnet, attentive. Tim pensa d'abord qu'elle prenait des notes, puis réalisa qu'elle esquissait des plans de décors, et n'écoutait pas du tout. Tim commençait à piquer du nez. Pourtant, il ne bougea pas. La sieste, si elle se présentait, s'annonçait confortable dans les fauteuils bien rembourrés de l'auditorium. L'ambiance tamisée, les voix calmes des acteurs, le parfum des cheveux de Jude et leurs deux cuisses qui s'effleuraient… Oui, Tim se serait bien abandonné à un sommeil tranquille. C'était compter sans cette satanée toux qui le réveillait dès qu'il sombrait gentiment.

Le dernier candidat secoua l'ambiance monotone. C'était Terence. Tim tapota le bras de Jude, toujours penchée sur son carnet, pour le lui signaler.

— Qu'est-ce qu'il fait là ? s'étonna-t-elle.

Tim haussa les épaules. Il n'en avait aucune idée, et manifestement n'était pas le seul. Terence se campa sur la scène. L'enseignante, confuse, lui demanda :

— Excuse-moi, tu… tu ne fais pas partie de mes élèves.

— Non, mais on peut encore rejoindre le groupe ? demanda Terence. Il y a bien une note à la fin ?

— Oui, mais… tu veux passer l'audition ou rejoindre le cours ?

Jude se redressa sur son siège, révoltée.

— Elle ne peut pas le faire entrer dans le cours, s'insurgea-t-elle à voix basse. Il ne vient que pour sa moyenne ! Maintenant qu'il n'a plus le football, il ferait n'importe quoi.

Tim resta silencieux : ce n'était pas son combat. De plus, pour le coup, il était du côté de Terence. Si le gars avait une mauvaise moyenne et que seul le théâtre pouvait la remonter, alors la fin justifiait les moyens... Tim devrait aussi reprendre le théâtre.

Terence haussa les épaules.

— Je ne sais pas, ce ne sont pas les auditions pour entrer dans le cours ?

L'enseignante fut clémente : elle demanda à ce qu'on lui fasse passer un texte. Les yeux de Terence se baladèrent rapidement sur les lignes. L'assemblée retenait son souffle.

— Je lis le grand pavé, là ?

— Oui, vas-y, l'encouragea la professeure.

Il n'était pas préparé, ça se voyait sur son visage. Un sourire mauvais se dessina sur les lèvres de Tim ; il avait hâte de le voir se ridiculiser. Jude se tenait sur le bord de son siège, le poing serré sur son crayon. Terence se racla la gorge. Au dernier moment, il s'interrompit dans son élan.

— Il faut que je le lise avec le ton ?

— Fais de ton mieux, lui conseilla l'enseignante.

L'auditorium était pendu à ses lèvres. Soudain, une sensation désagréable gratta le fond de la gorge de Tim, et avant qu'il n'ait pu se retenir, il fut pris d'une quinte de toux. Terence le foudroya du regard.

— Eh, s'il te plaît, j'essaie de me concentrer !

— Oh la vache, ferme-la et lis ton texte !

Jude, qui avait lancé ces mots, était cramoisie. Sur scène, Terence, bouche bée, mit quelques secondes à se reprendre. Tim garda sa toux pour lui, même si ses poumons s'alourdissaient.

Le pire dans l'histoire ? Terence était bon. Très bon. Un silence religieux s'abattit sur l'auditorium quand il quitta la scène et sortit.

À la fin des auditions, Tim interrogea sa voisine d'une voix enrouée :

— On mange ensemble ?

— Oui, accepta-t-elle dans un souffle.

Tim sourit. C'était bien parti.

**

Quand il rentra des cours, ce jour-là, sa tante l'alpagua dans l'entrée. Il venait encore de tousser.

— Bon, ça suffit, je t'emmène consulter. Ça ne peut plus durer.

Tim était satisfait, en un sens, qu'elle prenne la situation en main. Ils roulèrent jusqu'à l'hôpital, à la sortie de la ville, le seul endroit où ils pouvaient voir un médecin sans rendez-vous. Ils s'enregistrèrent auprès de l'hôtesse qui leur indiqua une salle d'attente vide. Tim s'assit sur un des sièges, et sa tante le prévint qu'elle allait se chercher un café.

Le garçon sortit son téléphone pour vérifier ses messages. Il était parvenu à récupérer le numéro de Jude au déjeuner. Peut-être ne l'avait-elle pas évité, peut-être était-elle réellement tout le temps occupée. Il lui avait envoyé un *Hey Jude* dans la voiture. La blague s'installait, mais la réponse se faisait attendre. Tim rangea son portable et sursauta. Une fille venait de s'asseoir sur la chaise voisine et le fixait avec un sourire lunaire.

— C'est incroyable comme ton visage est symétrique.

Troublé, le garçon fronça les sourcils. Elle était apparue comme un champignon sorti de terre. Il la détailla brièvement, cherchant à déterminer son âge, mais ses traits juvéniles ne l'aidaient pas ; elle pouvait avoir entre douze et dix-huit ans. Derrière les verres épais qui barraient le haut de son visage, elle soutenait son regard, attendant une réponse. Comme Tim ne réagissait toujours pas, elle le relança :

— Non, mais c'est vrai ! Ton visage est parfait, j'aimerais beaucoup le peindre.

— Euh, merci.

— De rien.

Tim vérifia à nouveau son téléphone, dans l'espoir de faire comprendre à son interlocutrice qu'il n'était pas d'humeur à discuter. La fille, en tailleur sur sa chaise, ne bougea pas. La salle était vide, mais elle avait choisi de s'asseoir juste à côté de lui. Quelle plaie ! Tim lança un coup d'œil discret à sa tenue criarde : un vieux gilet vert à grosses mailles par-dessus une robe jaune tachée de peinture. Une tignasse bouclée d'un roux flamboyant. Ses lunettes doublaient la circonférence de ses yeux. Même dans le noir, on devait la remarquer. Elle ne portait pas de chaussures. Tim la trouvait… loufoque, faute d'un meilleur mot pour la décrire. Elle capta son regard et reprit la conversation :

— Pourquoi tu es là ?

Elle n'était ni malpolie ni méchante, Tim ne pouvait pas l'envoyer balader sans passer pour un mauvais garçon. Il n'avait pas envie de parler, mais se força.

— Je tousse. Et toi ?

— Moi aussi.

Tim trouvait ça curieux. Pourquoi ne portait-elle pas de chaussures, dans ce cas ? Dans sa main, son téléphone vibra. Jude lui avait enfin répondu *salut*, sans point, ni majuscule. Le cœur de Tim s'emballa, il sourit bêtement. Sa réaction n'échappa pas à sa voisine.

— C'était ta petite amie ?

— Hein ? rétorqua Tim, gêné. Non, pourquoi ?

Jusque-là, les questions, bien qu'agaçantes, n'avaient pas été indiscrètes.

— Tu as souri comme on sourit quand on reçoit un message de quelqu'un qu'on aime. Crois-moi, je connais la différence, je vois souvent les gens recevoir des messages ici, j'ai appris à reconnaître leurs réactions.

— Tu viens souvent dans cette salle d'attente ?

Les rôles s'inversèrent : la fille parut mal à l'aise. Elle ignora sa question et changea de sujet :

— Tu as une tête à t'appeler Nathan.

La situation devenait presque amusante tant elle était absurde.

— Pas de chance. Moi, c'est Tim.

— C'est bête. Tes parents n'ont pas pensé à te donner un prénom qui irait avec ta tête.

— Quand on est bébé, on a tous la même tête ! Comment mes parents auraient pu savoir que j'aurais une tête à m'appeler Nathan plus tard ?

— Je n'en sais rien, répondit-elle en haussant les épaules. Ça se sent, ce genre de truc.

Tim toussa, mais n'eut pas le temps de mettre sa main devant sa bouche. La fille resta impassible, sans aucun mouvement de recul ou de protection.

— Ça me paraît un peu bancal, comme réflexion, répondit-il. On ne peut pas sentir les prénoms, encore moins ceux qui iraient le mieux à quelqu'un.

— Et pourquoi pas ? Un prénom, c'est ton identité, donc ça veut dire que, quand les parents choisissent un prénom pour leur enfant, ils lui imposent une identité.

— Tu ne peux pas réduire une personne à son prénom.

— Forcément, puisque la plupart des prénoms ne correspondent pas aux personnes qui les portent.

Tim se tut. Il n'arrivait pas à déterminer si elle se moquait de lui. La fille continua :

— Je ne t'en veux pas, si tu ne comprends pas. C'est difficile d'être sensible aux forces qui animent les prénoms et aux énergies qui émanent des personnes.

Tim s'accrocha.

— Et toi, ton prénom correspond à ta tête, ou à ton énergie, ou à je ne sais pas quoi ?

— Bien sûr. Je devais m'appeler Juliette, mais quand je suis née, ma mère a senti que ce n'était pas un prénom pour moi.

— Alors comment tu t'appelles ?

— Flora.

— C'est joli, tu es la première que je rencontre, dit Tim.

— Ce n'est pas un prénom si rare que ça, mais il n'est pas beaucoup donné, car il est associé à une énergie très particulière. C'est pour ça que ça me correspond.

Il rit. Il lui accordait ce point : pour être particulière, elle l'était ! Sa tante réapparut, deux gobelets dans les mains. Flora s'éclipsa aussitôt, sans un mot. Elle n'avait laissé derrière elle que ses phrases étranges et l'odeur de la peinture séchée.

Après une longue attente, un médecin reçut Tim en consultation, et en écoutant ses poumons, il fit une tête bizarre. Il lui posa un tas de questions sur sa famille et les maladies qui y traînaient. Tim n'en savait rien ; il se tourna vers sa tante pour qu'elle réponde à sa place. On l'envoya faire une radio, une prise de sang, une analyse d'urine, et on demanda l'avis d'un second médecin dans la foulée. Si bien que Tim et sa tante ne sortirent de l'hôpital qu'à une heure tardive, avec peu de réponses, une boule au ventre et la promesse de recevoir les résultats le lendemain.

On les appela au petit matin. Tim ne s'était pas attendu au diagnostic.

Les mots du radiologue étaient froids, choquants, et le laissèrent complètement démuni.

Tumeur maligne au poumon droit.

Chapitre 4

Nelly Aubray avait reçu de nombreux dons à sa naissance : les fées penchées sur son berceau avaient été généreuses. Elle était belle selon les standards en vigueur, grande, élancée, les lèvres pulpeuses, les cheveux soyeux. Elle était intelligente, du moins assez pour ne pas se laisser marcher sur les pieds. Elle était riche, ne manquait de rien, et était promise à un avenir brillant, où rien ne changerait de sa vie actuelle. Son père n'était jamais là, de toute manière : en voyage d'affaires, au bureau, à Chicago, ou en congrès. Elle vivait dans une grande maison impeccable, la femme de ménage passait trois fois par semaine. Elle menait la vie rêvée de toutes les adolescentes, celle des films, avec chambre rose pastel et bijoux de luxe. À un détail près.

Elle se sentait terriblement seule.

Elle avait tout essayé : mettre la télévision en bruit de fond, écouter de la musique, inviter l'intégralité des filles de sa connaissance. Elle avait même accueilli une correspondante étrangère pendant un temps pour tromper sa solitude. Mais, inévitablement, la maison se vidait, son père ne rentrait pas, la femme de ménage retrouvait sa famille, et Nelly restait avec elle-même.

Elle suivait des cours par correspondance. Son père n'étant satisfait d'aucune offre proposée à Delphos, Nelly se retrouvait inscrite au programme international d'une école privée new-yorkaise, dans l'optique d'obtenir un diplôme en béton sans jamais avoir mis un pied dans l'établissement. Dans les faits, ça semblait être une situation idéale, mais en réalité, elle trouvait compliqué d'étudier quand son bureau était aussi l'endroit où elle avait passé deux mois à rattraper toutes ses séries en retard. Les cours étaient arrivés depuis une semaine, Nelly n'avait toujours pas ouvert le mail et personne ne pouvait l'obliger à le faire puisque personne ne vérifiait son travail.

Ce samedi matin, elle ouvrit ses volets pour découvrir avec abattement un ciel noir et menaçant. Elle descendit dans la cuisine étincelante, semblable à celles que l'on voyait dans les magazines de décoration. Il n'y avait pas un bruit, mis à part celui de ses pas étouffés par la moquette. Nelly frissonna. La grande pièce paraissait morte. Par expérience, elle savait que mettre la radio ne changerait rien, si bien que, ne supportant plus la solitude oppressante, elle se décida à sortir de chez elle. Elle passerait à la bibliothèque, irait prendre un café, et ouvrirait enfin ses fichus cours.

Elle ne se souvenait plus de la dernière fois qu'elle avait parlé à un autre être humain. Durant l'été, son père l'avait bien emmenée en croisière dans les Caraïbes, mais il avait passé les deux semaines le nez collé à son ordinateur, laissant Nelly sur le bord de la piscine, à épier les groupes de filles qui faisaient la fête et ne l'invitaient pas à se joindre à elles.

Elle prépara soigneusement ses affaires : son ordinateur, ses écouteurs, ses surligneurs et ses carnets reliés à la couverture fleurie. Elle choisit une jolie tenue, car les rares fois où elle sortait de chez elle étaient l'occasion de se montrer sous son meilleur jour. Elle arrangea sa frange rebelle dans le miroir jusqu'à perdre la bataille et se lisser les cheveux. Elle mit du rose à ses paupières et à ses lèvres. On aurait cru qu'elle se rendait à un grand événement mondain. Son père lui répétait qu'elle devait toujours être impeccable : on ne savait jamais qui l'on pouvait rencontrer.

Par chance pour ses cheveux, l'averse éclata au moment où elle passait le sas de la bibliothèque. L'endroit était silencieux, quelques lecteurs matinaux installés dans un coin. Nelly s'aventura dans les rayons, à la recherche de la place parfaite parmi les tables libres. Elle finit par la trouver, entre deux étagères, avec une prise à proximité et une lampe. Elle étala ses affaires, ouvrit le fichier envoyé par l'école, nota la date sur son carnet, et trouva mille et une distractions pour ne pas lire les documents. Quand enfin, elle se concentra pour ouvrir le cours d'histoire, en voyant les titres des chapitres, elle décida d'aller chercher des livres sur le sujet. L'occasion de se dégourdir les jambes ; elle n'était assise que depuis cinq minutes.

Elle baladait son doigt sur les dos des ouvrages traitant de la guerre de Sécession quand des chuchotements intempestifs captèrent son attention. À quelques mètres, un couple d'adolescents se chamaillait à voix basse, et les oreilles de Nelly traînèrent malgré elle. La fille rangeait des livres, le garçon la talonnait. Il murmura :

— Tu es sûre que ça ne te dérange pas ? Il y aura des filles, et tout…

— Non, lui assura sa petite amie avec nonchalance. C'est bon, vas-y, amuse-toi, c'est ton week-end d'intégration.

— OK, donc en fait, tu t'en fiches ? Tu n'en as rien à faire de moi ?

— Oh mon Dieu, Adam, tu es vraiment en train de me taper une crise de jalousie parce que je ne suis pas jalouse ? Je te fais confiance, c'est tout. Pourquoi tu me prends la tête dès le matin ?

— Je te prends la tête ? C'est toi qui me prends la tête !

— Va-t'en, va à ton week-end. Je travaille, trancha-t-elle avec agacement.

Le garçon s'éclipsa avec un soupir énervé, et Nelly leva les yeux au ciel, atterrée. La fille croisa son regard, et sourit.

— Les mecs…

Nelly lui retourna son sourire avant de prendre un livre au hasard et de revenir à sa place. Elle tenta d'en lire les premières lignes, mais son esprit ne se fixait pas sur les mots et son regard déviait des pages. Elle apercevait la fille du rayon triant une pile énorme de livres.

Elle n'était pas tirée à quatre épingles comme Nelly. Ses cheveux bouclés gonflaient autour de son visage ; elle portait un tee-shirt large rentré dans son pantalon et se rongeait les ongles dès qu'elle s'immobilisait devant l'écran de l'ordinateur. Teint mat, un nez aquilin, une silhouette formée, elle était à l'opposé de Nelly, mais cette dernière aurait tout donné pour lui ressembler. Souvent, il lui prenait l'envie d'imaginer la vie d'inconnus, et de comparer ce fantasme à la sienne. Cette fille, de toute évidence, était heureuse. Elle avait un petit ami un peu lourd, mais attentionné, elle souriait quand on l'abordait, elle rayonnait de confiance. Elle devait avoir plein d'amis, une famille aimante. Elle faisait du sport en club, peut-être de l'aviron ou du cross. Elle gagnait des compétitions, elle faisait la fête après. Elle avait un chien, un labrador, elle l'emmenait courir avec elle en forêt et, quand elle revenait, elle s'étirait dans son jardin. Elle menait la vie épanouie que Nelly n'avait pas dans son immense maison.

Nelly comprit qu'elle n'arriverait pas à travailler. En un quart d'heure, elle avait abandonné. Il ne lui restait plus qu'à aller prendre un café, rentrer chez elle et passer sa journée à regarder des films. Elle ferma l'ordinateur, rangea son carnet fleuri où seule la date du jour figurait et se leva, emportant le livre. Au cas où. En l'enregistrant auprès de la fille, Nelly la vit de plus près, son maquillage très léger mais élégant, et les cernes sous ses yeux qui rendaient son regard d'autant plus pétillant. Elle avait l'air si heureuse…

La fille lui tendit le livre.

— Pour dans trois semaines.

Nelly était perdue dans ses pensées, et mit un temps à réagir. Puis elle dit, sans réfléchir :

— Je m'appelle Nelly.

La fille plissa les yeux, intriguée, et esquissa aussitôt un sourire amusé.

— OK, Nelly. Moi, c'est Megan. À dans trois semaines, j'imagine ?

Nelly acquiesça, et une fois dans le sas, passa une main lasse sur son visage. Qu'est-ce qui lui avait pris ? Elle devait bien se moquer d'elle. Nelly s'était tant dit que cette fille, Megan, avait une vie parfaite qu'elle voulait à tout prix apprendre à la connaître. Elle s'était présentée, s'imaginant que, peut-être, elles deviendraient amies. N'importe quoi !

Nelly brava la pluie. Désormais, l'état de ses cheveux lui importait peu. S'ils bouclaient, ce ne serait pas la mort. Ça allait bien à Megan. Elle fit un détour par son café préféré. En se garant, elle heurta un poteau. Nelly sortit en trombe : l'arrière du véhicule était enfoncé. Dans un soupir, elle tapa de mémoire le numéro de son père : elle n'appelait jamais personne d'autre. Quelques sonneries retentirent. Elle crut qu'il n'allait pas décrocher. Finalement, sa voix agacée s'éleva :

— Nelly chérie, qu'est-ce qui se passe ? J'ai une réunion dans cinq minutes.

— J'ai enfoncé ma voiture dans un poteau.

— Encore ? OK, je te fais un virement pour que tu paies les réparations, mais là…

Sentant qu'il allait raccrocher, Nelly chercha à faire durer la discussion.

— C'est la voiture le problème, elle est trop longue. Je n'arrive pas à manœuvrer.

— D'accord. Je te fais un plus gros virement, et tu t'en achètes une autre. Tu me la montreras quand je reviendrai. Ça te va ? Je dois y aller, désolé…

— Non…

Sa phrase resta en suspens : il venait de raccrocher. Dépitée, Nelly se laissa tomber sur le siège, les yeux dans le vide. Elle ne voulait pas de nouvelle voiture. Tout ce qu'elle souhaitait, c'était que son père soit à la maison. Elle aurait aimé qu'ils prennent le petit-déjeuner ensemble et qu'il l'aide pour ses cours. Elle ne voulait pas d'argent, mais de la compagnie. Pourtant, elle ne parvenait jamais à le lui dire. C'était plus fort qu'elle : elle jouait à la gamine capricieuse, incapable de lui avouer qu'il lui manquait.

Nelly se promit d'y arriver la prochaine fois. Dans sa main, son téléphone vibra, son compte en banque venait d'être crédité du prix d'une voiture neuve et de celui de son amour frustré.

**

Nelly n'attendit pas trois semaines pour rendre son livre. En fait, dès le lendemain, à l'ouverture, elle retourna à la bibliothèque. Elle espérait y croiser Megan, s'excuser pour sa stupidité de la veille. Par chance, la jeune fille travaillait ce jour-là aussi.

— Déjà fini ? s'étonna-t-elle quand Nelly lui rendit le livre.

— J'avais pas grand-chose d'autre à faire.

Elle ne l'avait pas ouvert. Megan rit.

— T'as de la chance. Je ne me souviens même plus de la dernière fois que j'ai eu du temps pour lire un livre.

La vie fantasmée que Nelly lui avait imaginée se confirma. Megan était cette fille hyperactive, impliquée dans tous les clubs et bien entourée.

— C'est peut-être indiscret, mais… on ne s'est pas déjà vues ? continua Megan. Tu vas à quel lycée ?

— Oh, je ne vais pas au lycée, expliqua Nelly. Je fais l'école à la maison. Mais peut-être que tu connais mon père. Paul Aubray, il… il donne pas mal d'argent à la ville.

Le visage de Megan s'illumina.

— Mais oui ! Aubray. Nelly Aubray, je savais qu'on se connaissait. On était à l'école primaire ensemble !

— Vraiment ?

— Oui, je me suis toujours demandé ce que tu étais devenue. Tu as disparu quand on avait dix ou onze ans.

— Eh bien, je suis toujours là, expliqua Nelly. Mais je reste chez moi.

Son ton était plus triste qu'elle ne l'aurait voulu. Pourtant, Megan ne parut pas perturbée. Au contraire, elle s'enthousiasma.

— C'est génial de te revoir, en tout cas.

Nelly sourit. Megan reprit :

— Tu es libre aujourd'hui ? Je ne travaille que ce matin, ça te dit qu'on mange ensemble ? Histoire de discuter de la cour d'école et de tout ce qui s'est passé depuis.

D'abord surprise, Nelly hésita à refuser. Elle n'avait plus l'habitude des repas à l'extérieur et des rendez-vous improvisés. À rester enfermée, les jours se ressemblaient tous et s'écarter de sa routine millimétrée avait presque le pouvoir de l'angoisser. Mais elle réalisa vite l'opportunité qui se présentait à elle, celle de passer un moment avec une autre fille de son âge. Elle accepta, et Megan, le sourire aux lèvres, lui laissa son numéro de téléphone et lui donna rendez-vous vers midi, à l'entrée de la bibliothèque. Nelly rentra chez elle et passa le reste de la matinée à compter les heures, puis les minutes restantes.

Quand enfin elle retrouva Megan, le cœur de Nelly battait à tout rompre. Elle craignait de ne pas être assez intéressante, de ne pas tenir la conversation durant tout le repas, d'ennuyer Megan. Les filles mangèrent dans un petit restaurant mexicain du centre-ville, où la nourriture n'était pas chère. Rapidement, Nelly comprit que ses doutes n'avaient pas lieu d'être. Même si sa conversation n'était pas trépidante, celle de Megan l'était pour deux. Et Nelly comprit qu'elle ne s'était pas trompée sur elle.

Megan était la fille du proviseur du lycée Jefferson, le lycée public de la ville. Débordante d'ambition, elle travaillait à la bibliothèque pour se faire un peu d'argent de poche et menait le tutorat de son école. Elle jouait au basket-ball et pestait contre les sommes astronomiques accordées à l'équipe de foot. Elle avait rencontré son petit ami lors d'une mission de bénévolat pour Greenpeace. Ils avaient sauvé des oiseaux d'une marée noire sur la côte Est et, coup du hasard, avaient découvert qu'ils n'habitaient qu'à quelques kilomètres l'un de l'autre. Elle avait des amis aux quatre coins du monde, en Europe, en Inde, aux Philippines, et leur rendait visite l'été avec un sac à dos pour seul bagage. Elle était ultra-militante, se battait pour l'égalité entre les hommes et les femmes, pour le sauvetage de la forêt amazonienne, contre la maltraitance des enfants, des adultes et des animaux. Elle luttait contre la manière dont les garçons traitaient les filles à Jefferson, et également contre les contrôles surprise en physique. Elle voulait devenir avocate spécialisée dans le droit de la famille, pour protéger les enfants et les adolescents. Megan était de ces personnes que tout le monde voulait faire taire, et qui s'en moquaient.

Nelly l'écoutait, captivée. Megan savait présenter ses exploits sans vantardise, comme si tout le monde aurait pu en accomplir autant. Elle révélait des actes incroyables sur le ton de la modestie et Nelly ne s'agaçait même pas de cette perfection évidente. Elle était simplement pendue à ses lèvres. Le personnage était fascinant : Megan représentait tout ce à quoi Nelly aspirait. Elle-même répondait aux questions de son ancienne camarade par des phrases évasives, honteuse de sa vie monotone. Le repas terminé, Nelly régla la note malgré l'insistance de Megan ; elles se quittèrent en se promettant de remettre ça. Nelly y comptait bien : elle voulait savoir à quoi ressemblait la vie d'une jeune fille normale. Elle souhaitait connaître ses secrets, écouter les ragots du lycée et ses déboires avec son petit ami. C'était comme regarder un film, mais dans la vraie vie.

En rentrant chez elle, pour la première fois, sa maison lui parut moins grande, moins vide, moins morte. Nelly se surprit même à chantonner en montant l'escalier. Megan lui envoya un message dans l'après-midi, pour la remercier. Nelly sourit, allongée sur son lit. Dans son euphorie, elle pensa à son père. C'était l'occasion de l'appeler et de lui dire qu'elle s'était fait une nouvelle amie. Elle en profiterait pour lui dire qu'elle n'achèterait pas de nouvelle voiture, et qu'elle attendait qu'il revienne, qu'il lui manquait. Nelly était résolue, peu importe qu'il ait une réunion ou un déjeuner avec un important PDG. Elle lui parlerait et il serait obligé de l'écouter. Oui, elle allait y arriver.

Dans un élan de courage, elle composa le numéro. Les sonneries se succédèrent, mais Nelly continua d'y croire, il ne répondait que rarement du premier coup. Elle tomba sur la messagerie, recommença. Parfois, son père était trop occupé pour entendre son téléphone. À sa troisième tentative, elle reçut un message : *Peux pas te parler. Rappelle plus tard.*

Nelly soupira. Pourquoi continuait-elle de s'accrocher à de la poussière ?

Chapitre 5

Colin déjeunait avec d'autres élèves de sa classe quand Swann se planta devant lui, les mains sur la table.

— Bon, on a un problème. Apparemment, ne pas se présenter en cours n'est pas permis, et mon comportement serait « préjudiciable à la réputation et à l'intégrité de l'établissement ».

Il avait mimé des guillemets avec ses doigts pour la dernière partie de sa phrase. Énervé, il continua :

— Et selon la directrice, si je continue de sécher, je pourrais « me voir retirer l'aide financière accordée à ma personne ».

— Oui, dit Colin, c'est à peu près comme ça que l'école fonctionne. Tu vas en cours, sinon tu es puni.

— Je me désole de voir que l'éducation est sacrifiée sur l'autel de la discipline. Enfin bref, il faut que tu me files les premiers cours, ceux que j'ai loupés.

Colin pensa qu'il plaisantait. Ce gamin ne pouvait pas être insolent au point de sécher quatre ou cinq cours et revenir comme une fleur demander à ce qu'on les lui serve sur un plateau. Colin interrogea ses camarades du regard, mais ceux-ci semblaient soudain intéressés par le contenu de leur assiette. Swann continuait de le fixer. Colin secoua la tête.

— Pourquoi est-ce que je te les donnerais ? Tu n'avais qu'à venir.

— Sérieusement ? s'étonna Swann. Tu vas me laisser dans la merde sans remords ?

Colin haussa les épaules, et Swann soupira longuement. Il pointa la tablée d'un air menaçant, avant de déclarer :

— Ça n'arriverait pas dans un pays communiste. Réfléchissez-y bien.

Il tourna les talons et s'éloigna. La voisine de Colin lui demanda :

— Qui c'était, ce mec ?

— J'en sais rien, éluda Colin.

**

Chaque mercredi soir, les croyants de la paroisse accomplissaient leur bénévolat. Sous couvert de bonne action, le but était de récolter un peu d'argent pour financer les activités de l'église et convaincre quelques curieux de passer à la messe un dimanche matin. Ils partageaient leur temps entre les maisons de retraite, les soupes populaires, les épiceries solidaires et bien d'autres. Souvent, Colin s'arrangeait pour se faire attribuer les cours du soir dans les familles démunies. Ces enfants, contrairement à Swann, avaient besoin d'aide pour apprendre ; ils n'avaient pas la chance d'avoir des bourses à gâcher. Et l'aide aux devoirs ne se prêtait pas au prosélytisme, chose qu'il détestait.

Ce jour-là, il arriva un peu en retard à la paroisse à cause d'une réunion au lycée. Les meilleures tâches étaient prises. Colin se rabattit sur l'hôpital. Visiter des chambres aseptisées et déprimantes, ce n'était pas son truc, mais il n'avait pas le choix.

Ils furent quelques-uns à s'entasser dans la petite voiture de l'un des fidèles et à prendre la direction de l'hôpital de la ville, un grand complexe financé par un généreux mécène trois ou quatre ans plus tôt. C'était le bijou de la localité : sa photo était en bannière sur le site de la ville et, quand le maire faisait un discours, c'était toujours devant l'entrée moderne de l'établissement de santé.

Ils furent accueillis froidement : on les dirigea vers la salle où les patients venaient se détendre. Pendant que ses collègues se dispersaient dans la salle et se présentaient, Colin resta dans l'entrée, mal à l'aise. Il n'aimait pas l'ambiance. Il n'aimait pas non plus la manière dont ils arrivaient, pimpants et en bonne santé, pour parler de Dieu aux patients et affirmer qu'ils prieraient pour eux. Ces gens étaient malades, ils avaient besoin de traitements, pas de la Révélation. Il était croyant jusqu'au plus profond de son être. Il savait que Quelqu'un veillait sur lui et le reste du monde. Mais parfois, malgré son étude assidue, il ne comprenait rien à la religion.

— Tiens, on est déjà mercredi, déclara une voix à côté de lui.

Colin sursauta et baissa les yeux sur la silhouette minuscule à sa droite. C'était une petite rousse, aux cheveux en bataille et aux lunettes aussi épaisses que des loupes. Elle était emmaillotée de plusieurs couches de vêtements colorés. Elle avait une trace de peinture bleue sur la joue et parcourait la salle du regard. Plusieurs fidèles distribuaient des brochures imprimées sur papier glacé. La fille leva deux grosses billes bleues sur Colin et chuchota :

— Si tu veux mon avis, ce ne sont pas eux qui font du bénévolat, c'est nous, en prenant leurs brochures.

Elle sourit avec bienveillance, marqua une pause, et reprit :

— Mais j'aime bien leurs brochures. Ils en ont plein de différentes sortes. J'en fais la collection.

Colin fronça les sourcils et, machinalement, en sortit une de la poche de sa veste.

— Tu veux celle-ci ?

La fille baissa un œil pétillant sur l'exemplaire avant de le prendre.

— Je ne l'ai pas, celle-ci ! Merci. Tu es arrivé récemment ? Je ne t'ai jamais vu.

Colin se trouva gêné, mais ne voulait pas mentir.

— Je ne suis pas malade, expliqua-t-il.

— Oh, tu es venu avec Dieu.

La fille ouvrit la brochure, passant ses doigts sur le papier glacé et dessinant les contours de la photo de l'église avec son index. Colin l'observait, à la fois confus et fasciné par son aura douce et calme. La rousse releva la tête et lui demanda :

— Tu pourras m'apporter d'autres brochures mercredi prochain ? Les nouvelles, surtout. Je n'ai pas les nouvelles.

— Euh… oui, si tu veux.

Un sourire lumineux se dessina sur ses lèvres, et la fille serra l'exemplaire contre sa poitrine. Colin tenta de continuer la conversation :

— Toi aussi, tu crois en Dieu ?

— Surtout pas ! Je crois aux forces et aux énergies, mais pas en Dieu. Il faut être bien narcissique pour penser qu'une seule personne peut faire fonctionner le monde entier.

— Les forces et les énergies ?

On ne lui avait jamais parlé de ça. Elle expliqua :

— Les forces et les énergies, oui. Tu sais, la Nature, le Destin, l'Esprit. Ce genre de choses.

— Ça ressemble un peu au fait de croire en un Dieu, non ?

— Non, dit-elle simplement.

— Alors pourquoi tu collectionnes les brochures de la paroisse ?

— Parce qu'elles sont jolies.

Troublé, Colin se demanda pourquoi elle était à l'hôpital. Elle était peut-être un peu folle. Étrange, en tout cas. Soudain, une autre voix retentit :

— Flora, bon sang ! Je te cherche depuis tout à l'heure.

— Salut, Swann, rétorqua la rousse.

Quand Colin et son camarade de lycée se reconnurent, ils se toisèrent. Au fond de lui, Colin espérait qu'ils feraient semblant de ne s'être jamais rencontrés, mais c'était compter sans le caractère extraverti de Swann, qui le taquina aussitôt :

— Tiens, tiens, mais qui voilà. Monsieur Je-ne-veux-pas-donner-mes-cours.

— C'est vraiment ton nom ? demanda Flora. C'est un drôle de nom.

— Non, je m'appelle Colin.

— Je dis ça parce qu'on a un cours ensemble que j'ai loupé, et il ne veut pas me donner ses notes.

— Un cours que tu as *séché*, le reprit Colin.

— Peu importe.

Flora intervint de nouveau :

— Pourquoi est-ce qu'il te donnerait ses cours, Swann ? Ils sont à lui.

Colin acquiesça aux propos de la rousse. Swann se justifia :

— Parce que c'est ce qu'on fait quand on est un bon ami.

— On n'est pas amis, rétorqua Colin.

Swann posa une main sur sa poitrine d'un air faussement offensé.

— Wahou… OK. C'était blessant.

— C'est marrant que vous vous connaissiez, tous les deux, dit Flora. Tu vois, c'est ça, les forces et les énergies.

— C'est juste une coïncidence, affirma Colin.

— Je dirais que c'est une probabilité, ajouta Swann.

— J'aime beaucoup cette conversation, conclut Flora dans un sourire.

Colin, lui, ne comprenait plus rien à cette espèce de match de tennis à trois. Il ne savait pas ce que Swann faisait ici, ni qui était Flora. Du coin de l'œil, un de ses coreligionnaires le surveillait, et Colin devinait le reproche dans ses yeux. Il devait penser qu'il se la coulait douce avec ses amis et ne faisait pas son travail. Colin déglutit.

— Je dois aller distribuer les brochures.

— Oui, et nous, Flora, on doit commencer, je n'ai pas beaucoup de temps ce soir, dit Swann.

— Est-ce qu'on est obligés ? se plaignit Flora. Je n'aime pas les maths.

— Moi non plus, ça tombe bien.

Il quitta la salle et Flora, dans un soupir las, le suivit. Avant de disparaître, elle adressa un dernier sourire à Colin.

— En tout cas, les forces et les énergies qui circulent en toi sont intenses. Tu devrais faire attention avec ça, ça peut te faire tomber malade.

Colin fronça les sourcils. Elle parlait par métaphores, et la poésie, ce n'était pas son truc. Il chassa la remarque de son esprit, et prit place à une table où un groupe jouait aux cartes. Tout en distribuant ses brochures, il croisa le regard de l'autre fidèle, qui lui adressa un clin d'œil satisfait.

**

Le lendemain, Swann se présenta au cours de physique avancé et s'installa au fond du laboratoire. Colin qui, d'habitude, s'asseyait au premier rang, posa ses affaires à côté du garçon et fit glisser une pile de papiers sur le plan de travail. Swann attrapa la première feuille et comprit qu'il s'agissait des cours manquants, remis au propre et photocopiés. Colin y avait passé sa soirée.

— Qu'est-ce qui t'a fait changer d'avis ?

Colin haussa les épaules.

— J'imagine que je suis devenu un bon ami pendant la nuit.

Swann rit, et pour la première fois il n'y avait pas trace de raillerie dans sa joie.

— Merci, dit-il finalement.

— Comment va Flora ?

Colin avait beaucoup pensé à elle pendant la soirée, se demandant de quelle planète elle pouvait venir. Il lui avait promis des brochures, mais cela signifiait retourner à l'hôpital, ce qui ne le branchait pas.

Swann haussa les épaules.

— Bien, je crois. J'en sais rien, elle est coincée à l'hôpital, alors j'imagine qu'elle pourrait aller mieux.

— Qu'est-ce qu'elle a ? Elle est malade ?

— Aucune idée. Je l'aide juste pour ses devoirs. Je ne la connais pas si bien que ça. Ses parents me paient, et c'est tout.

Le professeur leur demanda le silence. Colin sortit ses affaires et fit de son mieux pour se concentrer sur les formules à rallonges et les concepts complexes. À côté de lui, Swann préférait regarder le ciel par la fenêtre. Colin espérait qu'il ne lui redemanderait pas les cours, car, cette fois, il ne se montrerait pas aussi clément. L'enseignant remarqua l'inattention de son élève et lui posa une question pour le ramener à la réalité. Swann répondit correctement, ce qui irrita un peu son voisin.

Pourtant, quand le professeur les libéra à la fin du cours, Colin proposa à Swann de rentrer ensemble. Il voulait faire un effort, prendre le rôle donné par la directrice au sérieux. Puis… il voulait en savoir plus sur Flora, à laquelle son esprit ne cessait de revenir. Swann accepta.

— Tu habites loin ? questionna Colin.

— Je dois aller chercher mes frères avant de les emmener au restaurant de mes parents. Mais on peut faire un bout de chemin ensemble.

Aussitôt le portail du lycée passé, Swann sortit une cigarette et l'alluma. Il souffla la fumée près de Colin, qui s'éventa le visage. Le garçon ne s'excusa même pas.

— Hier, avant de partir, Flora m'a dit un truc bizarre, lança Colin.

— Sérieusement ? rétorqua Swann. On est encore sur Flora ? Écoute, je ne comprends pas la moitié des trucs qu'elle dit. Elle est comme ça, elle dit des trucs bizarres. Il faut s'y faire. Moi, je ne l'écoute même plus.

Colin continua de marcher en silence, ayant saisi le message : on arrêtait de parler de Flora. Mais contre toute attente, Swann reprit, plus calme :

— Flora croit que le monde peut s'expliquer par de grandes théories universelles et que tout le monde peut rentrer dans de petites cases. Elle est cool, je dis pas le contraire, mais… elle… enfin, t'as bien compris qu'elle a pas toute sa tête.

— Tu penses qu'elle est folle ?

— Pas folle, non, j'aime pas ce mot. Mais… enfin, elle est à l'hôpital depuis des mois. Il y a bien une raison.

Colin fronça les sourcils. Le commentaire de Swann sur les grandes théories universelles l'avait dérangé, car le monde pouvait s'expliquer par ce genre de théories.

Dieu et le septième jour, tout ça. Associer une telle affirmation à Flora, puis dire que c'était la preuve qu'elle n'avait pas toute sa tête… Ça lui restait un peu en travers de la gorge. Les deux adolescents marchèrent encore un peu sous la chaleur lourde de la toute fin d'été. Il n'y avait plus de saison, c'était ce que le père de Colin disait tout le temps.

Ils arrivèrent devant l'école primaire. Comme les enfants n'étaient pas encore sortis, ils s'installèrent sur un muret. Swann tira une nouvelle fois sur sa cigarette, et, voyant que Colin le regardait faire avec curiosité, il la lui tendit.

— Excuse-moi, je ne t'ai même pas proposé.

— Non. Je… je ne fume pas. Mes parents me tueraient.

Swann leva un sourcil.

— Tu ne fumes pas parce que tes parents te tueraient ? Bizarre.

— Pourquoi bizarre ? s'étonna Colin.

— Je ne sais pas. Souvent, les gens ne fument pas parce qu'ils n'aiment pas ça, ou qu'ils tiennent à leur santé, ou qu'ils n'ont pas l'argent. C'est bizarre de ne pas fumer juste parce que tes parents te l'ont interdit. Non ?

Colin haussa les épaules. Il n'y avait jamais réfléchi. Son père lui avait dit de ne pas fumer quand il était plus jeune s'il ne voulait pas aller en enfer, et Colin n'avait jamais remis cet ordre en question. En revanche, il savait qu'être surpris en train de le faire le condamnerait à la pire raclée de sa vie. Swann vivait peut-être dans un monde où les parents ne grondaient pas leurs enfants.

Ce dernier rit, avant d'écraser son mégot sur le muret.

— Tu as l'air de savoir t'amuser, toi, hein ?

Colin, offensé, fut incapable de répondre. Il prétexta qu'il devait rentrer et se leva. Swann le salua d'un signe de la main. De quel droit ce gamin de quinze ans se permettait-il de commenter son mode de vie ? Il se croyait au-dessus des lois, séchant les cours et fumant. Il se trouvait cool et en dehors des normes, mais les jeunes comme lui ne réussissaient pas dans la vie. Même s'ils étaient des génies. Pourtant, malgré son ressentiment, Colin souhaitait connaître Swann un peu mieux. Une petite part de lui aurait peut-être aimé lui ressembler.

Il s'interrogeait toujours au sujet de Flora. Swann n'avait pas répondu à ses questions. Colin voulait en apprendre plus sur les forces et les énergies qui le traversaient. Il voulait savoir pourquoi cette fille était à l'hôpital. Elle était magnétique, et il se trouvait attiré vers elle, sans rien de romantique. C'était… comme spirituel. En rentrant chez lui, Colin avait acquis une certitude : il devait revoir Flora.

Chapitre 6

Tim déjeunait avec Jude plusieurs fois par semaine, dans les coulisses de l'auditorium, où elle préparait ses décors toute seule, profitant du calme. Il mangeait son sandwich pendant qu'elle découpait des patrons dans du carton. Tim avait appris à quel point Jude aimait le silence. Elle ne travaillait jamais en musique. En classe, le professeur pouvait l'appeler plusieurs fois avant qu'elle ne réagisse, et Tim lui parlait parfois pendant dix minutes sans obtenir de réponse. Le garçon continuait de penser qu'il l'embêtait, mais que Jude était trop polie pour lui demander de la laisser tranquille. Pourtant lui appréciait ces instants en sa compagnie, dans l'ambiance feutrée des rideaux épais et des lumières tamisées.

Les auditions avaient eu lieu une semaine plus tôt. Il faisait un soleil radieux à l'extérieur, peut-être les derniers rayons de septembre, mais Jude n'était pas une adepte du grand air ; Tim avait abandonné l'idée de la sortir des coulisses. Il ouvrit la boîte dans laquelle sa tante avait disposé son repas. Elle le gavait de nourriture, sans comprendre que Tim avait de moins en moins faim. Jude grignotait un paquet de chips, plus concentrée sur ses décors que sur son déjeuner. Tim toussa, une fois de plus.

— Tu devrais peut-être aller voir un médecin pour ta toux, lui conseilla Jude.

Elle ne savait rien. Tim n'avait pas eu la force de le lui dire. Il était encore en train de digérer le verdict. Il avait passé d'autres tests, fait d'autres radios et scanners, le diagnostic restait le même, et chaque nouvelle confirmation de la maladie était plus difficile à vivre que la précédente. Il avait l'impression irréelle d'être le spectateur d'une vie qui n'était pas la sienne. Alors, il continuait à faire semblant, il allait au lycée tous les jours et se persuadait que ce n'était pas grand-chose. Des médicaments, peut-être une opération, et il s'en sortirait. Il avait un rendez-vous dans l'après-midi.

— J'en ai vu un, mentit-il. C'est une bronchite.

— Une sacrée bronchite, remarqua Jude.

— C'est l'Ohio. Ça ne me réussit pas.

Jude sourit avant de donner un grand coup de cutter dans son carton. Tim la regarda faire et prit machinalement une bouchée de son sandwich. Il n'avait rien dans l'estomac depuis le dîner de la veille, et n'avait toujours pas envie de manger. Les gestes de son amie étaient méticuleux et aussi silencieux qu'elle, Tim ne percevait que le bruit de sa respiration sifflante. Rien de plus agaçant. Jude ne tiquait pas. Il se demandait si elle n'oubliait pas sa présence, parfois. Elle n'avait pas l'air d'avoir d'amis, à part lui, et encore, il s'était un peu imposé à elle. Mais ce n'était pas triste, c'était de toute évidence une solitude choisie. Ce n'était pas comme si personne ne voulait la fréquenter. Elle avait toujours un sourire, un conseil, une oreille distraite à accorder aux autres élèves, mais jamais plus. Elle ne paraissait pas en souffrir, à croire qu'elle aimait être seule. Tim trouvait ça extraordinaire. Lui n'aurait jamais pu.

Jude ne partageait pas grand-chose non plus. Tim lui envoyait des messages après les cours, mais elle mettait un temps fou à répondre, si bien que, quand il se couchait, il ne lui avait arraché que deux phrases. Il ne savait rien d'elle, juste qu'elle aimait découper des cartons. Lui, en revanche, lui avait raconté toute sa vie. Il insistait sur ses regrets de la Californie et répétait que pour lui tout était fade à Delphos. Jude l'écoutait – ou peut-être pas – et ne le contredisait jamais.

Lui-même ne savait pas pourquoi il s'obstinait à la fréquenter. Ce n'était pas comme si elle était drôle, ou intéressante, ou très intelligente – elle l'était peut-être, mais il n'en savait rien ! En plus, elle était mignonne, mais banale. Et pourtant captivante. Chaque jour, Tim espérait que cette fois serait la bonne et qu'il la percerait à jour. Il l'aimait bien… Il l'aimait plus que bien. Est-ce que c'était réciproque ? Il n'en avait aucune idée.

Après s'être perdu dans ses pensées en l'observant couper son carton, il lui rappela une fois de plus :

— Tu peux me le dire si je te dérange, tu sais.

— Tu ne me déranges pas, lui assura Jude sans quitter son patron des yeux. Pourquoi ça t'inquiète tant ?

Tim haussa les épaules.

— Je sais pas, tu ne parles pas beaucoup.

— Je parle plus avec toi qu'avec n'importe qui.

Qu'est-ce que ça devait être avec les autres, alors ! Il aurait aimé être dans sa tête, pour voir à quoi ça ressemblait, pour savoir si elle avait mille pensées à la minute, ou si là-haut non plus elle ne disait rien.

Jude reprit :

— J'aime bien le silence, c'est vrai, mais ça ne me dérange pas quand tu es là et que tu parles tout le temps.

Tim émit un léger rire qui, très vite, se mua en une quinte de toux. Jude ajouta :

— Enfin, ta toux intempestive m'agace un peu, mais si ce n'est qu'une bronchite, ça devrait être réglé d'ici quelques jours, donc je te laisse une chance.

— Merci, c'est un geste honorable de ta part, plaisanta Tim.

— De rien.

Pour la première fois, elle leva les yeux et adressa un clin d'œil à Tim, et lui, le grand garçon, se surprit à rougir.

**

En sortant de l'hôpital, Tim était d'humeur morose. Le médecin avait parlé pendant longtemps, utilisant des termes compliqués et pointant des endroits sur une affiche anatomique. Il avait analysé les résultats des nouveaux tests, en avait prescrit d'autres, puis avait finalement expliqué qu'il fallait fixer la date du début des traitements. Tim pensait qu'on allait le mettre sous médicaments puissants. Il se voilait encore un peu la face, laissant sa tante tout gérer. Il avait même refusé de parler à ses parents au téléphone, car sa mère l'aurait assailli de recommandations anxiogènes. Il voyait bien que c'était grave, mais restait convaincu que, dans quelques semaines, tout serait fini. Ses parents avaient l'argent pour les soins, ça irait d'autant plus vite. Alors, quand le médecin avait prononcé le mot « chimiothérapie », Tim était tombé de haut.

Il ne connaissait pas grand-chose au principe, mis à part ce qu'on voyait dans les films. Plus de cheveux et l'air fatigué. Il ne voulait pas ressembler à ça, il ne voulait pas avoir l'air d'un alien. Tout mais pas ça ! Il avait d'abord été en colère, car à force de parler par périphrases, les médecins n'avaient jamais prononcé le mot « cancer », du moins, pas en sa présence. Ils disaient « mon collègue oncologue », « tumeur maligne » et parlaient d'une « future défaillance respiratoire ».

Mais le mot « chimiothérapie »… Tim réalisait qu'il était malade pour de vrai, pas pour rigoler, et que, le lendemain, son poumon droit pouvait peut-être décider de le lâcher.

Pourquoi ? Ce n'était vraiment pas juste : il était sportif, il ne mangeait pas trop mal, il ne fumait pas, il était jeune, et il n'y avait même pas de cas dans sa famille. Alors pourquoi lui ? Qu'est-ce qu'il avait fait de mal ? C'était l'Ohio. À tous les coups, c'était l'Ohio le responsable. S'il était resté en Californie, ce ne serait pas arrivé. Tim sortit prendre l'air. L'atmosphère du petit cabinet se faisait trop étouffante. Ou bien peut-être était-ce son poumon qui l'abandonnait déjà… Tim avait envie de pleurer, mais se retenait pour ne pas craquer trop vite.

Dans la cour de l'hôpital, Tim s'assit sur un banc et se prit la tête entre les mains. Il toussa jusqu'à s'en faire mal à la gorge, et l'air lui parut soudain plus dense, comme s'il étouffait ; il pleurait aussi, ça ne devait pas arranger les choses. Plusieurs soignants s'inquiétèrent de lui, s'assurèrent qu'il allait bien. On lui apporta un verre d'eau. Tim accepta sans un mot, vexé de dépendre déjà autant des autres. Puis Flora apparut.

— Je me disais bien que j'avais entendu tousser, déclara-t-elle.

Elle était toujours aussi bariolée, mais ce jour-là, elle avait remonté ses cheveux en un chignon désordonné.

— Tu vis ici ? l'interrogea Tim.

La fois où il l'avait rencontrée, elle lui avait dit qu'elle était à l'hôpital car elle toussait, elle aussi, mais Tim ne l'avait jamais crue. Il avait parfois repensé à cette fille étrange, se demandant si elle n'était pas un mirage. L'avoir à nouveau en face de lui donnait une impression étrange.

— Peut-être, répondit-elle mystérieusement. Et toi, tu vas bientôt vivre ici ?

— Non !

— Mais il va bien falloir que tu commences ta chimiothérapie.

Il fronça les sourcils. Comment le savait-elle ? Est-ce que le bruit courait déjà dans les couloirs de l'hôpital ? N'y avait-il pas un secret médical pour éviter ça ? Face à son air interloqué, Flora continua :

— Quoi ? Les personnes qui ont un cancer font bien une chimiothérapie. Je le sais, je regarde *Grey's Anatomy*. Et même *Dr House*, parfois, mais j'aime moins. Il a l'air méchant.

— Comment tu sais ?

— Eh bien, il ne sourit pas beaucoup et il est très grognon avec son équipe.

— Non, pas... pas le Dr House. Comment tu sais que j'ai un cancer ?

— C'est écrit sur ton front.

Machinalement, Tim porta ses doigts à son front pour vérifier qu'il n'y avait pas du crayon sur sa peau.

C'était stupide : il l'aurait su. Flora rit en le voyant faire, et Tim pensa qu'elle se payait sa tête.

— Mais non ! Ce n'est pas vraiment écrit sur ton front, mais c'est dans tes énergies, c'est écrit dans ce qui émane de toi. Moi, je l'ai vu tout de suite quand on s'est rencontrés, mais je ne voulais pas te le dire, tu m'aurais prise pour une folle.

— Alors que maintenant... répliqua Tim avec ironie.

— Alors, la chimiothérapie ?

Il soupira. C'était peut-être psychologique, mais il lui semblait que même cela devenait plus éprouvant.

— La semaine prochaine.

— Super !

Tim ne trouvait pas ça super du tout, il était dévasté. Il voulait se réveiller de ce cauchemar. S'il se concentrait, il pourrait ouvrir les yeux, et se retrouver dans sa chambre californienne. Apathique, il fixa le sol, et Flora regardait au même endroit, cherchant peut-être à comprendre ce qui le captivait tant. Après quelques secondes, Flora proposa :

— Tu veux voir mes brochures ?

Par miracle, le téléphone de Tim vibra dans sa poche. C'était sa tante. Il salua Flora, pressé de quitter cet endroit abominable.

**

Tim devait parler à Jude, mais il craignait qu'elle prenne peur et le laisse seul. C'était difficile à gérer, un ami malade. Surtout quand ce n'était même pas un véritable ami. Il comptait encore aller au lycée, sauf les jours de chimio et ceux d'après, quand on ne pouvait pas se lever de son lit.

La veille, il avait enfin trouvé le courage de parler à ses parents. Ceux-ci lui avaient demandé s'il voulait rentrer en Californie. Tim n'avait même pas hésité. Il avait dit non. Ça pouvait paraître étrange, mais dans sa tête, c'était logique. Il n'envisageait pas d'être malade dans un lycée où tout le monde l'avait connu en bonne santé. S'il devait perdre ses cheveux, ses sourcils et son semblant de barbe, s'il devait avoir l'air frêle et le teint cireux, alors autant qu'il le soit là où personne ne savait qui il était. Il aurait moins honte. Ses parents étaient tristes : pris par leur travail, ils ne pouvaient même pas être près de lui. Ils lui promirent de venir le voir dès que possible. Tim s'en moquait, leur présence ne changerait rien pour lui. Il resterait malade.

Il avait déjà loupé une journée de cours, restant allongé sur le canapé à regarder des séries humoristiques dans l'espoir de rire un peu. Il avait aussi préparé ce qu'il allait dire à Jude, et avait imaginé toutes les réactions possibles. Dans le meilleur des scénarios, elle l'embrassait et lui promettait qu'elle serait toujours là pour lui. Dans le pire, elle le rejetait. Dans le plus probable, elle se contentait d'un mot d'encouragement.

Ils ne s'étaient pas donné rendez-vous à midi, mais Tim décida tout de même d'aller la voir en coulisses. L'auditorium était ouvert, comme d'habitude, mais Terence, un texte à la main, arpentait la scène en chuchotant. Tim hésita à faire demi-tour, voyant qu'il répétait, mais trouva l'idée stupide. Il devait parler à Jude, à tout prix.

Tim s'aventura dans les coulisses à la recherche de son amie, mais ne la trouva nulle part. En revenant sur scène, il se risqua à demander à Terence :

— Tu n'aurais pas vu Jude ?

Le jeune homme, surpris, leva le nez de sa feuille.

— Qui ?

— Jude. Elle… elle est blonde, elle porte des salopettes.

— Ça me dit rien.

Un sentiment de déception s'empara de Tim. Il pouvait lui envoyer un message, mais il aurait voulu lui parler face à face. On était vendredi ; il ne pourrait pas le faire avant le lundi, car Jude ignorait ses SMS et il était impossible de la voir en dehors du lycée. Tim ne tiendrait pas tout le week-end. Comme il avait besoin d'un peu de conversation, il interrogea Terence :

— Tu as eu quel rôle ?

Terence le dévisagea avec un certain mépris, comme si Tim l'offensait rien qu'en lui parlant. Néanmoins, il répondit :

— Œdipe.

— Tu as eu le premier rôle ? s'étonna Tim.

— Je suis un super acteur, je ne vois pas pourquoi ça étonne tant de monde. Mais ce fichu texte ! Les Grecs et leurs phrases à rallonges… C'est une galère incroyable. J'espère que ce truc va sauver ma moyenne, parce que, sinon, je fais un scandale.

Tim compatissait. Il n'aimait pas trop ce gars, mais sur certains points, il le comprenait. Ils n'étaient pas si différents…

— Je suis désolé qu'on t'ait viré de l'équipe.

Terence leva un sourcil.

— Non, c'est faux. T'es pas du tout désolé, t'es super content et tu penses que je l'ai mérité. Comme tout le reste de ce lycée.

— OK, je suis peut-être un peu content. Mais tout de même, c'était assez extrême. La coach aurait pu te donner un blâme.

— On est d'accord ! Je n'ai jamais vu ça de ma vie !

Terence avait abandonné l'idée de travailler son texte. Il fourra le papier dans sa poche et reprit :

— Et toi ? Tu n'es pas revenu, après. Dommage, tu étais le seul avec une carrure acceptable.

Le compliment toucha Tim ; il en venait presque à oublier que ce type l'avait quasiment insulté dans son dos.

— J'étais pas en forme.

— Ah oui, ta toux. Tu devrais faire vérifier ce truc, on sait exactement où tu es dans le lycée rien qu'en t'entendant cracher tes poumons.

La gorge du garçon se serra. Il aurait préféré que Jude l'apprenne d'abord, mais Terence venait de lancer le sujet, et Tim avait terriblement besoin de le dire à quelqu'un. Alors si ce gars devait être le premier au courant, ainsi soit-il. Le regard fuyant, il articula :

— J'ai vu un médecin, en réalité. C'est pas vraiment bon. C'est…

Les mots restaient bloqués. Terence patientait, les sourcils froncés. Tim parvint enfin à les prononcer. C'était la première fois qu'il les disait à voix haute.

— C'est un cancer du poumon.

— Oh merde ! s'exclama Terence. Mince, je suis désolé, mec. Je… Merde. Je me sens mal, je t'ai dit de la fermer l'autre jour, aux auditions.

— Non, t'inquiète.

— Et c'est grave ? Enfin, oui. Mais, grave, grave ?

Tim haussa les épaules.

— Je vais faire une chimio, donc ça doit l'être.

— Et ça va, toi ? Bon, non, fatalement. Mais le moral, tout ça ?

Tim répéta son geste. Il avait beaucoup pleuré ces deux derniers jours, et il ne parvenait à s'endormir qu'après avoir épuisé toutes ses larmes, mais il était encore sous le choc. Il ne voulait pas penser à la suite, à quoi allait ressembler sa vie dans les semaines à venir. Face à son silence, Terence laissa couler, et lui proposa :

— Tu as mangé ? On peut aller déjeuner avec l'équipe, si tu veux.

— Tu ne dois pas répéter ?

— C'est bon, ça peut attendre. De toute manière, moi, les Grecs…

Tim accepta, et les deux garçons quittèrent l'auditorium pour rejoindre le réfectoire. Terence le présenta aux joueurs de l'équipe de football, qui acceptèrent Tim sans poser de questions. Cet accueil mit du baume au cœur de l'adolescent, et, après quelques minutes, il réussit même à oublier l'absence de Jude et la présence de la tumeur dans son poumon droit.

Chapitre 7

Megan ne travaillait à la bibliothèque que les week-ends. Nelly s'y était rendue tous les jours de la semaine et ne l'avait pas revue avant le samedi suivant. Elle n'avait pas osé lui parler, la voyant débordée par l'afflux des lecteurs. Le dimanche, Nelly s'était réveillée trop tard, car elle avait passé une nuit blanche à attendre l'appel de son père, arrivé à Dubai. Il lui avait promis de lui téléphoner dans l'après-midi pour lui, dans la nuit pour Nelly. Bien entendu, le portable de celle-ci était resté silencieux.

Quand elle ne travaillait pas, Megan allait au centre commercial avec les filles de sa classe, dînait au restaurant avec son petit ami qui étudiait la philosophie à l'université, et profitait des beaux jours avec ses parents et ses trois petits frères et sœurs au bord du lac de la ville. Nelly savait tout cela car son ancienne camarade documentait sa vie sur les réseaux sociaux. Ses profils abondaient de photos colorées où, chaque fois, une nouvelle personne faisait son apparition. Il y avait des légendes poétiques : Megan réfléchissait sur le sens du bonheur, la joie des moments du quotidien et la beauté de la simplicité.

Quand Nelly regardait son propre flux d'images, l'écart entre leurs deux vies se creusait. Nelly prenait soin de poster des photos qui s'harmonisaient entre elles, couleurs et ambiances accordées. Elle prenait des clichés de ses plantes au coucher du soleil, de ses sacs de luxe disposés sur ses draps. Toutes étaient longuement retouchées et travaillées. Elle faisait semblant de se photographier au saut du lit, les cheveux en bataille, sans maquillage, quand elle avait déjà passé une bonne heure dans la salle de bains. Les réseaux sociaux étaient les vitrines des deux filles, mais elles ne vendaient pas le même rêve.

Nelly avait conscience que son obsession dérangeante pour Megan grossissait de jour en jour. Cette obsession était d'autant plus manifeste qu'elle n'osait pas la contacter directement, de peur de l'embêter ou de crainte de ne jamais recevoir de réponse. Pourtant, elle continuait de l'espionner à travers son ordinateur, se demandant à quoi elle occupait son temps, à cet instant précis. Megan avait l'air d'avoir une vie… si parfaite. Nelly l'enviait. Elle voulait la tranquillité de son groupe d'amis et l'affection de son copain, l'amour de ses parents et la complicité de sa fratrie. Ce désir de prendre sa place devenait douloureux : Nelly n'était jamais autant sortie de chez elle, mais son sentiment de solitude l'étouffait davantage de jour en jour. Cela faisait bientôt trois semaines qu'elle n'avait pas entendu la voix de son père. Ironiquement, il ne lui manquait même plus.

Ce samedi-là, deux semaines après sa première visite à la bibliothèque, Nelly y retourna et prit sa place attitrée. Elle était toujours libre. Peut-être les gens respectaient-ils son habitude. Ou elle était la seule à aimer l'endroit. Elle déballa ses affaires et entreprit de travailler. Elle devait rendre un rapport d'avancement à la fin du mois.

Megan était au bureau, Nelly était passée devant elle, mais leurs regards ne s'étaient pas croisés. Nelly n'avait pas prévu de lui parler. Que lui aurait-elle dit ? « Quelles sont les nouvelles ? » Alors que Nelly savait déjà tout ? Elle préférait se contenter de l'observer, d'imaginer sa vie parfaite, jusqu'à ce qu'elle en ait marre et que son intérêt disparaisse. Pour le moment, il lui permettait au moins d'être productive. Elle étudiait bien à la bibliothèque.

Au bout d'une heure, Megan se leva, une pile de livres dans les bras. Nelly fit semblant de rester concentrée sur son ordinateur, mais en réalité, elle ne la lâchait pas des yeux. Megan se balada dans les rayons, se rapprochant de la table de Nelly. La gorge de celle-ci s'assécha. Megan vérifia du regard que ses supérieurs ne la surveillaient pas et tira la chaise en face de Nelly.

— Salut, chuchota-t-elle.

Nelly retira ses écouteurs d'un air faussement surpris.

— Salut, comment tu vas ?

Elle jouait la nonchalance, comme si elle n'avait pas passé deux semaines à penser à elle.

— Ça va super, et toi ? Je voulais t'envoyer un message, mais ça m'est sorti de l'esprit. J'étais super occupée ces derniers temps.

— Ne t'en fais pas. Moi aussi, j'avais plein de trucs à faire.

Nelly savait mentir. Elle faisait croire à son père depuis des années qu'elle s'en fichait qu'il parte les trois quarts de l'année.

— Je t'aurais contactée de toute manière. Je voulais savoir, tu fais quelque chose ce soir ? On fête *Homecoming* au lycée. J'ai pensé à toi, je me suis dit que c'était triste que tu sois à la maison et que tu rates ce genre d'événement.

Le cœur de Nelly se serra. Émue, elle accepta sans hésiter. La jeune fille avait vu juste. Nelly ne s'était jamais rendue ni aux matchs locaux ni aux événements qui rassemblaient la jeunesse.

Megan afficha un grand sourire.

— Cool. Alors à ce soir ! 20 heures à Jefferson. Appelle-moi dès que tu y es. Faut que je file, j'ai quatre mille bouquins à ranger.

Elle récupéra sa pile et disparut de nouveau dans les rayons. Nelly tenta de se remettre au travail, mais impossible d'aligner trois mots sur son rapport. Cette fois, ce n'était pas Megan qui la distrayait, mais la perspective de faire quelque chose d'entièrement nouveau. La joie irradiait en elle.

**

Nelly passa l'après-midi à choisir sa tenue. Elle possédait deux armoires remplies de vêtements de couleurs sombres, flashy ou pastel, de coupe classique ou délirante, à motifs fleuris, psychédéliques ou vichy. Elle ne les portait pas tous, loin de là, mais continuait d'en acheter. Elle ne savait pas comment les autres filles seraient habillées. Elle ne voulait pas en faire trop, mais cherchait à sortir du lot. Elle voulait que les autres jeunes la remarquent, se demandent qui elle était, si elle allait au lycée. Elle souhaitait marquer les esprits, sans provoquer, pour éviter qu'on parle dans son dos et qu'on l'accuse de vouloir capter l'attention. C'était une géométrie difficile dont la réalisation lui prit quatre bonnes heures, sans compter le maquillage.

Son choix arrêté, Nelly dut faire taire la petite voix du doute dans sa tête. Celle qui répétait qu'elle n'était pas si jolie, que les autres filles seraient mieux apprêtées et qu'elle allait se ridiculiser. Même en étirant les heures au maximum, elle était prête bien avant 20 heures, et tua l'attente allongée sur son lit, toute pomponnée. À sa fenêtre, le soleil descendait, la nuit tombait. Nelly n'était plus éclairée que par la lumière de son téléphone quand elle décida de se mettre en route. Son cœur battait la chamade, d'excitation et d'appréhension. Elle s'était imaginé de merveilleux scénarios, et ne savait pas lequel elle voulait le plus voir se réaliser.

Le parking lui parut vide. Un instant, Nelly craignit une mauvaise blague. Si ça se trouvait, Megan et ses amis étaient cachés de l'autre côté de la rue, et attendaient de la voir errer à leur recherche pour se moquer d'elle. Sa panique s'atténua quand elle remarqua des panneaux fléchés. Elle les suivit, et aperçut bientôt une foule éparse à l'écart du bâtiment principal. Les mains dans les poches de sa veste en jean – floquée au logo d'un groupe de rock, pour se donner un style alternatif –, Nelly s'en approcha.

Sur le terrain de football des garçons s'affairaient pour constituer une pyramide de branchages et de bouts de bois. Quelques planches posées sur des tréteaux faisaient office de buffet. L'assemblée restait clairsemée, mais il était à peine 20 heures. Nelly appela Megan, comme convenu, mais tomba sur son répondeur. Elle tapota : *Je suis là.* En attendant sa réponse, elle alla prendre un jus d'orange, mal à l'aise, perdue parmi tous ces inconnus. Elle regardait les jeunes préparer le feu, vérifiant toutes les minutes son téléphone, dans l'attente de la réponse de Megan.

Un garçon vint lui parler.

— Excuse-moi, où est-ce que tu as eu à boire ?

La table où s'étalaient des gobelets en plastique était juste derrière eux, et personne ne la cachait. Le garçon avait, de toute évidence, trouvé une excuse pour l'aborder. Nelly ne s'en plaignit pas : elle aimait plaire et n'était pas contre un peu de compagnie pour patienter. Elle tendit son verre vide.

— C'est derrière. Tu peux me prendre un autre jus d'orange ?

Il lui adressa un sourire et un clin d'œil entendu, avant de revenir avec les deux boissons. Ensemble, ils regardèrent les garçons se démener pour tenter de faire démarrer le feu.

— On voit qui ne survivrait pas à une apocalypse ici, commenta-t-il.

Nelly haussa les sourcils.

— Pourquoi tu ne vas pas les aider ?

— Je pourrais, c'est vrai. Mais c'est plus drôle de les regarder faire.

Nelly but une gorgée de sa boisson. Le garçon ne lui semblait plus aussi sympathique. Il ressemblait à un mauvais cliché de l'athlète arrogant – le personnage qu'elle aimait le moins dans les films. Elle vérifia son téléphone, Megan n'avait pas répondu.

— C'est marrant, je ne t'ai jamais vue au lycée, dit le garçon.

— Tu ne peux pas connaître tout le monde, lui fit remarquer Nelly.

— C'est vrai, mais une jolie fille comme toi, je l'aurais remarquée depuis longtemps.

Nelly ricana puis, voyant à sa mine dépitée qu'elle l'avait blessé, se reprit :

— Pardon. Merci, c'était gentil. En plus, tu as raison, tu ne m'as jamais vue.

— Et mystérieuse, en plus de ça !

— Terence ! cria une voix stridente.

Megan venait vers eux.

— Est-ce que tu peux arrêter de mettre le grappin sur toutes les filles que tu croises ?

— On discute, se défendit Terence.

— C'est uniquement parce qu'elle ne sait pas encore à quel point tu es con. Tu n'as pas autre chose à faire, comme rester chez toi et réviser pour éviter de redoubler une troisième fois ?

Terence se tourna vers Nelly et dit, moqueur :

— Et après, elle s'étonne que personne ne l'invite aux soirées.

— Allez, Nelly, viens. Je vais te présenter à des gens qui en valent vraiment la peine.

Megan empoigna la main de Nelly. Celle-ci frissonna. Pendant qu'elles s'éloignaient, Terence leur lança :

— Au fait, Meg, comment va Adam ? N'oublie pas de m'appeler si jamais ça ne fonctionne pas entre vous !

— C'est qui ce gars ? questionna Nelly.

— Un pauvre type, ne fais pas attention à lui.

Megan présenta Nelly à son groupe d'amis – ceux qu'elle avait vus tant de fois en photo. Ils étaient drôles, gentils, et l'accueillirent avec chaleur, mais aucun d'entre eux ne s'intéressa à elle comme Megan le fit. Elle ne laissa jamais Nelly seule, lui répétant qu'elle l'avait invitée et qu'elle voulait qu'elle passe une bonne soirée. Nelly ne s'en plaignait pas, au contraire. Elle goûtait à la vraie personnalité de Megan, pas juste à celle qu'elle avait imaginée à partir des réseaux sociaux.

L'empilement de bois s'était enfin embrasé ; alors que la nuit devenait plus obscure et que la sono crachait de la musique pop, le stade se remplissait des élèves de l'établissement. Leur petit groupe s'était retiré dans un coin de la cour, sur une table de pique-nique et, dans l'obscurité, une bouteille d'un mauvais alcool circulait. Nelly n'en prit que quelques minuscules gorgées, vite écœurée par l'amertume, mais Megan but davantage. Lorsqu'une voix au micro annonça la dernière danse de la soirée, vers 23 heures, invitant les élèves à choisir leur partenaire de slow, Megan paniqua.

— Je ne peux pas rentrer chez moi, mon père va voir que j'ai bu, il va me tuer !

Nelly lui proposa :

— Tu n'as qu'à venir dormir chez moi.

Une lueur d'espoir anima le regard de Megan.

— Tu penses ? Enfin, ça ne dérangera pas tes parents ?

Nelly rit doucement.

— Non, crois-moi.

Megan appela son père, restant très concentrée pour lui demander la permission de découcher sans paraître suspecte. Elle fit une petite danse quand il accepta ; Nelly s'en amusa. Elles partirent un peu avant la fin du slow, pour échapper à la foule quittant le stade. Quand elles rejoignirent la voiture, Nelly était persuadée que Megan aurait pu rentrer sans problème. Elle ne sentait pas l'alcool, et avait tous ses moyens. Mais elle était si heureuse de la recevoir pour la nuit qu'elle ne fit aucun commentaire.

Sur le chemin, Megan demanda à nouveau :

— Tu es certaine que ça n'embêtera pas tes parents ?

— Mon père n'est pas à la maison, expliqua Nelly.

— Et ta mère ?

— J'ai pas de mère.

— Ah… rétorqua Megan. Moi non plus. Elle est morte quand j'avais cinq ans.

L'annonce avait été brutale, peut-être la conséquence de l'ébriété. Les doigts de Nelly se crispèrent sur le volant. Elle avait pourtant cru… Peut-être qu'on ne savait pas tout d'une personne en la suivant sur Internet. Elles terminèrent le trajet sans un mot.

En pénétrant dans la grande maison, Megan s'extasia sur la décoration, la propreté et l'espace. Nelly riait. Quand on y vivait seule, ce n'était pas si incroyable. Elle prêta à sa nouvelle amie un pantalon de survêtement et un tee-shirt qui lui seyaient parfaitement. Après s'être démaquillées, les filles se glissèrent dans l'immense lit aux draps frais. La situation rappelait à Nelly les soirées pyjama de son enfance.

— Je n'en reviens toujours pas, dit Megan avant d'éteindre la lumière. Ta maison est immense.

Elle observait Nelly, couchée sur le côté, une main sous sa joue. Celle-ci pinça les lèvres.

— Un peu trop grande, si tu veux mon avis. Surtout quand il n'y a personne d'autre dedans.

— Ton père n'est pas souvent là ?

Nelly secoua la tête.

— Non. Il voyage beaucoup pour son travail, et son bureau est à Chicago. Il revient pour quelques jours quand il doit être au calme pour boucler un dossier, puis il repart.

— Et tu ne vas même pas au lycée, ajouta Megan. Tu ne te sens pas trop seule, parfois ?

Le cœur serré, Nelly acquiesça.

— Si.

— Eh bien, tu n'es plus toute seule, murmura Megan. J'en fais une affaire personnelle.

Un sourire heureux se dessina sur le visage de Nelly. Quand elle se tourna vers sa nouvelle amie, Megan somnolait déjà, les yeux fermés.

— J'éteins ?

— Vas-y.

Elle pressa l'interrupteur sur le mur à côté d'elle.

— Bonne nuit, Megan.

— Bonne nuit, Nelly.

Chapitre 8

Le lundi matin, en première heure, Tim avait cours de maths. Il s'y rendit la boule au ventre, sachant qu'il y trouverait Jude et qu'il devait lui parler. Il ne l'avait pas vue le samedi soir et ses messages étaient restés sans réponse. Il avait tout de même passé une bonne soirée, avec Terence et sa bande ; pendant quelques heures, il était presque redevenu l'adolescent californien et populaire d'avant. La réalité l'avait rattrapé bien vite ; il était parti avant la fin, éreinté, suffoquant à cause de la fumée. Sous l'effet des médicaments, les premiers qu'il prenait, il avait dormi toute la journée du lendemain.

Dans la classe, Tim s'installa derrière Jude, comme d'habitude.

— Hey Jude.

— Salut, répondit-elle en se tournant vers lui.

— Tu n'es pas venue samedi soir.

Il y avait un reproche dans sa voix, ce qu'il aurait voulu éviter, mais Jude ne s'en formalisa pas. Elle répondit calmement :

— Non, c'est pas trop mon truc, ce genre d'événement. Trop de monde. C'était bien ?

— Ça allait. Moins spectaculaire que dans mon ancien lycée, mais c'était sympa. Dis-moi, tu penses qu'on peut manger ensemble ce midi ?

Elle fronça le nez.

— Je ne sais pas, j'ai des trucs à faire.

— S'il te plaît, insista Tim. Il faut que je te parle.

— À moi ? C'est grave ?

Il vit bien son inquiétude et décida d'en jouer, pour être sûr qu'elle ne lui échappe pas une nouvelle fois.

— Un peu.

— Bon, d'accord, mais je ne pourrai pas manger avec toi. À l'auditorium, ce midi.

— Cool, souffla Tim. On fait comme ça.

Jude se retourna, et ne lui accorda pas un regard durant le cours. Quand celui-ci prit fin, elle fila avant même que Tim ait fini de ranger ses affaires.

L'attente fut longue. Tim avait bien préparé ce qu'il allait dire. Il ne voulait ni être alarmiste ni donner l'impression de se voiler la face. Il voulait que Jude comprenne ce qu'il vivait. C'était important pour lui, elle était la première amie qu'il s'était faite à Delphos. Malgré l'apathie dont elle faisait preuve bien souvent,

Jude comptait pour lui. Il s'était attaché à elle plus qu'il ne l'aurait pensé.

La jeune fille l'attendait, assise au bord de la scène, les pieds dans le vide. Pas de cartons aujourd'hui, comprit Tim. Tant mieux. Il monta les trois ou quatre marches de la scène pour la rejoindre. En temps normal, il se serait simplement hissé à sa hauteur, mais c'était impossible désormais. Ses muscles étaient parcourus de douleurs spasmodiques. À croire que, maintenant que le diagnostic était posé, tout son corps se réveillait pour crier son mal.

— Alors, demanda Jude, qu'est-ce qui se passe ?

Tim toussa au même moment, de cette toux sèche qui ne lui libérait pas la gorge et le laissa avec ce poids dans la poitrine. C'était presque ironique.

— Bon, avant toute chose, je ne veux pas que tu paniques.

— Tu me fais peur, Tim.

— Je suis malade.

Seul Terence était aussi au courant, mais de l'avoir révélé une première fois rendait la seconde plus facile. Puis, il voulait expédier cette conversation au plus vite.

— Oui, je sais ça, rétorqua Jude. Tu es allé voir un médecin ?

— Non, vraiment malade. Je…

Tim souffla : ça devenait difficile.

— Une grosse merde de maladie, un cancer du poumon droit.

Jude resta silencieuse. Elle fuyait son regard ; ses doigts se crispèrent sur le bord de la scène. Tim attendit sa réaction avec une anxiété qui grandissait de seconde en seconde. Finalement, Jude releva la tête.

— C'est très avancé ?

— Les médecins ne disent pas que je vais mourir, donc c'est peut-être bon signe.

Il tentait l'humour pour dédramatiser, mais Jude resta grave.

— Enfin… selon eux, c'est aussi une question de semaines avant que je sois placé sous respirateur. J'ai ma première chimio vendredi, je… je flippe un peu, en vérité.

Le silence enveloppa de nouveau l'auditorium, et cette fois-ci, il devint insupportable. Tim le combla :

— Je ne sais pas, je ne dois pas réaliser entièrement. D'abord, il y a eu ma venue dans l'Ohio, puis ça. C'est à croire que je vis dans une dimension parallèle, c'est… irréel.

— Je suis désolée, Tim. J'espère que tu t'en sortiras. Tu veux que je prenne tes cours de maths ?

Il fronça les sourcils, confus. Pourquoi lui parlait-elle de cours ? Il trouvait sa réaction affreusement plate, comme si elle restait insensible, malgré sa voix apaisante. Il ne demandait pas de larmes, mais elle aurait pu le prendre dans ses bras, ou au moins lui donner une tape réconfortante sur l'épaule. Pris au dépourvu, car ses scénarios idéaux partaient en fumée, il bafouilla :

— Oui. Oui, s'il te plaît. Prends mes cours de maths.

— D'accord, je me débrouillerai pour qu'on prenne aussi tes autres cours, si ça peut t'éviter de t'occuper de ça.

Le fait qu'elle lui propose son aide rendait les choses d'autant plus difficiles. Tim était déçu, mais il ne pouvait pas s'énerver et lui reprocher son indifférence. Il aurait eu l'air de se plaindre pour rien. Jude se racla la gorge et attrapa son sac.

— Je… Il faut que j'y aille, pour de vrai, mais si tu as besoin de quoi que ce soit, je suis là. Surtout, prends soin de toi.

Tim hocha la tête et la regarda quitter l'auditorium, le cœur brisé. Il ne la croyait pas : elle n'en avait rien à faire. Les doutes qu'il entretenait depuis le début se confirmaient, il l'embêtait plus qu'autre chose. Une silhouette apparut alors face à lui. Durant une milliseconde, Tim espéra que Jude était revenue. Terence lui lança :

— Mec, tu ne regardes jamais ton téléphone ? Je t'appelle depuis tout à l'heure ! Tu viens manger ?

Tim attrapa son sac à contrecœur. Il aimait bien Terence, mais ce n'était pas lui qu'il voulait voir à cet instant.

**

Pour lui changer les idées, Terence lui proposa de venir chez lui après les cours faire une ou deux parties de jeux vidéo. Il voyait bien que le moral de Tim n'était pas bon. Celui-ci, qui n'avait pas pensé à rapporter sa console à Delphos, accepta volontiers. La manette lui manquait un peu et il voulait se sortir Jude de la tête. Il avait expliqué la situation à Terence ; malheureusement, son ami avait confirmé ses craintes.

— Elle n'est pas intéressée. Passe à autre chose. Elle n'en a rien à faire, sinon, elle t'aurait sauté dans les bras en te répétant à quel point elle avait peur pour toi.

Terence avait l'air de s'y connaître avec les filles. Il était plus âgé de deux ans, bien qu'il étudie au même niveau que Tim. Il avait une vieille voiture qu'il avait retapée de ses propres mains et la gueule d'un acteur des années 50, genre James Dean ou Marlon Brando. Il n'était peut-être plus capitaine de l'équipe de football, mais il en gardait l'attitude, marchant dans les couloirs comme s'il en était propriétaire et raillant les autres élèves dès qu'il le pouvait. Tim était bien content d'être dans ses petits papiers. Leur relation avait mal commencé, mais à présent, Terence l'avait pris sous son aile. Tim se demandait si lui, le cancéreux, ne devenait pas la caution du sportif destitué et à la mauvaise réputation. En même temps, puisque Jude le lâchait, il ne lui restait que Terence.

Ce dernier vivait dans un quartier à l'extérieur de la ville, où les maisons tombaient un peu en ruine et où les pelouses n'étaient pas bien entretenues. Une des fenêtres était condamnée par une planche en bois humide. Quand les garçons entrèrent, la mère de Terence pliait le linge sur le comptoir de la cuisine. L'intérieur était encombré, poussiéreux, saturé d'une odeur de chien. Tim toussa. Sur les murs, des lézardes et des fissures sinuaient entre deux portraits de Terence plus jeune. Sa chambre était en désordre, comme le reste de la maison. Terence ôta quelques vêtements sales de son lit pour faire de la place à Tim. Il alluma la console avant de demander à son invité s'il avait faim. Le garçon refusa, mais Terence partit tout de même chercher un paquet de gâteaux.

Pendant son absence, Tim parcourut l'endroit des yeux. Le sol était en béton nu, en partie couvert par un tapis. Dans un coin, près d'une commode avec un autocollant Winnie l'Ourson sur le côté, traînaient des haltères. Le bureau était encombré de feuilles volantes et de bouteilles de plastique vide. Sur la table de nuit, un flacon orangé attira l'attention de Tim. On aurait dit des médicaments. Il l'attrapa et le secoua. Les pilules à l'intérieur tintèrent contre les parois. On pouvait lire sur le bouchon « BLUEMAN TERENCE » ainsi qu'un mot barbare et un dosage. Les pas de son ami se rapprochaient dans le couloir ; il reposa le flacon.

— OK, alors à quoi tu veux jouer ? interrogea Terence en s'asseyant à côté de lui.

— Ce que tu veux. Je m'en fiche.

— Allez, tu peux faire un choix. Sois pas passif, comme ça.

— NBA 2K17, c'est bien, choisit Tim en voyant le CD inséré s'afficher à l'écran.

Terence lui donna la seconde manette, et ils passèrent quelques minutes à choisir leurs équipes. Une fois le match lancé, Tim prit une sacrée raclée, 126 à 12, si bien que Terence s'agaça de sa mollesse.

— Tu joues pas, là !

— Désolé, soupira Tim, j'ai la tête ailleurs.

— C'est ta petite amie qui te tracasse ? Comment elle s'appelle déjà ? Julia ?

— Jude, le reprit Tim. Et non, c'est pas… c'est pas seulement elle. C'est un tout. On va m'injecter des médicaments lourds vendredi, je te rappelle.

Il détourna les yeux, car il ne voulait pas que Terence le voie pleurer.

— Tu as peur que ça ne réussisse pas ?

— J'ai peur de plein de trucs. J'ai peur que ça ne fasse rien, que ça empire, j'ai peur de perdre mes cheveux et de vomir à longueur de temps. Je dis à mes parents et à ma tante que ça va aller, qu'on guérit les cancers aujourd'hui, et j'y crois, moi aussi. Les médecins ont dit que c'était pris à temps, que j'avais énormément de chance. Mais j'ai peur de ce que ça va me faire, à moi, à mon corps, à ma tête, et de ce que les gens vont penser quand ils me verront au lycée, ou dans la rue.

Il marqua une pause et se mit à rire.

— C'est dingue, je suis malade, et je ne m'inquiète même pas pour ma santé, mais de ce que les autres vont penser de moi. De quoi j'ai l'air, maintenant ?

— Je trouve que ta peur est justifiée, dit Terence. Moi, je flipperais si du jour au lendemain je devenais différent physiquement.

Sa réponse se voulait bienveillante, mais elle n'aidait pas Tim. Pire, elle le confortait dans le sentiment que sa vie changerait à la fin de la semaine, qu'il ne lui restait que quelques jours pour profiter d'une existence normale.

— OK, OK, attends, j'ai une idée, déclara soudain Terence.

Il se leva et disparut dans la pièce voisine. Tim l'entendit fouiller. Il revint avec une tondeuse et une serviette, attrapa sa chaise de bureau et la plaça à portée de la prise électrique. Tim fronça les sourcils.

— Pourquoi tu veux que je me rase le crâne ? Ça va tomber, de toute manière.

— Non. Non, non. On ne va pas te raser le crâne, on va *me* raser le crâne.

Tim resta interdit.

— Mais pourquoi ?

— Si tu dois avoir l'air d'un alien au lycée, alors moi aussi. Il n'y a pas de raison pour que tu sois le seul.

— T'es pas obligé…

— C'est bon, c'est des cheveux. Je m'en fiche. Viens, tu vas le faire.

Il brancha la tondeuse. Tim hésita, ne sachant pas comment prendre la situation. Jusque-là, Terence avait été son meilleur soutien, mais aussi l'un des seuls. Il pensait que son ami s'en fichait, au fond, et qu'il ne le fréquentait que par charité. Mais… en réalité, Terence se souciait de lui. Ce dernier s'installa sur la chaise, posa la serviette sur ses épaules et encouragea Tim à donner le premier coup de tondeuse. La main du garçon tremblait. Une mèche tomba sur la serviette, et Tim suspendit son geste.

— Quoi ? Il y a un problème ? s'étonna Terence.

— Non… Non, c'est juste que… Merci, c'est cool de ta part.

— De rien, mec, c'est à ça que servent les potes.

Chapitre 9

Colin avait préparé les brochures. Il s'était aventuré dans le local derrière l'orgue de l'église où les piles soigneusement triées étaient posées entre deux tasses sales. Il en avait pris une de chaque, car il ne savait pas lesquelles Flora possédait déjà. Il les avait rangées dans une pochette avant de les glisser dans son sac.

Colin avait été le premier à écrire son nom sur le tableau de répartition des bénévoles, ce qui avait étonné bon nombre d'autres fidèles, car l'hôpital n'était pas en vogue. Il se sentait un peu coupable d'abandonner les enfants des cours du soir, mais la camarade qui le remplaçait de temps à autre se débrouillait à merveille. Un grand sourire s'était même dessiné sur ses lèvres en apprenant que Colin lui laissait sa place.

Les adultes qui l'accompagnaient émettaient quelques doutes. Dans la voiture, on lui rappela la raison pour laquelle ils se rendaient auprès des malades : apporter la parole de Dieu et non visiter des amis. Colin acquiesça, feignant de ne pas comprendre le reproche déguisé. Ils arrivèrent à l'hôpital sous un soleil froid. Septembre laissait doucement place à octobre, et emportait avec lui les dernières chaleurs de l'été indien. Colin gardait son sac serré contre lui, impatient de remettre les précieuses brochures à Flora.

Cette fois, il lui parlerait plus longtemps, insisterait peut-être même pour que Swann reste, si celui-ci était présent. Il poserait des questions à la fille et ferait semblant de délivrer le message de la paroisse, pour passer sous les radars. Il avait tant d'interrogations en tête. Il voulait en savoir plus sur les forces et les énergies en lui. Il souhaitait apprendre à connaître l'adolescente, savoir ce qu'elle faisait dans cet hôpital et pourquoi elle paraissait sortir tout droit d'un dessin animé. Sa semaine avait été bien remplie ; il avait cependant trouvé du temps pour prier pour elle, demandant à Dieu que, quelle que soit sa maladie, elle s'en sorte.

Colin ne savait pas d'où lui venait cet élan protecteur. C'était peut-être un instinct qui le poussait à vouloir prendre les innocents sous son aile. Peut-être aussi sa conscience de bon chrétien.

Dans la salle des patients, il chercha Flora du regard, mais ne la trouva nulle part. Rien d'alarmant. Elle débarquerait à l'improviste, comme la dernière fois. Colin discuta avec des personnes rencontrées la semaine précédente. Voyant l'heure tourner, il accepta une partie de cartes. Sans grand enthousiasme, il débattit un peu avec un homme déterminé à lui prouver par A + B qu'aucune divinité ne pouvait exister. Quand il aperçut Swann dans le couloir, ce fut une libération. Colin bredouilla une excuse, laissa ses cartes au milieu de la table et interpella le garçon :

— Swann, attends !

Celui-ci allait sortir. Il se retourna gracieusement à l'appel.

— Encore toi ?

Ils s'étaient vus le matin même et commençaient presque à devenir de bons camarades.

— Tu as vu Flora ? questionna Colin.

— Non, elle ne veut pas sortir de sa chambre aujourd'hui. Une infirmière vient de me dire de rentrer chez moi. Pourquoi, tu voulais la voir ?

— Oui, j'avais des brochures pour elle.

Il extirpa le paquet de son sac. Swann fronça les sourcils.

— Flora n'est pas catholique.

— Non, je sais. Elle fait juste la collection.

Colin était déçu : il était venu exprès pour Flora, et il ne la verrait pas.

Swann le tira de ses pensées :

— Qu'est-ce que tu fais là, au juste ? À part distribuer des brochures ?

— Je fais mon service de bénévole pour la paroisse.

— Oh… Tu es vraiment catholique. Je pensais que tu leur avais volé les brochures.

— Je ne suis pas ce genre de personne ! se défendit Colin.

— Évidemment, tu es catholique.

Colin sourit. Swann maîtrisait à la perfection l'art du cynisme et savait garder son sérieux en toutes circonstances. On ne savait jamais quand il plaisantait, mais, à force de le fréquenter, Colin avait compris qu'il blaguait à longueur de temps, avec une grande finesse.

— Ma mère ne vient pas me chercher avant une heure, expliqua Swann. Ça te dit qu'on aille faire un tour ?

— Je ne peux pas, je dois…

Colin laissa sa phrase en suspens. Il repensa aux parties de cartes, aux dialogues de sourds sur la métaphysique et à l'œil inquisiteur des autres fidèles. Il ne souhaitait endurer aucune de ces épreuves. Il était venu pour Flora, et Flora n'était pas là. Il n'avait jamais désobéi, encore moins à Dieu. Mais pour ce qu'il en savait, les patients de l'hôpital se moquaient d'eux dans leur dos et les prenaient pour des illuminés. Colin se promit de prier pour tous les malades, en compensation.

— Laisse tomber. Je te suis.

Swann tourna les talons, et Colin lui emboîta le pas.

Ils empruntèrent un petit sentier qui partait du parking et s'enfonçait dans les champs. Bientôt, les bruits de la route s'atténuèrent, et l'odeur du fumier frais leur parvint. Colin regardait où il marchait pour ne pas salir ses chaussures cirées. Swann comprit son manège.

— Tu sais que tu n'es pas obligé de t'habiller comme ça. On n'est pas au lycée, tu n'as pas à être en uniforme.

— M'habiller comment ? s'étonna Colin.

— Comme si tu allais à un enterrement.

C'était vrai. Colin portait des pantalons en toile et des pulls à col rond, sobres, le plus souvent noirs.

— Tu n'es pas non plus une icône de la mode, fit-il remarquer à Swann.

Ce dernier ressemblait à un gamin de douze ans. Son corps maigrichon flottait dans un tee-shirt trop grand, avec une tête de mort dans le dos. Souvent, il arborait une casquette qu'il enfonçait à l'envers sur son crâne dès la sortie du lycée. Parfois, le matin, en franchissant les grilles de l'établissement, il oubliait de l'enlever. Colin, dans son rôle de médiateur, le reprenait alors sur le code vestimentaire.

— Au moins, je ne ressemble pas à un croque-mort.

Colin rit. Il ne le prenait pas mal : lui-même aurait aimé plus de couleurs dans sa garde-robe et des coupes plus cintrées. Des pantalons à carreaux, des chaînes, des bagues, de belles ceintures. Colin pensait avoir d'excellents goûts, mais n'avait aucune marge de manœuvre pour les exprimer.

— J'aimerais bien changer de style, mais je ne pense pas que ce soit une bonne idée, avoua-t-il.

— Pourquoi ça ?

— Mes parents. L'église. Les gens.

— Attends, mais c'est quoi ce fameux style pour que tu aies si peur des jugements ? Tu veux te balader avec des combinaisons fluo ?

— Peut-être, plaisanta Colin.

— Je donnerais tout pour voir ça !

En silence, ils continuèrent leur marche entre les haies sauvages. Le soleil rasait les champs qui s'étendaient devant eux. Il y avait une ambiance de fin d'été dans l'air. Bientôt, ils parvinrent au bout du sentier, et, comme aucun des deux ne voulait retourner à l'hôpital, ils s'installèrent sur un coin d'herbe. Colin s'allongea, son sac sous sa nuque. On n'entendait plus que le bruissement du vent dans les feuilles et les derniers pépiements d'oiseaux. Colin détaillait les nuages se promenant dans le ciel, Swann arrachait nerveusement l'herbe à sa portée. Ce tic finit par agacer son ami.

— Ne le prends pas mal, dit Colin, mais tu m'as l'air de mauvaise humeur aujourd'hui. C'est énervant.

— Je suis en colère.

— Pourquoi ? Parce que Flora t'a rejeté ?

— Quoi ? Non ! Je m'en fiche de Flora. C'est ce gars, il me mène en bateau depuis des semaines.

Colin fronça les sourcils.

— Comment ça ?

— Il me promet qu'on va se voir, puis il ne répond plus à mes messages. Il revient comme une fleur, et il me laisse en plan de nouveau. Il ne sait pas ce qu'il veut, et ça m'agace.

Quand Colin comprit ce qu'une telle révélation impliquait, son sang battit à ses tempes et une goutte de sueur perla sur son front. Ses doigts se crispèrent ; il évita le regard de Swann.

— Je ne savais pas que tu aimais les garçons, articula-t-il, la gorge nouée.

— Je n'aime pas que les garçons. Dieu merci : ils sont insupportables.

Le blasphème dérangea Colin, déjà raidi par l'annonce. Il fallait dire qu'il n'avait jamais rencontré de personnes homosexuelles. Il en avait beaucoup entendu parler, en revanche, à la table familiale et pendant les cours de catéchisme. Pas en bien, malheureusement.

— C'est juste une impression ou ça te dérange ? se vexa Swann.

— Non, non ! Enfin... je suis catholique, tu sais bien.

— Et alors ? C'est quoi le rapport ?

— Il n'y en a pas, pardon, s'excusa Colin, penaud.

Swann le dévisagea longuement et soupira.

— Enfin, bref, ce mec est un connard et moi je suis une bonne poire.

— Il n'est peut-être pas... pas dans ton délire, proposa Colin.

— Mec ! Sérieusement ? Tu me prends pour un abruti ? Tu es sûr que tu n'as pas de problème avec ça ?

Colin scrutait le ciel à la recherche d'une réponse. Bien sûr, la réponse idéale, celle que Swann voulait le voir prononcer, était « non ». Mais Colin avait entendu toute sa vie qu'il s'agissait d'un péché. Lui-même trouvait l'image grotesque et dérangeante. Imaginer deux hommes, deux femmes ensemble... Il y avait là quelque chose de contre nature. Le débat était devenu d'autant plus tendu depuis la légalisation du mariage pour « ces gens-là ». Quand la Cour Suprême l'avait autorisée, son père avait été d'humeur massacrante pendant une semaine, répétant que ces « dégénérés » cherchaient à prendre le pouvoir. C'était souvent l'argument de son père : le complot des mauvaises mœurs pour renverser les bonnes valeurs chrétiennes.

Swann ne voulait certainement pas entendre de telles monstruosités. Même Colin voyait la violence d'une telle opinion. Il choisit la facilité et répondit :

— J'ai sans doute un petit problème avec ça.

Le silence qui suivit jeta un froid glacial sur le duo. Sans un mot, Swann se leva, frotta l'herbe collée à son bermuda et déclara :

— Génial. C'est donc ça qu'on récolte quand on décide de pas se fier aux préjugés. Je pensais vraiment que tu valais mieux que ça. Mais non, tu es juste un abruti de plus.

Swann prit la direction de l'hôpital. Colin vit sa silhouette diminuer jusqu'à n'être plus qu'un point au bout du sentier. Lui resta allongé dans l'herbe, à regarder les nuages. Il avait le cœur gros et son sac rempli de brochures lui semblait pesant.

**

Lorsque Colin rentra chez lui, sa mère l'alpagua dès la porte franchie.

— C'est vrai ? C'est vrai que tu es parti en plein milieu de la visite à l'hôpital ?

Colin soupira ; les nouvelles circulaient vite. Il ne servait à rien de mentir, elle devait déjà avoir reçu un rapport détaillé de ses gestes et déplacements.

— J'ai rencontré un ami, expliqua-t-il. Ce n'est pas grave, je me rattraperai la semaine prochaine.

— Tu n'aurais pas dû partir, Colin. De quoi on a l'air, à présent ? On va passer pour une famille insensible !

Affalé sur le canapé, les pieds sur la table basse et les yeux sur la télévision, son père intervint :

— C'est bon, Olivia, laisse le gosse tranquille. On a tous fait l'école buissonnière. Colin, la prochaine fois, si tu ne veux pas faire le service, tu ne t'inscris pas. Ça t'évitera de ne pas tenir tes promesses.

Sa mère soupira, vexée, avant de disparaître dans la buanderie pour étendre du linge. En accrochant son sac, Colin vérifia que les brochures y étaient toujours. Il ne savait pas quand il pourrait les donner à Flora. Il ne voulait pas retourner à l'hôpital, il doutait même qu'on l'y autorise. En d'autres circonstances, il aurait pu demander à Swann de les lui faire passer mais… Swann n'était plus une option.

Le garçon était parti dans la précipitation, vexé. Colin se demanda si ce n'était pas lui, après réflexion, qui était en tort. Pourquoi s'était-il indigné ? Qu'est-ce que le fait de savoir que Swann aimait aussi les garçons changeait à sa vie ? Est-ce que cela importunait réellement Dieu ? N'avait-Il rien d'autre à faire que de juger les individus sur leurs histoires d'amour ? La gorge nouée, Colin alla s'asseoir près de son père.

— Papa ?

L'homme marmonna un « hum » qui signifiait « Dis-moi et fais vite ».

— On pense quoi de l'homosexualité ?

La question eut le mérite de capter l'attention de son père. Il se redressa et fixa son fils avec de grands yeux effarés. À croire que Colin venait de lui révéler que la maison brûlait.

— Eh bien, c'est un péché. Quand même, tu le sais. Pourquoi tu me demandes ça ?

— Il… il y a cet homme à l'hôpital qui me prenait la tête, mentit Colin. Il cherchait à me démontrer que la religion était mauvaise, et la preuve, pour lui, c'était qu'on était contre l'homosexualité. Je ne savais plus quoi en penser.

— Si cet homme pense que la religion est mauvaise, c'est qu'il n'y connaît rien. Tu ne devrais pas tant t'en soucier. Prie plutôt pour lui.

Colin acquiesça, et son père lui accorda une tape affectueuse sur l'épaule. L'adolescent monta dans sa chambre. Pour la première fois depuis la rentrée, il ne réussit pas à faire ses devoirs. Allongé sur son lit, il se posait mille et une questions. Sur Swann, sur lui-même, sur Dieu.

Si l'homosexualité était un péché, alors les personnes qui le commettaient iraient en enfer. Était-il d'accord avec cela ? Swann n'était pas un saint, certes, mais Colin l'aimait bien. Il ne voulait pas le voir condamné à la douleur après sa mort. Son camarade avait beau ne pas y croire, Colin savait que tout le monde finissait par être jugé. Croyants ou non. Il n'était pas non plus à l'aise avec cette idée, d'ailleurs… Les athées étaient envoyés en enfer, et Colin ne supportait pas que des innocents soient torturés après leur mort pour cette seule raison. Ne souhaitait-on pas la bienveillance et la tolérance ? Il y avait aussi ce mot, « dégénéré », que son père employait souvent : il ne l'aimait pas. Swann n'avait rien d'un dégénéré, bien au contraire, c'était un génie, et si quelqu'un était plus évolué, c'était bien lui !

Il était allé trouver son père avec l'espoir qu'il aurait modifié son discours habituel. Colin n'avait pas argumenté, mais il n'était plus d'accord avec lui. Cela signifiait-il qu'il était devenu un mauvais chrétien ?

À cet instant, on frappa à sa porte, sa mère entra ; elle tenait un livre à la main, Colin reconnut sa Bible. Il avait dû la laisser sur la table. Elle vint s'asseoir au bout de son lit et lui tendit le livre.

— J'ai entendu ta conversation avec ton père. Ton père est un homme droit et très cultivé, mais n'oublie pas qu'il faut aussi que tu lises, que tu ne suives pas aveuglément les interprétations des autres.

Sa mère se releva aussitôt. Sur le pas de la porte, elle lui souffla :

— Ton père ne détient pas la vérité absolue, encore moins sur ce qu'il ne connaît pas.

Chapitre 10

La rumeur avait vite circulé que Nelly possédait une grande maison et qu'elle y vivait seule. Les amis de Megan s'en étaient réjouis avec un peu trop d'enthousiasme, et Nelly n'avait pas su dire non. Sa maison était désormais le QG de la bande : ils venaient s'y réfugier plusieurs fois par semaine. Au début, Nelly avait été enchantée d'avoir enfin de la compagnie. La femme de ménage, en revanche, avait pesté contre le désordre. Ils restaient sérieux, tout de même, et la plupart partaient à l'heure du dîner. Megan restait plus longtemps que les autres, car elle n'habitait pas loin, et les deux filles partageaient des confidences sur le canapé. Bien vite, Nelly réalisa que ce défilé d'adolescents dans sa cuisine l'agaçait et qu'elle ne le tolérait que pour les moments passés avec Megan. Ils étaient pour elle une masse de visages vaguement familiers, qui mangeait son stock de chips et vidait ses bouteilles de lait. Elle ne savait pas comment leur dire de venir moins souvent sans les brusquer. Elle ne voulait pas être impolie ni hypocrite. Ils la mettraient face à ses contradictions : comment pouvait-elle se plaindre de se sentir seule et les rejeter ?

Mais voilà, Nelly ne se sentait plus seule. Elle avait Megan, la seule amie dont elle avait besoin, la seule qui en valait la peine. Les autres avaient beau être drôles, sympathiques, bienveillants, ils n'étaient pas comme Megan. Ils n'avaient pas son oreille attentive et son regard sans jugement. Ça agaçait Nelly de devoir inviter toute la bande pour ne voir qu'une seule personne.

Cet après-midi-là, seules les quatre filles du groupe débarquèrent chez Nelly. Elles avaient fait un détour par la supérette et avaient apporté des bonbons et autres sucreries à grignoter. Elles étalèrent les victuailles sur l'immense îlot de la cuisine et s'installèrent autour, perchées sur des tabourets pour discuter. Nelly restait toujours un peu à l'écart quand elle les entendait échanger des commérages à propos d'inconnus de leur lycée.

— J'ai vu Terence Blueman aujourd'hui, dit l'une d'entre elles. Il ressemble à un œuf, maintenant.

Nelly avait du mal à associer les noms à des visages. Par exemple, les trois amies de Megan s'appelaient Cassidy, Nina et Beth, mais elle les mélangeait à longueur de temps, surtout Cassidy et Beth, qui prenaient un malin plaisir à se ressembler. Le nom cité, en revanche, Nelly s'en souvint. C'était ce garçon qui l'avait draguée le samedi précédent.

— Il est ridicule, intervint Megan.

— J'ai entendu dire qu'il l'avait fait en soutien à un de ses potes malade… Un truc comme ça.

— Qui ça ? Un mec de l'équipe ?

— Je sais pas. Si ça se trouve, c'est pas vrai.

— Il fait ça pour attirer l'attention, dit Megan. Clairement, il vit mal de ne plus être capitaine et il ferait tout pour qu'on continue à parler de lui.

Les filles tombèrent d'accord sur cette analyse. Nelly haussa un sourcil, intriguée, et se permit une question :

— Vous n'avez pas l'air d'aimer ce type. Qu'est-ce qu'il vous a fait ?

— Rien, affirma Megan. Mais il se prend pour le centre du monde, il croit qu'il est le *bad boy* d'une fiction sur Wattpad. C'est un gamin. L'année dernière, il a lâché des cochons dans la cour de Saint-John juste parce que l'équipe de foot avait perdu contre eux. Et tu as vu comment il t'a mis direct le grappin dessus, samedi ? Il a le melon, c'est insupportable.

— Alors que c'est un gros loser, ajouta Cassidy. Il a redoublé deux fois, il a dix-huit ans et il n'est même pas en dernière année, il ne sait pas se saper et il se moque de tout le monde pour compenser le fait qu'il ne sortira jamais de cette ville toute pourrie.

— Wahou… chuchota Nelly. Vous ne l'aimez vraiment pas.

— Pas du tout. D'ailleurs, ça m'agace rien que de le mentionner, trancha Megan. Parlons d'autre chose.

— Comment va Adam ? demanda l'une des filles pour changer de sujet.

Megan se raidit.

— Et si on parlait encore d'autre chose ?

Nelly se demanda si les filles étaient au courant de la situation. Megan s'était confiée à elle. Après un an ensemble, son copain était parti à l'université de Columbus et ne rentrait que certains week-ends. La logique aurait voulu qu'il s'éloigne et que Megan ait des doutes quant à ses fréquentations, mais… c'était l'inverse. Megan ne s'était jamais sentie aussi libre. Elle le supportait de moins en moins et ne savait pas quoi faire.

L'idée d'être la seule dans le secret sembla délicieuse à Nelly. Elle était ravie d'être la première confidente de Megan et d'avoir l'exclusivité de ses états d'âme. Elle se délectait de surpasser les autres filles. Celles-ci la voyaient peut-être à longueur de journée, au lycée, mais c'était avec Nelly qu'elle partageait ses émois.

— OK, fit l'une des filles. On n'a qu'à parler de Nelly.

— Moi ? s'étonna l'intéressée.

— On n'en sait pas trop à ton sujet. Par exemple, tu as des vues sur un garçon ? Tu es tellement jolie, tu ne devrais avoir aucun problème. Tu as une aura mystérieuse, coincée dans cette maison comme Raiponce… Dylan a carrément un *crush* sur toi !

Nelly rougit, mal à l'aise, et bredouilla un « non » peu convaincant. Elle n'avait aucune idée de qui pouvait être Dylan. Heureusement, Megan vint à son secours :

— Sérieux, les filles, est-ce qu'on pourrait arrêter de tout ramener aux mecs ?

Les filles soupirèrent, la traitèrent de rabat-joie, mais acceptèrent de discuter du dernier épisode de leur série préférée, que Nelly n'avait pas vue. Mais elle était ailleurs. Il lui avait semblé entendre une portière claquer dans l'allée, et son cœur avait eu un raté. Elle ne voulait pas se faire de faux espoirs, elle avait tant de fois rêvé le retour de son père ! Mais son intuition l'alertait. Cette fois était la bonne.

La porte d'entrée se trouvait juste en face d'elle, et, quand la poignée s'abaissa, les filles se turent. Paul Aubray, le père de Nelly, dans un costume froissé par le voyage, traînant une grosse valise et une mallette, fut surpris par ce comité d'accueil. Nelly resta muette : elle était habituée à le voir débarquer sans prévenir, mais là, il avait fait fort. Il ne l'avait pas appelée depuis plus d'*un mois et demi*. Un record.

— Bonjour à toutes, lança-t-il d'un ton enjoué. Je ne m'attendais pas à être si bien reçu.

Il laissa ses bagages dans l'entrée et s'approcha de l'îlot pour embrasser sa fille avec tendresse. La gorge de Nelly se noua : il sentait l'eau de Cologne, la même depuis les années, et le café. Il avait les traits tirés et les cheveux plus longs qu'à son départ. Il attrapa un des bonbons qui traînaient sur le comptoir, et demanda les prénoms de chacune des filles avant de déclarer :

— Vous m'excuserez, je suis exténué. Le décalage horaire, vous comprenez. En tout cas, je suis enchanté de rencontrer les amies de Nelly. Tu me les avais cachées, chérie !

Il piqua un autre bonbon avant de monter à l'étage, laissant les valises dans l'entrée. Après son départ, les filles se tournèrent vers Nelly.

— Ton père a l'air super cool !

Embarrassée, elle esquissa un sourire contrit. Bien sûr qu'il l'était. C'était précisément le problème. Il aurait été plus facile de le détester s'il avait été bougon et taciturne. Mais non, Paul Aubray était un homme charmant et généreux. Il ne s'occupait juste pas de son enfant. Megan, comprenant sa gêne, suggéra :

— Je… je pense qu'on devrait y aller. Si on reste, on va faire du bruit. On n'a qu'à aller chez moi.

— Allez-y, je vais rester ici, dit Nelly. J'ai des devoirs à terminer, de toute manière.

Ce n'était pas le cas, mais elle ne voulait pas sortir. Son père n'était jamais à la maison ; Nelly avait envie d'en profiter. Il avait beau dormir à l'étage, le simple fait d'avoir conscience de sa présence la contentait. Les filles reprirent leurs affaires, mais lui laissèrent les sucreries. Comme à son habitude, Megan fut la dernière à sortir de la maison.

— Tu sais, tu peux nous le dire si tu ne veux pas qu'on vienne chez toi, chuchota-t-elle à Nelly. Personne ne se vexera, je te l'assure.

— Eh bien, au moins pendant que mon père est là, c'est peut-être mieux de le laisser tranquille.

— Bien sûr, bien sûr ! Pas de souci.

Megan allait prendre congé quand Nelly la rattrapa.

— Enfin, toi, tu peux toujours venir. Ça ne me dérange pas du tout, au contraire.

Le visage de son amie s'éclaira.

— Adam devait rentrer ce week-end, mais il a annulé. Je peux venir dormir samedi, si tu veux.

— Samedi, c'est super, acquiesça Nelly.

Sur ces mots, Megan rejoignit les autres filles, laissant Nelly seule, face à une table parsemée d'emballages de bonbons. À l'étage, dans la salle de bains, son père faisait couler l'eau de sa douche. Les choses allaient bien, pourtant Nelly se sentait mal.

**

Le lendemain, on était vendredi. Nelly se leva de bonne heure : elle savait son père matinal et espérait prendre le petit déjeuner avec lui. Il s'était endormi tôt la veille. Nelly ne savait pas quand il repartirait, et c'était ce qui l'angoissait le plus. Il pouvait refaire ses bagages dans la journée ; il lui avait déjà fait le coup.

Dans la cuisine, une tasse de café et une assiette garnie attendaient Nelly, ainsi qu'une petite boîte autour de laquelle était noué un ruban rouge. Elle l'attrapa, les sourcils froncés.

— Qu'est-ce que c'est ?

— Bonjour à toi aussi, dit son père en riant. Vas-y, ouvre.

Un sourire au coin des lèvres, Nelly défit soigneusement le nœud. La boîte était un écrin. En l'ouvrant, Nelly découvrit une fine chaînette avec une perle scintillante en pendentif. Elle leva sur son père des yeux pétillants.

— Il te plaît ?

— Il est magnifique ! Mets-le-moi.

Son père passa derrière elle pour le lui accrocher autour du cou. Nelly baissa les yeux sur le pendentif. Il était si beau qu'elle en oubliait presque qu'il s'agissait d'un énième cadeau de pardon, une tentative de plus pour remplacer l'amour par des bijoux. Mais son père était si heureux de la voir s'émerveiller qu'elle ne voulait pas gâcher l'instant avec ce genre de pensées négatives. Elle profiterait du collier et du petit déjeuner. Ils s'installèrent à table, et Nelly questionna :

— Combien de temps tu restes ?

— Quelques jours, au moins. J'ai des choses à régler ici. Je comptais faire une donation à l'hôpital, il faut que je voie le comptable.

Nelly n'avait jamais compris l'obsession de son père pour le financement de l'hôpital de Delphos. Les locaux vétustes avaient été rénovés quelques années plus tôt, et Paul Aubray avait presque tout réglé de sa poche. C'était charitable mais étrange, car il ne soutenait aucune autre cause.

— J'ai un rendez-vous là-bas ce matin. Le directeur doit me faire faire un tour, me montrer ce qui ne va pas, histoire que je sache où va mon argent. Je m'étais dit que tu pourrais m'accompagner, ça ne durera pas longtemps, et après, on pourrait aller manger en ville.

— Ce serait super ! s'exclama Nelly. Il y a un bon restaurant mexicain près du lycée Jefferson, j'y suis allée avec Megan.

Elle n'en avait rien à faire de l'hôpital. En revanche, la perspective de déjeuner avec son père l'enchantait. Elle en rêvait depuis des semaines.

— Très bien, vendu, dans ce cas.

En fin de matinée, ils se rendirent donc à l'hôpital dans le cabriolet de sport de son père. La voiture faisait un bruit d'enfer, et les gens se retournaient dans la rue à son passage. Nelly, comme chaque fois qu'elle y montait, éprouvait un sentiment de fierté mêlé de supériorité. Le parking était vide, ils se garèrent tout près de l'entrée, où une équipe les attendait déjà. Un petit homme serra la main à son père, lui répétant à quel point il était heureux de le recevoir. Paul présenta sa fille, et on la complimenta sur sa beauté et sa grâce. Nelly se contenta de sourire et de jouer les plantes vertes, elle n'y connaissait rien, elle était juste là pour le déjeuner.

La visite débuta. Nelly marchait dans les pas du reste du groupe. Ils arpentaient les couloirs, découvraient les salles à la pointe de la technologie et celles qui méritaient un investissement. Le projet était de développer l'aile psychiatrique, qui n'accueillait que quelques patients, et manquait cruellement de moyens. Son père prenait des notes sur son téléphone ; le nez sur son écran, il manqua plusieurs fois de renverser un chariot, heurter une infirmière... Quand le groupe s'arrêta un moment pour discuter, Nelly en profita pour faire un détour par les toilettes.

Quand elle poussa la porte, elle fut surprise de trouver une fille perchée sur un escabeau, en train de peindre sur le carrelage des murs. Ses boucles rousses lui tombaient jusqu'à la taille. Voyant que Nelly restait sur le pas de la porte, la fille dit, sans quitter sa peinture des yeux :

— Tu peux aller aux toilettes, ne t'en fais pas.

Nelly disparut dans une des cabines, et entendit la fille chantonner à travers la porte. Elle se demanda ce qu'elle faisait là, si c'était une patiente, et si elle avait le droit de peindre sur les murs des toilettes. En sortant, elle se lava les mains. La fille fredonnait toujours un air guilleret.

— Je sais ce que tu te dis, déclara-t-elle soudain. Tu te demandes si tu dois aller me dénoncer pour avoir peint sur les murs.

Nelly, gênée, répondit :

— Non, non. Pas du tout. Tu… tu fais ce que tu veux.

— Tu pourrais me dénoncer, parce que je n'ai pas le droit de peindre sur les murs. Je le fais parce que les murs sont tristes, sinon, et les infirmiers me laissent faire car ils pensent aussi que les murs sont tristes. Mais en théorie, je n'ai pas le droit. Tu pourrais me dénoncer si tu le voulais.

— Je ne dirai rien, assura Nelly.

La fille avait une voix douce, elle n'avait peut-être qu'un ou deux ans de moins que Nelly, mais on aurait quand même dit une enfant. Du bout de son pinceau, elle traçait avec finesse un portrait stylisé de garçon. Elle venait d'ajouter la touche finale, une ombre au niveau du nez. Elle descendit de l'escabeau pour prendre du recul. Nelly avait oublié la visite et même son père.

— Qu'est-ce que tu en penses ? l'interrogea la rousse. C'est un peu brouillon, mais le carrelage, c'est un support difficile.

— C'est… c'est très joli.

— Merci. Toi aussi, tu es très jolie. On te l'a déjà dit ?

— Quelquefois, répondit Nelly, perplexe.

— On devrait te le dire plus souvent.

— Merci, c'est gentil.

Un bip retentit dans le vide de la pièce. Flora regarda la montre à son poignet.

— Oh, je dois y aller. Il faut que j'assiste à la chimiothérapie. À bientôt.

Elle tourna les talons, faisant voler ses cheveux en une vague flamboyante. Nelly sortit des toilettes quelques secondes plus tard : la rousse avait disparu. C'était comme si elle s'était évanouie dans l'air. Nelly rattrapa le groupe et continua la visite, remarquant, çà et là, des dessins sur les murs.

Chapitre 11

Colin n'était pas parvenu à se remettre à son étude de la Bible. Il avait pourtant essayé d'être assidu, commençant par ses passages préférés, ceux qui l'avaient enchanté dans son enfance : Jonas et la baleine, le baptême de Jésus par Jean-Baptiste, mais tout lui paraissait fade et faux. Les mots avaient perdu de leur puissance, et il lui arrivait de tiquer sur des formulations, de douter de leur légitimité, et ce sentiment était si effrayant qu'il fermait sa Bible de crainte qu'Il ne lise dans ses pensées. Il gardait le livre sur sa table de nuit, et, le soir, il changeait son marque-page de place pour faire croire qu'il avançait dans sa lecture. Sa mère lui posait parfois des questions à table : il s'en sortait par une pirouette.

Un dimanche, après la messe, ils déjeunèrent chez la tante de Colin, la sœur de son père, une femme adorable qui s'occupait seule de ses jumelles. Colin aimait sa cuisine épurée, avec des plans de travail blancs immaculés, et son salon décoré dans un style nordique chaleureux. Ça le changeait de leur propre séjour, encombré de meubles rustiques et de bibelots un peu kitsch. Sa tante était bien plus cool, plus jeune aussi – de douze ans la cadette du père de Colin. Elle avait fait des études à Chicago et regardait des émissions de téléréalité pour se vider la tête. C'était à se demander comment deux individus si différents avaient pu grandir dans la même famille.

Après le repas, Colin accompagna ses cousines dans leur chambre pour jouer avec elles. Elles avaient huit ans et ne juraient que par les princesses Disney. Les murs étaient couverts de posters de leurs héroïnes préférées. Colin était habitué aux jeux de rôle en tout genre auxquels elles le soumettaient depuis des années. Dans cette chambre, il avait été un médecin, un professeur d'équitation, une reine, une vieille sorcière. Quand l'une d'elles dit qu'elle voulait jouer à la styliste et lui peindre les ongles, Colin se prêta au jeu. Sa cousine lui vernit grossièrement les ongles, et le temps que tout sèche, il était l'heure de rentrer.

Son père remarqua ses ongles rouges, mais ne dit rien jusqu'à ce qu'ils soient de retour à la maison. Il demanda alors d'un ton faussement nonchalant :

— C'est quoi ça ?

— Rien, les filles m'ont mis ça pour jouer, affirma Colin.

Un frisson avait tout de même parcouru son échine, car même s'il n'avait rien à se reprocher, il sentait un malaise.

— Tu vas l'enlever, j'espère.

En temps normal, Colin se serait écrasé, aurait dit : « Oui, papa. » Mais depuis que sa mère lui avait rappelé que son père n'était pas cet être divin pour lequel il le prenait parfois, l'adolescent se sentait plus fort. Il le défia d'une plaisanterie innocente.

— Je sais pas, c'est plutôt sympa. Tu ne trouves pas ?

Sa mère esquissa un sourire, mais son père ne rit pas.

— Tu m'enlèves ça, Colin, tout de suite.

— C'est bon, je disais ça pour rire. Je vais l'enlever, il faut te détendre.

— Tu ne me réponds pas !

Colin roula les yeux dans un soupir.

— Tu viens de souffler ? s'agaça son père.

— Non !

— Et tu mens ?

Colin s'emporta à son tour. Ces derniers jours, il était au bord de l'implosion.

— Pourquoi tu m'agresses comme ça ? C'est rien ! C'est du vernis ! C'est un jeu de petites filles !

— Tu crois peut-être que tu es une petite fille, c'est ça ?

— Stop ! Stop ! intervint sa mère. Séparez-vous ! Colin, dans ta chambre. Nettoie ce vernis.

Comble de l'ironie, Colin était le plus grand et le mieux bâti des deux. Son père était un bonhomme en mauvaise forme qui cachait son début de calvitie par des casquettes de chasseur. S'ils en étaient venus aux mains – ce qui ne serait jamais arrivé – Colin l'aurait facilement emporté sur son père. Il soutint donc le regard de celui-ci, le défiant, avant de monter dans sa chambre.

Assis sur son lit, dans le silence et l'obscurité du crépuscule, il écouta la conversation au rez-de-chaussée. Sa mère reprochait à son père de psychoter : il n'y avait rien, Colin était un bon garçon. Son père ne disait mot, mais grognait beaucoup. Colin ne comprenait pas la colère soudaine et inexpliquée de son père, ni ses mots pleins de haine. Ce n'était pas la première fois que ses cousines l'utilisaient comme modèle, elles l'avaient coiffé et maquillé de nombreuses fois, et son père en riait, d'habitude. Pourquoi était-ce différent ce soir ?

Sa mère vint le voir peu avant le dîner. Colin n'avait toujours pas retiré le vernis, et elle le remarqua.

— Il s'est calmé ? interrogea l'adolescent.

— Colin… Il est inquiet.

— Inquiet ? Pourquoi inquiet ? Inquiet de me voir jouer avec mes cousines ?

— Tu sais, tu es venu le voir l'autre soir pour lui parler d'homosexualité, et là… Enfin, il se pose des questions.

Tout devint clair pour le jeune homme. Dans un long soupir las, il rétorqua :

— Mais non ! Je ne suis pas… enfin, je posais la question parce que j'ai un ami qui… bon, c'est plus mon ami, maintenant, parce qu'il croit que je le déteste. Je posais la question pour ça. Parce que j'ai un ami qui…

Sa mère parut soulagée.

— Oh tant mieux, tant mieux. On était très inquiets.

Elle avait changé de pronom, remarqua-t-il. Ce n'était plus seulement son père qui était inquiet, c'était « on ». Sa mère avait l'art de faire croire qu'elle ne partageait pas toutes les vues de son mari, mais Colin savait que c'était faux. Ils étaient deux à l'avoir éduqué.

— Alors je fais quoi, par rapport à cet ami ?

— Peut-être… hésita sa mère. Peut-être que c'est mieux de ne plus le voir. Tu as d'autres amis, non ?

Il acquiesça, bouleversé. Elle venait de lui dire de renoncer à une amitié, et sous quel prétexte ? Parce que Swann aimait les garçons ? C'était stupide. Colin ne le ferait pas.

Il retira le vernis, mais garda un ongle rouge, l'auriculaire, et pas seulement par provocation : en y regardant de plus près, il trouvait ça franchement joli.

**

Le lendemain matin, au lycée, parmi le flot des élèves qui passaient le portail, Colin aperçut une casquette à l'envers. Il pressa le pas et tapota l'épaule de Swann. Ce dernier soupira et retira son couvre-chef pour le fourrer dans son sac avant de presser le pas. Colin l'interpella :

— Attends !

— Écoute, j'ai pas envie de parler avec toi. Je suis peut-être un peu vieux jeu, mais je n'aime pas discuter avec des gens qui sont dérangés par ma simple existence.

— Je voulais te dire que j'étais désolé.

— Désolé de quoi ?

Conscient que Swann le poussait dans ses retranchements, Colin rougit.

— Je suis désolé d'avoir dit que j'avais un problème avec l'homosexualité.

— Tu es désolé d'avoir un problème avec l'homosexualité ? Ça ne ressemble pas vraiment à de bonnes excuses.

— Swann, j'essaie. C'est pas simple et tu ne me facilites pas la tâche. Je suis catholique et…

— Non, le coupa le garçon, arrête, ça n'a rien à voir. Tu n'as pas un problème parce que tu es catholique, tu as un problème parce que tu es intolérant.

— Je suis tolérant ! s'insurgea Colin.

— Non ! Et puis, je ne suis pas gay, je t'ai dit que j'aimais les filles aussi. Ce ne sont pas tes affaires, de toute manière. Pourquoi tu viens t'excuser ? Laisse-moi tranquille et reviens quand tu auras réglé tes problèmes de ton côté.

Colin se raidit et répliqua :

— Je te donne une heure de colle, ce soir après les cours.

Swann se révolta.

— Tu n'as pas le droit de faire ça !

— J'ai le droit, j'ai l'insigne.

— J'irai pas !

— Tu es obligé, sinon tu seras renvoyé.

Swann soupira et, d'un geste rageur, reprit sa casquette dans son sac et l'enfonça sur son crâne. Il défia Colin du regard. Celui-ci tremblait comme une feuille, le cœur battant.

Après les cours, Swann se présenta dans une des salles de retenue. Ce qu'il ne savait pas, c'était que Colin n'avait pas rapporté l'incident de la matinée, et qu'officiellement Swann n'était pas puni. Il voulait l'obliger à lui parler. En le voyant, Swann se plaignit :

— En plus, c'est toi qui me surveilles ? Génial.

— Assieds-toi, ordonna Colin calmement.

Swann lança son sac sur une des tables et grimpa dessus. Colin ignora la provocation et ferma la porte.

— Je suis tout seul ? questionna Swann.

— Tu n'es pas vraiment collé, je voulais juste te parler.

— Oh, je vais avoir droit à une leçon de morale ?

Colin croisa les bras pour se donner une contenance – et aussi pour cacher son doigt verni. Dès qu'il rentrerait, il passerait l'ongle au dissolvant : il avait l'impression que ses camarades l'avaient fixé toute la journée.

— Tu m'as l'air d'être un gars très, *très* en colère, dit-il. Je veux juste m'assurer que ça va pour toi.

— Non, c'est faux. Tu t'en fous, tu veux juste apaiser ta conscience !

— Swann, fais un effort, je ne peux pas t'aider si tu refuses mon aide.

Le garçon déglutit et baissa les yeux.

— J'ai pas envie d'être ici, c'est tout. J'ai pas d'amis, je déteste les règles, les autres élèves trouvent que je me la pète et les profs me prennent pour une espèce de génie. Alors que je ne le suis pas !

Il marqua une pause.

— J'ai pas gagné le concours, avoua Swann. Enfin, si, mais j'ai triché. J'ai plagié le travail d'une équipe d'étudiants colombiens, je l'ai juste traduit en anglais. Ils n'ont pas vérifié. Je ne suis pas bon à l'école, je suis minable, j'ai toujours eu de mauvaises notes, et maintenant, il faut que je suive des cours de deux classes au-dessus de la mienne ! Je ne peux pas le faire !

— Mais pourquoi tu as participé au concours si tu savais que tu ne pourrais pas le faire ? questionna Colin.

— Parce que j'ai été diagnostiqué surdoué en cours d'année. Et mes parents pensent que je suis devenu Albert Einstein ! Alors que ce n'est pas du tout le cas. Ma mère me bassinait pour que je tente le concours, j'ai accepté pour lui faire plaisir. C'est comme ça aussi que je me suis retrouvé à donner des cours à Flora. Ma mère racontait à tout le monde que son fils était un génie, la voisine l'a répété, et la mère de Flora m'a proposé le job.

— Tu aurais pu refuser.

— Tu sais combien elle me paie ? Beaucoup d'argent pour pas grand-chose.

Colin avait du mal à se mettre à la place de Swann. Le garçon saisissait la moindre occasion pour faire des choix immoraux. Pourtant, malgré leurs différences, Colin compatissait. Swann ne trouvait pas sa place, et lui non plus. Confronté à son silence, le garçon s'inquiéta.

— Tu vas me balancer ?

— Non, dit Colin. Non, ça ne m'apporterait rien. Mais je peux parler à la directrice, si tu veux, lui dire que les cours de dernière année ne te conviennent pas. Peut-être qu'avec cette pression en moins, ça ira mieux.

— Merci.

Colin se rappelait pourquoi il avait accepté l'insigne de médiateur. Ce n'était pas pour donner des heures de retenue, c'était pour se sentir utile. Il pensait en avoir terminé, mais Swann le relança :

— Et toi ?

— Quoi moi ?

— Tu n'as pas l'air en colère, mais tu as l'air triste la plupart du temps. Ça va ?

Colin leva un sourcil étonné.

— Tu es prêt à discuter avec moi ? Tu n'as pas peur que je sois *intolérant* ?

— Comment vous appelez ça, chez vous ? Tendre l'autre joue ?

Colin apprécia la référence. Il hésitait à se livrer à Swann. Après tout, il ne le connaissait pas bien, même si c'était le premier semblant d'ami qu'il s'était fait depuis longtemps. Et puis, s'il révélait ce qui le tracassait, il donnait une réalité matérielle au problème. Tant que tout restait dans sa tête, il pouvait l'ignorer, alors que, avec Swann dans la confidence, cela changerait. Mais l'esprit de Colin bouillonnait, il craignait d'exploser. Il fallait que ça sorte.

— Je me questionne beaucoup sur ma vie, en ce moment.

— Tu te demandes quoi, par exemple ? le poussa Swann.

Les yeux de Colin se perdirent dans le vide.

— Je ne sais pas… je me demande si je veux encore être catholique.

Silence.

— Mais je crois toujours en Dieu. Je… je ne me vois pas croire à autre chose.

L'estomac de Colin se noua. On entendait les mouches voler dans la pièce, Swann ne disait rien, et son mutisme confirma Colin dans la certitude qu'il n'aurait jamais dû parler. Il s'en fichait, il n'y connaissait rien.

— Pardon, c'est stupide. On devrait y aller.

— C'est pas stupide. Enfin, moi, je ne crois pas en Dieu, je crois en la science, mais j'imagine que si je n'avais rien, ce serait… bizarre. Mais pourquoi tu ne veux plus être catholique ?

Colin haussa les épaules.

— Je crois qu'ils ont tort, parfois.

— Et c'est grave ?

— C'est très grave.

Swann resta muet. Colin secoua la tête.

— Laisse tomber. Ça ne fait rien. Tu peux y aller, je ne vais pas te garder plus longtemps.

L'adolescent ne se fit pas prier : il récupéra son sac. Juste avant de passer la porte, il lança à Colin :

— Sympa le vernis rouge, au fait.

Chapitre 12

Les médecins l'avaient prévenu, mais Tim n'aurait pas pu s'imaginer la souffrance des jours qui suivaient le traitement. C'était comme si ses muscles avaient fondu dans la nuit. Il était sorti de l'hôpital en milieu d'après-midi le vendredi et, mis à part les allers-retours jusqu'aux toilettes pour vomir une bile jaunâtre, il n'avait pas pu sortir de son lit avant le dimanche soir. Il était épuisé mais ne dormait pas : il somnolait, en état de semi-conscience. Il entendait la voix de sa tante mais n'avait pas la force de lui répondre. Ses quintes de toux étaient encore plus douloureuses. Tim ne voyait pas bien en quoi le traitement était censé le guérir. Il se sentait encore plus malade !

Il avait commencé à voir le jour le lundi. Pourtant, il n'était pas allé au lycée, encore secoué de violentes nausées qui l'obligeaient à se hâter jusqu'aux toilettes, haletant. Il espérait retourner en classe le lendemain matin. En se réveillant, son premier réflexe avait été de se regarder dans le miroir de la salle de bains, et de constater qu'il avait toujours ses cheveux. C'était un soulagement. Il avait lu que tous les patients ne les perdaient pas. Il espérait être l'un de ces chanceux.

Terence était passé le voir après les cours. Tim s'étonnait de le voir si loyal. Il avait pensé que Terence l'avait pris sous son aile par pitié, pour améliorer sa réputation, mais le garçon s'investissait trop dans leur amitié pour faire semblant. En réalité, il n'avait pas l'air d'avoir d'autres amis. Oui, il traînait avec les joueurs de l'équipe de football, mais rien de plus. Au lycée, il virevoltait entre les bandes qui l'accueillaient. En revanche, il ne manquait jamais de garder Tim près de lui.

Terence apportait une pile de polycopiés. Tim soupira à la vue du travail qu'il devait déjà rattraper. Son ami ne fit aucun commentaire sur son état, sur son teint jaune ou sur le fait qu'il n'avait pas pris de douche depuis quatre jours. Tim lui en fut reconnaissant.

— J'ai vu ta copine aujourd'hui, lui dit Terence. Jude ? Elle s'appelle bien Jude ? Figure-toi que c'est la sœur de Julian Walsh. Je hais Julian Walsh, je le déteste de tout mon être. T'as de la chance d'être un mec cool, sinon, je t'aurais laissé tomber pour ça.

— C'est pas ma copine, dit Tim avec lassitude. Tu l'as vue où ? Tu lui as parlé ?

— Au théâtre. Rassure-moi, la blonde des décors, c'est bien elle ?

Tim confirma et Terence, qui s'était assis sur son lit, continua avec nonchalance :

— Elle est venue me demander comment tu allais, vu que tu ne lui avais pas parlé de la semaine. Pourquoi t'as fait ça, d'ailleurs ? C'est complètement con ! Enfin… Elle m'a dit qu'elle avait récupéré tes cours, et j'ai répondu que je venais te voir ce soir, alors elle me les a donnés. Voilà.

Tim se redressa, excédé.

— Pourquoi tu les as pris ? Elle aurait pu me les apporter.

Si Terence avait gâché une occasion pour que Jude et lui puissent se voir…

— C'est elle qui a insisté pour que je les prenne. Qu'est-ce que tu en as à faire ? On avait dit que tu arrêtais avec cette fille, de toute manière.

— Alors pourquoi tu continues de dire que c'est ma copine ?

— Parce que tu devrais voir ta tête à chaque fois que je dis ça.

Terence rit. Tim esquissa un sourire timide ; une quinte de toux vint perturber le silence qui s'installait, et un voile d'inquiétude passa sur le visage de son ami.

— Ça va un peu mieux, quand même ?

— Ouais. Et j'ai pas perdu mes cheveux.

— Peut-être que tu ne les perdras pas.

— Si je ne les perds pas, tu te seras rasé le crâne pour rien, dit Tim.

— Bah, pas grave. Ça me donne un côté cool.

Tim aimait la désinvolture de Terence. Il n'en avait rien à faire du lycée, des gens, de sa vie. Si Terence était tombé malade, il se serait moqué de perdre ses cheveux ou de savoir si la fille pour laquelle il craquait s'inquiétait pour lui. Tim aurait voulu être comme lui.

Son ami resta quelques heures. Ils regardèrent un film et mangèrent le repas préparé par sa tante. Terence, en partant, dit : « À demain, sans faute ! » Tim était obligé de retourner au lycée. Mais bon, ça ne l'inquiétait pas, il avait encore ses cheveux.

**

En traversant les couloirs, le lendemain après-midi, Tim avait le sentiment que tout le monde savait. On le regardait en coin, on chuchotait sur son passage – du moins, c'était ce qu'il croyait. Nerveusement, il passa sa main dans ses cheveux, toujours là. Ses angoisses ne s'estompèrent pas pour autant : il rabattit sa capuche sur son crâne. Le sentiment de sécurité qu'elle lui procurait l'apaisa. En réalité, comme n'importe quel autre jour, personne n'en avait rien à faire de lui. Les autres adolescents aussi se regardaient le nombril, inquiets de l'image qu'ils renvoyaient. Dans ce ballet où chacun craignait d'être mal regardé, personne n'avait le temps de juger les autres. Cela n'empêcha pas Tim de se rendre en classe avec la certitude que son prénom était sur toutes les lèvres.

Par chance, il avait un cours d'espagnol en commun avec Terence ce matin-là. Généralement, son ami séchait – la classe avait lieu à 8 heures et Terence ne réussissait pas à aligner deux mots dans une langue étrangère. Mais il avait promis à Tim de venir. En l'apercevant, la professeure y alla même de sa petite pique :

— Tiens, Terence. Incroyable ! Je ne pensais pas te revoir de sitôt.

— Je sais, même moi je n'en reviens pas, répliqua-t-il avec un sourire narquois.

Il prit place à côté de Tim, qui s'arrangeait toujours pour s'installer dans le fond de la classe, près d'un mur, de préférence, pour s'y appuyer quand il s'ennuyait.

— J'ai une bonne nouvelle, chuchota-t-il.

Tim le regarda, interloqué.

— Ce midi, on mange avec Jude.

— Hein ?

— Ouais, je l'ai croisée dans les couloirs, on a discuté un peu, et je lui ai proposé de déjeuner avec nous.

— Mais… pourquoi ? s'étonna Tim. Pourquoi tu as fait ça ?

Terence fronça les sourcils.

— Quoi ? Elle te plaît, non ? Et j'ai beau te dire de laisser tomber, tu ne laisses pas tomber, alors je me suis dit que j'allais t'aider. Je suis un très bon copilote. J'ai copiloté de nombreuses missions.

Tim accepta avec résignation. Terence ne voulait que son bien, mais il commençait à l'aider un peu trop à son goût. La professeure demanda le calme et ordonna à Tim de retirer sa capuche. Le cœur lourd, le garçon dégagea son crâne, et passa le reste de l'heure avec un nœud dans l'estomac et la sensation que l'air lui manquait.

Au début, Tim avait pensé que Jude allait les rejoindre à leur table habituelle à la cafétéria du lycée, avec les joueurs de football. Il aurait dû se douter que ce n'était pas son style. Ils déjeunèrent dans les coulisses, et Jude, comme à son habitude, travailla sur ses décors. C'était comme avant, mais il y avait Terence en plus, et, malheureusement, il prenait beaucoup, *beaucoup* de place.

— Je ne savais même pas que tu étais la sœur de Julian Walsh, c'est dingue ! Je déteste Julian Walsh.

— Il ne t'aime pas trop non plus, avoua Jude sans lever les yeux de son travail.

— Il fait quoi maintenant ? Il doit être à Harvard ou un truc comme ça.

— Non, il est à la maison, il a pris une année sabbatique.

— Ah ouais ? Ça lui fera les pieds. Merde, je déteste vraiment Julian Walsh.

Tim n'en pouvait plus : il n'arrivait pas à en placer une. Terence monopolisait la conversation. Il ne le faisait peut-être pas exprès : son intention de départ était louable, mais s'il voulait aider Tim avec Jude, il devait apprendre à la fermer ou, à défaut, les laisser seuls et partir embêter d'autres personnes. Tim se leva, après avoir à peine touché à son repas.

— Où tu vas ? lui demanda son ami.

— Chercher des sauces, dit Tim. Ce truc est imbouffable sans mayonnaise.

— Tu veux que je t'accompagne ?

— Non ! C'est bon, je peux me débrouiller tout seul, je suis pas à l'article de la mort.

Il sortit de l'auditorium, soulagé de pouvoir souffler un peu. Si le malaise physique des derniers jours s'était atténué, sa colère envers le monde restait intacte. Tim s'était fait deux amis à Delphos depuis son arrivée. *Deux*. L'un était trop collant et l'autre n'en avait rien à faire de lui. N'était-il pas le garçon le plus malchanceux de cette planète ?

Dans le couloir, il entendit son prénom. Jude courait vers lui.

— Moi aussi, j'ai besoin de sauces, déclara-t-elle.

C'était idiot, mais Tim sourit bêtement. Elle l'avait suivi. Pendant qu'ils marchaient vers le réfectoire, elle dit :

— Ne sois pas trop dur avec Terence. Il est inquiet pour toi, ça se voit.

Il crut halluciner.

— Je croyais que tu détestais Terence !

— Mon frère le déteste, mais moi, je ne le connaissais pas, en réalité. Il est supportable, on va dire.

— Il est cool, mais il n'a pas besoin d'être sur mon dos tout le temps. Il en fait un peu trop. On dirait qu'il cherche à gagner des points de sympathie.

Jude le regarda avec reproche. Elle avait raison, c'était mauvais de sa part de cracher sur lui.

— Je pense… formula Jude. Je pense qu'il n'a pas d'amis.

— Il est toujours entouré de dizaines de gars, argumenta Tim.

— Oui, mais il n'a pas l'air d'être véritablement ami avec eux. Pas comme avec toi, en tout cas. Et je crois que tu en as conscience.

Tim soupira. Ils arrivaient au réfectoire, et il coupa la file pour prendre plusieurs sachets de mayonnaise. Un élève lui décocha un regard noir, mais Tim s'en moquait. Il enfouit les sachets dans la poche de son sweat et revint près de Jude pour reprendre la conversation.

— Enfin, je l'aime bien, c'est un gars super. Mais il n'a pas l'air de comprendre quand j'ai pas besoin de lui. Comme ce midi, par exemple : j'aurais très bien pu venir te demander de manger avec moi, il n'avait pas à le faire.

— Alors pourquoi tu ne l'as pas fait ?

La question de Jude le prit de court. Ils se dévisagèrent quelques secondes.

— J'allais le faire, dit Tim.

— N'importe quoi, tu n'allais rien faire du tout, tu m'évites depuis plus d'une semaine.

— Non ! Je ne t'évite pas, j'étais juste occupé. Avec les rendez-vous médicaux, et puis… et puis la chimio qui m'a mis K-O pendant quatre jours.

— Alors si je te propose de venir cet après-midi chez moi pour travailler les cours que tu as manqués, tu viendras ?

— Ouais, bien sûr.

— Super, conclut Jude, alors on rentre du lycée ensemble tout à l'heure.

Elle ouvrit la porte de l'auditorium et s'y engouffra. Tim contempla quelques secondes les sachets de mayonnaise sortis de sa poche. Décidément, il ne comprenait rien à cette fille !

**

Jude habitait à l'opposé de Terence, ce qui était valable aussi pour l'ambiance. Dans son quartier, les maisons s'alignaient en allées nettes, des palissades blanches délimitaient des parcelles à la pelouse tondue et verdoyante. Un étage, un garage, une boîte aux lettres où on avait peint à la main le nom de la famille. Le lotissement ressemblait à ceux d'une brochure de promoteur. Rien ne dépassait, pas même une mauvaise herbe dans les parterres d'asters et de pétunias. À l'intérieur, même atmosphère tranquille : la moquette dans le salon, les plaids disposés sur les accoudoirs du canapé… Il y avait un portrait de famille au-dessus de la cheminée où quatre têtes blondes posaient fièrement. Les autres photos permettaient à Tim de retracer l'histoire de la maisonnée : les parents s'étaient mariés jeunes, à Delphos, le père travaillait à la mairie, le frère avait récemment quitté le lycée, il ressemblait en tout point à sa petite sœur, il avait juste les cheveux courts.

Jude lui proposa d'aller dans sa chambre, et Tim réalisa vite qu'il n'y avait aucun sous-entendu derrière cette invitation. Jude s'installa sur son lit et déballa ses cours : elle voulait réellement travailler. Tim ne s'attendait à rien, enfin… peut-être que si. Elle tenta de lui expliquer l'exercice de maths fait en cours, pointant les chiffres avec son crayon. Tim n'écoutait qu'à moitié, captivé par la grâce de ses gestes.

Elle avait l'allure d'une danseuse. Quand elle découpait ses cartons dans les coulisses, quand elle écrivait ou quand elle replaçait une mèche derrière son oreille, Tim l'observait, impressionné par la fluidité de ses mouvements. Elle n'hésitait jamais, elle savait quoi faire et quand le faire. C'était un détail infime, il lui avait fallu de longues heures d'attention pour le saisir. Depuis, sa perception s'était transformée. Tim ne prêtait attention à rien d'autre. C'était peut-être la raison pour laquelle il était largué en cours de maths.

— Tu as compris ? l'interrogea Jude.

Il revint à la réalité. Il n'avait rien écouté, mais préféra mentir.

— Oui, enfin, il faudra que j'essaie seul, mais je pense avoir compris.

— Si jamais tu galères avec ça, il y a toujours le tutorat.

— Honnêtement ? Je ne pense pas que j'aurai le temps ou l'énergie d'aller au tutorat dans les prochaines semaines.

Jude esquissa un sourire gêné, comme si elle avait oublié la saleté qui grossissait dans ses poumons.

— Tu as l'air d'aller bien, pour le moment, remarqua-t-elle.

Tim haussa les épaules.

— On verra. Les médecins disent que tout peut empirer du jour au lendemain.

— On guérit bien des cancers, de nos jours.

— Oui, je sais, murmura Tim. Mais… enfin, ça craint, tout de même.

Jude ne dit rien de plus, et, quand Tim chercha à croiser son regard, elle ne le lui offrit pas. Il n'y avait pas moyen de savoir ce qu'elle pensait. C'était le plus frustrant. Tim aurait payé cher pour lire dans ses pensées à cet instant.

Soudain, des coups retentirent contre le carreau. Tim sursauta ; son cœur s'accélérant, son souffle devint plus court. Un garçon venait d'apparaître à la fenêtre, les mains contre la vitre, dans une posture menaçante.

— C'est quoi, ça ? dit Tim dans un soupir fatigué.

— Swann, mon voisin. Ses parents ne savent pas qu'il fume, alors il vient ici.

Elle se leva pour lui ouvrir, et il s'installa sur le rebord de la fenêtre.

— Je dérange ? demanda le nouvel arrivant.

— Non, on révisait, précisa Jude.

Tim contint sa déception. Il aurait préféré qu'elle dise « oui » et que le voisin reparte. Il n'arriverait jamais à profiter d'un instant seul à seule avec Jude, apparemment. Étaient-ils condamnés à être interrompus ? Swann s'adossa à l'encadrement de la fenêtre et alluma une cigarette.

— J'ai passé une journée de merde, se plaignit-il.

— Tu passes toujours des journées de merde, dit Jude.

— Oui, mais plus que d'habitude. La directrice ne veut pas que j'arrête les cours de dernière année.

— Tu l'as un peu cherché.

— N'importe quoi !

Il tira sur sa cigarette et souffla sa fumée devant lui. Quelques volutes de fumée pénétrèrent à l'intérieur de la chambre, et Tim enfouit son nez dans son tee-shirt.

Jude le remarqua ; un voile de panique passa sur son visage.

— Swann, est-ce que tu peux cracher la fumée vers l'extérieur ?

— Ah oui, pardon. T'es qui toi, au fait ?

— Tim, articula le jeune homme derrière le tissu.

Swann fronça les sourcils, répétant le prénom d'un air pensif.

— Tim… J'ai entendu ce prénom récemment… Mais oui ! Tu n'es pas ce gars avec un cancer ?

— Qu-quoi ? bégaya Tim. Hein ? Comment tu sais ça ?

— Je crois que Flora m'a parlé de toi.

Les yeux de Tim s'écarquillèrent. Il croisait la rousse à chacun de ses rendez-vous. Elle finissait toujours par le trouver, comme si elle tenait un registre de ses allées et venues dans l'hôpital. Ils discutaient un peu – enfin, elle disait des choses étranges et lui hochait la tête. Les semaines passant, il avait fini par se demander si Flora n'était pas un mirage, un fantôme, une apparition qu'il était le seul à voir. Entendre son prénom dans la bouche de quelqu'un d'autre était étrange.

— Comment tu connais Flora ?

Swann haussa les épaules.

— Comme tout le monde, je crois : elle est apparue dans ma vie du jour au lendemain.

— Tim, tu connais Flora ? s'étonna à son tour Jude.

— Oui, elle me tient compagnie quand je suis en consultation. Mais toi, tu la connais ?

C'était un dialogue amusant, ils se découvraient un point commun dont ils n'avaient pas idée un instant plus tôt. Tim trouvait tout de même l'affaire intrigante.

— Nos mères travaillent ensemble, expliqua Jude. C'est comme ça que tu as eu le job, Swann, non ? Par ma mère ?

Le garçon le lui confirma.

— C'est marrant, conclut Tim. Quelle était la probabilité qu'on la connaisse tous les trois ?

— Vous n'avez qu'à la calculer, proposa Swann en montrant le manuel de maths ouvert sur le lit.

Tim referma son livre dans un soupir.

— Non, je pense que je vais rentrer, ma tante n'aime pas que je traîne après les cours.

Ce n'était pas vrai : il avait certes un couvre-feu, mais avant 19 heures, et il était à peine 16 heures. Seulement, Swann ne paraissait pas pressé de partir, et Tim ne voyait pas l'intérêt de rester chez Jude s'il ne pouvait pas passer du temps avec elle. Lui qui avait mis tant d'espoir dans cet après-midi réalisait qu'il s'était trompé une fois de plus. Jude le voyait comme un ami, point.

— Ah, souffla Jude, d'accord.

Tim aurait juré entendre dans sa voix une pointe de déception. Il envoya discrètement un message à sa tante pour qu'elle vienne le chercher. Il ramassa ses affaires, adressa un signe de la main à Swann, et Jude l'accompagna jusqu'au pas de la porte. Là, elle lui demanda de patienter et disparut quelques secondes. Quand elle revint, elle lui tendit un objet en tissu.

— Tiens. J'ai fait ça ce week-end, je me suis dit que ça pouvait te servir.

C'était un bonnet vert foncé. Tim passa sa main à l'intérieur, la doublure en tissu polaire était douce.

— C'est toi qui l'as fait ? s'étonna-t-il.

— Oui, j'ai plusieurs cordes à mon arc, je peux faire des décors *et* des costumes.

— Merci. J'espère seulement qu'il ne me sera pas trop utile.

Pour toute réponse, Jude sourit, et Tim sortit, admirant le bonnet à la lumière du jour. Il se dirigea vers l'arrêt de bus où sa tante devait venir le récupérer. L'automne était arrivé, le ciel se faisait menaçant, le vent se levait. Tim coiffa le bonnet, il était confortable et tenait chaud. Jude avait fait attention aux détails, à ce qu'il ne soit pas irritant, qu'il ne glisse pas de son crâne. C'était précisément ce qu'il ne saisissait pas chez elle : quand ils étaient tous les deux, elle était froide et distante, mais le reste du temps, elle pensait à lui.

Tim avait sûrement fait une erreur avec elle, mais il n'arrivait pas à savoir laquelle.

Chapitre 13

Le père de Nelly était resté quatre jours. Un record. Ils étaient allés au cinéma, au restaurant, ils avaient préparé du chocolat chaud avec Megan un soir de pluie. Nelly ne savait d'où lui venaient ces attentions soudaines. Paul Aubray avait toujours travaillé d'arrache-pied, chaque jour de la semaine. Or, elle ne l'avait pas vu ouvrir son ordinateur du week-end. Il se prélassait sur le canapé et regardait des émissions de téléréalité. Nelly n'avait pas osé demander si tout allait bien, de peur d'être indiscrète. Avait-il perdu son travail ? Mais le dimanche soir, il avait préparé sa valise et, le lundi matin, réendossé son costume avant de partir pour une durée indéterminée. Une fois de plus.

Après son départ, Nelly n'avait pas déprimé. Non seulement ils avaient passé de bons moments, mais elle ne se sentait plus seule. Megan venait de plus en plus souvent, après ses cours ou son travail à la bibliothèque. À la fin de la semaine, Nelly remarqua que son père ne lui avait pas trop manqué. Elle avait même loupé un de ses appels, c'était dire. Megan terminait les cours à midi, le vendredi. Elles déjeunèrent ensemble dans la véranda de Nelly, au son de la pluie battant contre les vitres.

— Il y a une fête, ce soir, chez un joueur de l'équipe de foot.

— Tu vas y aller ? questionna Nelly.

— Je pense, oui. Adam et le reste du groupe y vont, et comme ça fait une semaine qu'ils me reprochent de passer moins de temps avec eux, il faut peut-être que je me rattrape.

Nelly ne dit rien, mais comprit le message caché. Le groupe d'amis de Megan l'appréciait moins qu'au début. D'abord, elle leur avait fait savoir qu'elle ne les voulait plus chez elle, ensuite ils l'avaient retirée de leur conversation en ligne. Depuis, ils devaient sûrement se plaindre d'elle dans son dos. Elle s'en moquait, à vrai dire. Megan ne la rejetait pas, c'était tout ce qui comptait.

— Est-ce que je peux dire à mon père que je suis chez toi ? demanda Megan.

— Oui, bien sûr.

Nelly était un peu déçue, elle aurait aimé aller à cette fête. Depuis qu'elle avait goûté aux plaisirs d'une adolescence normale, elle rêvait de recommencer. Mais les propos de Megan étaient clairs : ce soir-là, c'était au tour du groupe d'amis et du petit copain. Nelly devrait attendre le sien. Mais, contre toute attente, Megan l'interrogea :

— Qu'est-ce que tu vas mettre, toi ?

Un sourire se dessina sur les lèvres de Nelly. C'était une invitation.

**

Des fêtes entre adolescents, Nelly en avait connu plusieurs : en vacances, avec les enfants des collègues de son père… Une fois, sa cousine, de cinq ans son aînée, l'avait même traînée dans une *rave*. C'était d'ailleurs pour ça que Paul Aubray ne parlait plus à son frère. À y réfléchir, Nelly détestait les fêtes. Sur place, elle n'avait qu'une envie : rentrer chez elle, profiter du calme de son lit. Mais les semaines passaient, et le souvenir des soirées interminables s'effaçait, alors elle se disait de nouveau : « Pourquoi pas ? » C'était exactement le scénario de ce samedi soir.

Megan et elle étaient arrivées en retard, non parce qu'elles avaient mis trop de temps à se préparer ou pour le plaisir de se faire attendre, mais parce qu'elles avaient regardé des compilations de vidéos stupides et n'avaient pas vu l'heure défiler. Il était 22 heures passées quand elles débarquèrent chez le joueur de foot, en pleine zone résidentielle. Megan fut aussitôt prise d'assaut par ses amis impatients de la retrouver et par un Adam qui faisait déjà la gueule. Il ne savait rien faire d'autre, de toute manière : Nelly ne l'avait croisé que deux ou trois fois, et jamais il n'avait eu un mot gentil à l'égard de Megan. Ça l'agaçait. Tout de même, Megan méritait mieux.

Très vite, les deux amoureux – un grand mot – disparurent pour régler leurs comptes ou pour se rabibocher. Nelly se retrouva seule face à un groupe qui ne l'appréciait plus autant. Dylan la draguait lourdement, Cassidy la harcelait sur la manière dont elle occupait ses journées maintenant qu'ils ne venaient plus chez elle. Une vraie reine du passif-agressif. Nelly sirotait un cocktail où le peu d'alcool était noyé dans du jus de fruits et, n'en pouvant plus d'être ignorée dans le meilleur des cas, méprisée dans le pire, elle délaissa le groupe pour faire le tour de la propriété.

Dans la cuisine, des garçons faisaient des concours de lancer de cacahuètes tandis que d'autres préparaient des pizzas pour toute l'assemblée. Nelly se dit que quelqu'un finirait par lui parler, mais plus l'heure tournait, plus la maison se remplissait. Les voisins râleraient bien avant qu'on ne la remarque. Une baie vitrée donnait sur une terrasse : Nelly décida d'aller prendre l'air. Elle se donnait une demi-heure. Si, d'ici-là, rien de palpitant n'était arrivé et si Megan n'avait pas refait surface, elle rentrerait.

— Regardez-moi ça, ce serait pas la mystérieuse jolie fille de l'autre jour ?

Dans un coin de la terrasse, presque dans le noir, deux garçons étaient assis sur des chaises de jardin. Nelly ne distinguait pas bien le visage du premier dans l'ombre de sa capuche, mais reconnut l'autre : Terence. *Le* Terence. Elle lui adressa un sourire forcé.

— Qu'est-ce que tu fais là ? demanda le jeune homme.

— Je suis venue avec Megan.

— Megan est là ? Quel délice ! Je vais aller l'embêter dès qu'on aura terminé.

L'autre garçon regardait droit devant lui, contemplant la piscine bâchée.

— Vous avez l'air très occupés, commenta Nelly.

— On l'est, on l'est, affirma Terence. On est en train de débattre à propos d'une fille.

— Vous voulez de l'aide ?

— Je ne pense pas que tu puisses nous aider, dit l'autre garçon d'une voix traînante.

— Essaie toujours.

Le duo l'invita à tirer une chaise du salon de jardin, et Nelly s'installa dans la pénombre avec eux. Aussitôt, elle replia ses jambes contre sa poitrine, il faisait froid et humide, l'autre garçon portait même un bonnet sous sa capuche.

— Mon cher ami Tim, ici présent, a un problème avec une fille, commença Terence. Il ne sait pas si ladite fille l'apprécie ou pas. Elle a l'air de se ficher royalement de lui et le rembarre quand ils se parlent, mais elle a aussi de petites attentions. Par exemple, elle lui a fait le bonnet mignon tout plein qu'il porte, là. Tu en penses quoi ? Elle l'aime ou elle l'aime pas ?

Nelly réfléchit. Elle n'avait jamais connu de grandes réussites dans ses relations amoureuses. En revanche, elle avait vu assez de comédies romantiques pour toute une vie.

— Est-ce que tu sais si elle a un copain ? Elle a peut-être un copain.

— Non, elle n'a pas de copain, rétorqua Tim.

— Attends, comment tu le sais, tu lui as demandé ? s'étonna Terence.

— Elle mangeait toujours toute seule avant que j'arrive. Elle n'a pas de copain.

Nelly trouva que ce garçon se donnait beaucoup d'importance, mais elle garda sa remarque pour elle et questionna à nouveau :

— Quand tu dis qu'elle te rembarre, ça veut dire quoi ?

Tim répondit :

— Elle… elle fuit les moments où on est tous les deux, ou alors, elle parle de futilités. L'autre jour, elle m'a invité chez elle après les cours pour réviser. Et on a vraiment révisé.

— Et c'est là que je ne suis pas d'accord, ajouta Terence. Moi, je pense que si elle l'a invité à venir chez elle, c'est qu'elle est intéressée. Elle est juste trop timide pour le lui dire. Regarde ce bonnet adorable. Ose me dire que ce n'est pas le bonnet de l'amour !

— Je penche du côté de Tim, objecta Nelly. Si elle avait voulu qu'il se passe quelque chose, elle n'aurait pas proposé de réviser. Plutôt un cinéma, un bowling, n'importe quoi.

Nelly trouvait au visage de Tim un air familier. Elle l'avait déjà vu quelque part, mais était pourtant certaine de ne l'avoir jamais rencontré.

Terence soupira :

— De toute manière, qu'elle t'apprécie ou pas, tu t'en fiches. C'est qu'une fille, il y en aura d'autres.

À cet instant, la baie vitrée coulissa. Nelly reconnut Megan. Les deux amies se dévisagèrent. Megan semblait irritée.

— Ah, tu es là. Est-ce que ça te dérange si on s'en va ?

— Quoi ? Pourquoi ?

Nelly commençait presque à s'amuser. Tim et Terence n'étaient ni hautains ni méprisants, contrairement aux autres.

— Je me suis disputée avec Adam et le reste du groupe est en train de prendre son parti. J'ai pas envie de rester ici plus longtemps.

Nelly se mit aussitôt debout. La voix de Tim s'éleva :

— Je veux y aller, moi aussi. Ça craint ici, et j'ai froid.

Terence soupira. Megan le jaugea quelques secondes, mais aucune pique ne fut lancée de part et d'autre.

— Vous avez faim ? On peut aller au drive-in. À partir de 23 heures, ils offrent un milkshake pour chaque menu acheté, proposa alors Nelly.

Elle craignait que Megan n'apprécie pas l'idée de faire une virée avec Terence, mais son amie se contenta de hausser les épaules. Les garçons, après avoir échangé un regard, se levèrent à leur tour, et Nelly eut un peu le tournis en découvrant la taille de Tim. Il était tout tassé sur sa chaise, mais, une fois debout, c'était un géant.

Passant par-derrière pour éviter de tomber sur Adam, ils regagnèrent la rue et leurs véhicules respectifs. Les garçons partirent devant, Nelly les suivit. Sur le trajet, Megan ne dit pas un mot : le menton dans sa main, elle regardait les lampadaires défiler. Quand les quatre jeunes eurent commandé et payé leur repas, ils se garèrent sur le parking vide. Les garçons s'installèrent sur la banquette arrière de Nelly. Ils déballèrent leurs sandwichs et savourèrent les premières bouchées dans le calme. Ils étaient seuls à un kilomètre à la ronde, éclairés par les néons clignotants du fast-food.

— Eh, Megan, je sais que tu t'en fiches de ce que je pense, mais tu mérites bien mieux qu'Adam. Et je ne dis pas ça de manière intéressée, pour que tu le dégages et que je me place, déclara enfin Terence.

Megan soupira.

— Le problème, c'est que je suis en tort. Je ne réponds jamais à ses messages. Quand on est tous les deux, il m'agace, je suis méchante sans m'en rendre compte, et puis… on ne l'a jamais… Enfin, après un an de relation, on ne l'a jamais fait.

Tous se turent. Nelly avait arrêté de manger. Megan passa une main sur son visage.

— Je ne sais même pas pourquoi je vous dis ça. Laissez tomber. Je vais rompre avec lui, de toute manière. Ce sera pas la première fois que ma vie sentimentale est un lamentable échec.

— Oh, tu te souviens quand tu es sortie avec Julian Walsh ? lança Terence. C'était marrant, cette époque. Moi, j'avais bien rigolé, en tout cas.

Megan lui fit un doigt d'honneur. Terence reprit aussitôt :

— Attends ! Megan, si tu es sortie avec Julian, tu connais Jude !

— Sa petite sœur ?

— Oui. Tim est totalement amoureux d'elle. Toi, tu saurais nous dire si c'est réciproque ou pas.

— Je ne suis pas amoureux, protesta Tim.

Terence entreprit de donner tous les détails de l'affaire à Megan, qui écouta attentivement en sirotant son soda. Nelly guettait la moindre de ses réactions. À la fin du récit, la jeune fille s'adressa à Tim, confiante :

— C'est sûr, elle t'aime bien. C'est simple, moi, je n'ai jamais réussi à avoir une vraie conversation avec elle. Quand j'étais avec Julian, il se plaignait toujours qu'elle était renfermée. Bon, c'était il y a deux ans, mais je n'ai jamais vu cette fille parler à des gens. Elle doit forcément t'apprécier.

— Qu'est-ce que je te disais ? rétorqua Terence en donnant un coup d'épaule à son ami. Vas-y, fonce !

— Super, il a fallu que tu le révèles à tout le lycée pour qu'on en arrive à cette conclusion.

— On ne dira rien, le rassura Megan.

— Je ne vais même pas à votre lycée, donc ne t'inquiète pas, ajouta Nelly.

Tim esquissa un sourire dans le rétroviseur ; elle le lui rendit. Ils terminèrent leur repas en discutant avec légèreté. Il était minuit passé quand Tim, qui s'endormait sur son siège, demanda à rentrer. Les garçons sortirent de la voiture de Nelly.

— C'était sympa, leur dit Megan. On devrait remettre ça.

— Tu peux te joindre à nous pour nos rendez-vous quotidiens dans les coulisses de l'auditorium, dit Terence. Avec un peu de chance, il y aura même Jude !

— J'imagine que je n'aurai que ça à faire, maintenant que tous mes amis sont contre moi.

Les deux filles restèrent encore un peu à discuter à la lumière des néons. La bonne humeur de Megan s'était envolée.

— Je suis une horrible personne, chuchota-t-elle.

— Mais non, Adam est un grand garçon, il s'en remettra. Et si les autres ne veulent plus te parler à cause de ça, c'est qu'ils n'ont rien dans le crâne.

— Je me demande juste pourquoi ça ne fonctionne jamais avec moi ! Il doit y avoir un truc qui déconne.

— N'importe quoi, répliqua simplement Nelly.

Megan lui sourit, et les deux amies se regardèrent en silence pendant des secondes qui parurent durer une éternité. Le cœur de Nelly s'emballa un peu. Megan chuchota :

— Je suis contente de t'avoir. Tu es une vraie amie.

Flattée, Nelly baissa les yeux.

— Arrête, tu me fais rougir.

C'était la vérité. Nelly avait les joues en feu. Megan se contenta de rire. Il leur restait encore un peu de glace au fond de leurs milkshakes, elles les finirent doucement en écoutant de la musique. Nelly ne savait pas si c'était le cas de son amie, mais elle, en tout cas, prenait de toutes petites gorgées pour prolonger l'instant. Mais quand l'animateur de radio annonça que la prochaine chanson avait pour titre *Walls*, Nelly se redressa soudain.

— Quoi ? s'inquiéta Megan.

— Tim. Je sais où je l'ai déjà vu. Son portrait était dessiné sur les murs de l'hôpital.

Chapitre 14

Colin travaillait à la bibliothèque du lycée quand une de ses camarades de classe s'approcha et chuchota, comme il était de règle dans les lieux :

— Colin, il faut que tu viennes tout de suite, il y a un problème avec ton pote, celui à la casquette.

Sa première pensée fut : *Bon sang, qu'est-ce que Swann a encore fait ?* Il laissa ses affaires en plan et suivit la fille. La cour était vide : l'attroupement sous l'une des arches du péristyle se remarquait tout de suite. De loin, ça ressemblait à une bagarre. Accélérant le pas, Colin comprit bientôt qu'il avait vu juste. Deux jeunes en étaient venus aux mains, et Swann était l'un d'entre eux. Un surveillant les séparait déjà, tenant fermement les bras de Swann dans son dos. Ce dernier continuait de s'agiter et de crier en espagnol. Colin n'était pas bilingue, mais d'évidence ce n'étaient pas des mots d'amour. L'autre garçon était entouré de son groupe d'amis. Il se tenait le nez, une tache de sang maculait son uniforme.

Swann tentait de se défaire de la prise du surveillant, mais l'homme refusait de le lâcher. Colin intervint :

— C'est bon, je le gère.

Le surveillant jaugea Colin avant de voir l'insigne sur son blazer. Il libéra Swann.

— Emmène-le chez la directrice, ordonna-t-il.

Colin acquiesça et éloigna Swann du reste du groupe. Les autres garçons continuaient de lui balancer des insultes atroces. Bizarrement, à eux, on ne faisait pas de clé de bras. Swann ne répondait pas. Contrairement à l'autre, il n'était pas amoché. Colin l'emmena dans un couloir ; il fulminait :

— Qu'est-ce qui te prend ? Tu as pété les plombs ?

— C'est bon, se dédouana Swann d'un geste de la main.

Colin pensait que leur dernière conversation avait eu son petit effet. Il avait cru assister à la transformation de Swann. Celui-ci suivait assidûment tous ses cours, même ceux de dernière année dont il n'avait pas obtenu l'annulation, et ne se pointait plus avec une casquette le matin. Swann se conformait aux règles, et Colin, pas peu fier de son intervention, se félicitait d'avoir rempli son devoir. Mais là, il venait de tout gâcher ! S'il ne se prenait pas le savon de sa vie par la direction, il risquait d'avoir des ennuis avec la justice : les élèves de

Saint-John avaient des parents friqués qui n'hésitaient pas à porter plainte à la moindre occasion.

Swann fuyait la confrontation, marchant d'un pas pressé vers le bureau de la directrice, comme un condamné vers sa sentence. La porte était fermée. Swann se laissa tomber sur un des sièges à l'entrée.

— Qu'est-ce qu'il a fait pour que tu le frappes ? demanda Colin.

— Qui te dit que c'est moi qui l'ai frappé en premier ?

— Swann, il a le nez en sang et tu n'as même pas une égratignure.

Le garçon soupira.

— Rien. Il ne m'a rien dit. Sa tête ne me revenait pas, c'est tout.

— Tu me prends vraiment pour un abruti, s'énerva Colin.

Il se demandait pourquoi il s'obstinait. Pourquoi, après tous ses commentaires insolents, toutes ses colères soudaines, ne laissait-il pas Swann seul avec ses problèmes ? Colin avait dû s'attacher à lui plus qu'il n'aurait voulu se l'avouer. Peut-être, au fond de lui, espérait-il le sauver.

La porte du bureau s'ouvrit. Sans un mot, la directrice invita Swann à entrer. Elle devait déjà être au courant. Colin hésita à les suivre, mais comme la femme ne referma pas derrière Swann, il prit cela pour une invitation. Ils s'installèrent sur les mêmes fauteuils où, quelques semaines plus tôt, on les avait présentés l'un à l'autre. La directrice passa derrière son bureau ; elle semblait lasse. Colin comprenait son sentiment.

— Très bien, dites-moi ce qui s'est passé, monsieur Valquez.

Swann, désinvolte, haussa les épaules.

— Rien. Mon poing a malencontreusement rencontré le nez de ce gars. Un fâcheux concours de circonstances, rien de plus.

— Il vous a dit quelque chose ? Il vous a insulté ?

— Non.

— Monsieur Valquez, je sais que, dans votre culture, on ne dénonce pas, même ses ennemis, mais il va falloir être plus coopératif.

Colin avait baissé les yeux. Swann réagit aussitôt.

— Vous savez que je ne viens pas de la rue, hein ? Mes parents gagnent bien leur vie, et même au Mexique, ma famille appartient à la classe moyenne. Je ne sais pas si vous m'avez accepté ici pour votre quota de diversité, mais…

— Ce que Swann veut dire, l'interrompit Colin avant que l'échange ne dégénère, c'est que, si commentaire déplacé il y a eu, il ne l'a pas entendu clairement.

— Alors pourquoi avez-vous frappé cet élève ? insista la directrice.

— Comme ça.

Swann ne parlerait pas. La directrice le comprit et arrêta l'interrogatoire. Elle le mit en garde :

— Je vais être obligée de convoquer un conseil de discipline, monsieur Valquez. On ne se bat pas dans nos murs. J'aimerais vous dire que vous allez vous en sortir avec un avertissement, mais vous en avez déjà reçu cinq depuis la rentrée. Vous apportez indéniablement de la valeur et du prestige à notre établissement, mais... ça commence à faire beaucoup.

— Oui, je suis d'accord, ça commence à faire beaucoup, répéta Swann.

D'un signe de la main, la femme les congédia. Elle avait perdu tout son dynamisme, peut-être à force de voir régulièrement ce garçon indomptable. Colin n'avait pas toujours été présent, mais il avait eu des échos : Swann s'était assis un nombre impressionnant de fois devant la directrice depuis son arrivée. Les deux garçons sortirent du bureau. Colin secoua la tête, désemparé.

— Tu vas réussir, pas vrai ? Tu vas vraiment te faire virer du lycée.

— C'est pas grave, affirma Swann. Je retournerai à Jefferson, j'y étais l'année dernière, ce n'était pas si mal.

Pour lui, rien ne semblait avoir d'importance. Colin, perplexe, fit une ultime tentative :

— Dis-moi au moins ce qui s'est passé. Pourquoi tu t'es battu ? Je commence à te connaître, tu ne ferais pas ça sans raison.

Swann réfléchit, puis révéla enfin :

— Il a dit un truc sur toi. Un truc... méchant. Et je ne te dirai pas ce que c'est, parce que c'était très blessant. Je préfère que tu ne le saches pas. C'est pour ça que je l'ai frappé. Je n'ai peut-être pas beaucoup d'amis, mais ceux que j'ai, je les défends.

Une vague de chaleur se répandit dans le corps de Colin : c'était la première fois que Swann confirmait qu'ils étaient amis. Après quasiment un mois à marcher en terrain miné, c'était rassurant de voir que l'attachement était réciproque. Pour autant, Colin ne pouvait cautionner son geste, et son côté moralisateur reprit vite le dessus.

— Merci, mais tu n'avais pas à le faire. Et tu aurais dû le dire à la directrice. On a une politique anti-harcèlement très stricte.

— Je ne fais pas confiance au lycée ou à n'importe qui d'autre pour rendre la justice. D'expérience, c'est toujours les mêmes qui gagnent et toujours les mêmes qui perdent.

— Mais ce n'est pas ton rôle de rendre la justice, lui rappela Colin.

— Alors c'est à qui ? À Dieu ? À *ton* Dieu ? Il est où ton Dieu ? Il attend quoi pour agir ? Parce qu'il y a des cons à chaque coin de rue et je ne le vois pas se bouger pour y remédier.

Colin encaissa. Avait-il la force de s'engager dans un débat métaphysique à cet instant ? Non. Mais ces questions, il se les posait chaque jour.

Croyant l'avoir choqué dans sa foi, Swann tempéra sa remarque :

— Je dis simplement qu'en attendant que les bons soient récompensés et les mauvais punis, je ne peux compter que sur moi-même.

Ce n'était pas la philosophie de Colin. Lui croyait à la nécessité de l'Autre, à celle de faire société et de s'entraider, mais comment en vouloir à Swann de penser de la sorte ? Après tout, il faisait partie des personnes que la religion de Colin prévoyait de *ne pas* aider. Colin était épuisé de se battre contre ses pensées. Alors que la sonnerie du lycée les délivrait, il se contenta de dire :

— Je dois récupérer mes affaires à la bibliothèque.

Il allait partir quand Swann le retint :

— Ça te dit d'aller voir Flora ?

— On n'est pas mercredi.

— Ça ne fait rien, elle n'a pas trop la notion du temps.

Colin hésita. Il était persuadé d'avoir un empêchement, mais ne pouvait se souvenir de quoi il s'agissait. Puis… il avait toujours ces brochures dans son sac. Il avait aussi très envie de revoir la jeune fille.

— Comment tu veux aller à l'hôpital ? C'est loin.

— J'ai des vélos chez moi. On va chercher mes frères à l'école, on les dépose au restaurant et on passe chez moi prendre les vélos.

Colin hésita. Il faisait froid, mais le ciel était dégagé. Il avait passé la journée enfermé à travailler, une petite virée ne lui ferait pas de mal. Il accepta.

Swann habitait dans un lotissement propre et net. Dans son garage étaient entassés les souvenirs de toute une vie. Il n'y avait pas la place d'y ranger une voiture ; en revanche, des meubles colorés et des jouets d'enfants côtoyaient cartons et boîtes à outils. Swann extirpait deux vélos de ce fatras quand quelqu'un frappa à la porte du garage. C'était une blonde au visage enfantin, portant un vêtement plié sur le bras.

— Salut, lança-t-elle.

— Ah, salut, dit Swann.

— J'ai réparé le pantalon de ton frère.

— Oh cool, pose-le… Pose-le quelque part, je préviendrai ma mère. Eh, on va voir Flora, tu veux venir ?

La fille haussa un sourcil.

— Vous allez voir Flora ? s'étonna-t-elle. Comme ça ?

— Ouais, comme ça.

— Ça fait un bail que je ne l'ai pas vue.

— Alors raison de plus, trancha Swann.

— OK… Laissez-moi le temps d'aller chercher mon vélo.

La fille déposa le pantalon sur un carton et fit demi-tour. Swann précisa :

— C'est Jude, ma voisine.

Celle-ci revint avec un vélo bien trop grand pour elle, et, comme ceux de Swann étaient trop petits pour Colin, ils les échangèrent avant de se lancer sur les routes de Delphos. Dans le panier accroché au guidon,

Colin avait placé le sac où se trouvaient les précieuses brochures.

Ils dévalaient les rues à toute vitesse, doublant les voitures par la droite et se faisant klaxonner au passage. Le vent d'octobre fouettait le visage de Colin. Les feuilles mortes participaient à leur course, craquant sous leurs roues, voletant dans leur dos. Swann menait la danse, se risquant à quelques acrobaties et lâchant les poignées de son guidon. Colin roulait plus prudemment à gauche de Jude. Ils passèrent par des quartiers résidentiels, redécouvrant la ville qu'ils connaissaient pourtant par cœur. En un quart d'heure, ils retrouvèrent le sentier sur lequel Swann et Colin s'étaient baladés et, bientôt, la figure imposante de l'hôpital se dressa face à eux. Comme ils n'avaient pas d'antivols, ils cachèrent leurs vélos dans des buissons. Colin serrait son sac contre sa poitrine.

Le hall de l'hôpital fourmillait de monde ; ils se fondirent dans la foule sans problème. Il fallait trouver Flora. Elle n'avait pas de téléphone, la tâche n'était pas aisée. Mais Swann connaissait ses habitudes. Ils la cherchèrent dans la salle commune des patients, dans la salle d'attente où elle aimait aller à la rencontre des gens et dans les toilettes des filles où elle trouvait le plus d'inspiration pour ses dessins. Aucune trace de cheveux roux. Ils ne pouvaient pas toquer à la porte de sa chambre sans autorisation : leur dernier espoir était le parc de l'hôpital. Par miracle, ils aperçurent, au fond, assise devant une table de jardin, une silhouette menue au look coloré. Quand ils la rejoignirent, elle ne les regarda pas tout de suite, restant les yeux fixés sur une feuille blanche. Swann voulut parler, mais elle lui intima l'ordre de se taire en posant son doigt sur sa bouche.

— Vous allez la chasser, murmura-t-elle.

Les trois adolescents se penchèrent pour regarder la feuille de plus près : il n'y avait rien. Flora soupira :

— Non, pas moyen, elle est partie. Vous lui avez fait peur.

— De quoi tu parles ? s'enquit Swann.

— L'inspiration. Elle s'était décidée à se montrer, mais vous l'avez effrayée. Bon, elle reviendra. Oh, salut Jude, ça faisait longtemps. Je me disais que je n'allais pas tarder à te revoir. Tu venais déjà me rendre visite à travers Tim, mais c'est bon de te voir en vrai.

— À travers Tim ? répéta Jude.

— Oui, il te transporte un peu partout avec lui. Mais qu'est-ce que vous faites là ?

Colin sortit les brochures de son sac et les lui présenta fièrement.

— Tiens, je te les ai rapportées.

Flora leva sur Colin ses yeux de la taille de balles de golf.

— C'est gentil, mais je ne les collectionne plus, je suis passée aux chargeurs de téléphone maintenant.

Colin baissa les yeux, déçu. Elle n'était qu'une patiente loufoque, pourtant, il se sentait dévasté par son refus.

— On était juste venus te tenir compagnie, tenta Swann.

Flora récupéra sa feuille blanche et se leva.

— Je n'ai pas envie de voir trop de gens pour le moment, je te l'ai dit, Swann. Je vais y aller. À bientôt, Jude, je te verrai avec Tim.

D'un pas aérien, elle remonta l'allée jusqu'à l'hôpital. Swann posa une main sur l'épaule de Colin, qui ramassait ses brochures.

— Eh, te tracasse pas. Elle a ses bons et mauvais jours.

— Je crois qu'elle ne m'aime pas, affirma Colin.

— Mais non. Écoute, c'est facile de penser que Flora a une espèce de clairvoyance sur le monde parce qu'elle tourne ses phrases de manière mystérieuse, mais elle n'a pas un bon jugement. Elle est malade, Colin. Elle est *malade*.

Elle n'avait pas l'air d'être malade. Malgré les murs de l'hôpital et le bracelet qu'elle portait à son poignet, Colin ne voyait pas en quoi elle pouvait l'être.

La mort dans l'âme, les trois adolescents reprirent leurs vélos dans les buissons, et Jude dit à Colin qu'il pouvait lui rendre plus tard celui qu'elle lui avait prêté. Il rentra donc directement chez lui. Sa mère l'attendait de pied ferme.

— Tu étais où ?

— Avec des amis.

— Colin, tu avais un cours de catéchisme à donner, tu te souviens ?

Il ferma les yeux. C'était donc ça, l'empêchement oublié.

Chapitre 15

— Vas-y, allez, dépêche-toi !

Nelly fit vite. Elle se faufila dans la foule des élèves qui sortaient déjeuner à l'extérieur. Megan, qui la guidait par le poignet, slaloma entre les groupes. Elles remontèrent le couloir principal du lycée Jefferson. Sans ralentir le pas, son amie lui passa plusieurs gros manuels. Nelly rit :

— Je ne sais pas si porter des livres me fera passer pour une élève d'ici…

— On ne sait jamais !

Elles continuèrent leur chemin. Le regard de Nelly se baladait. Les casiers, la file devant la cafétéria, les jeunes sortant des salles de cours. Depuis quatre ans, elle avait oublié tout cela. À force de confondre sa chambre et son école, on perdait de vue la réalité. Megan l'infiltrait au lycée le temps d'un déjeuner, elle en repartirait ensuite, mais c'était assez pour être nostalgique de ces moments qu'elle n'avait pas vécus. Les livres contre elle, avec son sac à dos vide, elle pénétra dans l'auditorium. La lumière artificielle, tamisée, laissait dans l'ombre les sièges les plus éloignés de la scène.

Dans les coulisses, Nelly retrouva Tim et Terence, installés sur des chaises pliantes. Elle ne les avait pas vus depuis la fête. Tim paraissait encore plus fatigué. Il cachait son crâne sous le même bonnet vert foncé, la capuche de son sweat rabattue par-dessus. Il était malade. Terence l'avait confié à Megan qui l'avait répété à Nelly. Celle-ci avait promis de faire comme si de rien n'était, par politesse.

En la voyant, les garçons sourirent.

— Tiens, notre jolie fille préférée, la taquina Terence. Comment tu es arrivée là ?

— Megan a monté une opération commando.

— Fais attention, Meg, tu pourrais avoir des problèmes avec le proviseur.

Megan lui fit une grimace. Le proviseur était peut-être son père, mais elle ne s'en inquiétait pas trop. Elle restait, après tout, une élève modèle ; ses petites bavures passaient sous le radar.

Nelly, excitée par la perspective de cette escapade, avait acheté des clubs-sandwichs sur le chemin. En quelques semaines, son isolement de presque quatre ans avait été rompue. Elle était heureuse. Tout ça parce qu'elle avait emprunté un livre à la bibliothèque. Qui l'aurait cru ?

Alors que les filles déballaient leur repas, deux autres jeunes, une fille et un garçon, débarquèrent dans les coulisses. La fille, surprise, dévisagea Nelly, puis présenta son acolyte.

— C'est Swann, il est nouveau, ça vous dérange s'il mange avec nous ?

Le garçon se défendit :

— Je ne suis pas nouveau, j'étais là l'année dernière. Je suis un ancien.

— Et pourquoi il est nouveau, l'ancien ? demanda Terence.

— Je me suis fait virer de Saint-John.

— Ah ! T'as bien fait, ce sont tous des fils à papa là-bas. Je vous ai déjà raconté la fois où j'ai lâché des cochons dans leur cour ?

— Oui, dit Tim d'un ton las. Tu racontes cette histoire toutes les semaines.

Ce qui n'arrêta pas Terence. Ponctuant son récit de gestes et d'imitations, il fit revivre avec talent cette nuit de mars où, après avoir perdu un match de football contre Saint-John – ils avaient triché, il n'y avait pas moyen, ajoutait-il –, il s'était arrangé avec un fermier du coin. Cinq cochons, beaux et bien gras, prêts à tout déterrer sur leur passage. Ils les avaient transportés dans leurs voitures ; on pouvait encore en voir des traces sur les sièges arrière de celle de Terence, de belles lacérations dans le cuir. Ils s'étaient infiltrés dans l'enceinte de Saint-John, faisant passer péniblement les cochons par-dessus les murs. Mais ça en valait le coup ! assurait-il. Les animaux avaient gambadé dans la cour toute la nuit, détruit les parterres de fleurs et les pelouses et renversé les poubelles du local pour y dénicher les détritus. Le lendemain, le lycée rival tirait la tronche, et cet abruti de Dean Reynolds, le capitaine de Saint-John, n'en menait pas large. La légende disait que, cette année, ils s'étaient arrangés pour ne pas jouer contre Jefferson.

Nelly riait, guettant du coin de l'œil les réactions de Megan. Celle-ci souriait discrètement. Quelques semaines plus tôt, cette mauvaise blague lui servait à justifier la stupidité de Terence. Si elle s'esclaffait, elle passait pour une hypocrite. Tout de même… c'était drôle. Swann raconta que, à Saint-John, tout le monde était coincé.

— Une tache de sauce tomate sur ton uniforme, et ils te renvoient chez toi. Ils sont tarés !

Le repas pris des allures de procès, et à la fin, ils conclurent tous que Jefferson était un bien meilleur lycée, même Nelly qui y mettait les pieds pour la première fois. Ils rirent, discutèrent, piquèrent dans les assiettes des uns des autres. Ce pique-nique improvisé mit du baume au cœur de Nelly. Elle qui au début de l'année scolaire n'avait qu'une hâte, la voir se terminer, se disait que, finalement, l'adolescence, ce n'était pas si mal que cela quand on était bien entouré.

La pause-déjeuner s'acheva. Les jeunes se séparèrent, et Megan, raccompagnant Nelly jusqu'à la sortie, s'exclama :

— On devrait refaire ça ! C'était trop bien.

Nelly opina. Après avoir dit au revoir à son amie, sur le chemin du retour, l'esprit de Nelly divaguait. Elle n'avait pas réussi à plaire aux amis de Megan, mais les personnes qu'elle venait de rencontrer étaient plus… vraies. Nelly se demanda s'ils ne venaient pas de créer quelque chose. Une dynamique, un groupe, une amitié. Quelque chose.

**

Megan avait rompu avec Adam et ne parlait plus à ses amis. Au lycée, elle se montrait avec Tim, Terence, Swann, et Jude quand cette dernière n'était pas trop occupée. Elle supportait sans mot dire les regards noirs et les remarques mesquines. Mais elle avait avoué à Nelly à quel point elle aurait aimé l'avoir à ses côtés, pour mieux affronter la situation. Nelly, elle aussi, aurait préféré cela.

Megan venait chez Nelly presque tous les soirs après les cours. Elles faisaient leurs devoirs ensemble : c'était la condition de son proviseur de père pour la laisser s'y rendre. Les deux filles étaient des élèves studieuses. Puis elles se posaient dans la chambre de Nelly, devant une série, un film, ou écoutaient de la musique et parlaient en traînant sur les réseaux sociaux. De tout, de rien, des bruits de couloirs et de leurs peurs.

Cet après-midi-là, Nelly était assise par terre contre le pied du lit, et Megan, allongée sur le tapis moelleux à longs poils. Ses boucles chatouillaient les chevilles de Nelly. Son amie dit soudain :

— Tu ne parles jamais de garçons.

Nelly leva un sourcil, et, malgré elle, le rouge lui monta aux joues.

— C'est mal ?

— Non. Au contraire. C'est juste que je ne comprenais pas pourquoi j'étais si à l'aise avec toi par rapport à mes anciennes amies. Et j'ai compris : tu ne parles jamais de garçons. Ça change.

— Je ne connais pas de garçons de qui je pourrais parler.

À la limite, elle aurait pu se plaindre de son père, mais c'était une vieille rengaine qui n'en valait même plus la peine.

— Quand même, reprit Megan, il y a bien des mecs qui te tournent autour, même si tu ne sors pas souvent. Tu es super jolie. Terence n'arrête pas de te faire du rentre-dedans !

Les mains de Nelly devinrent moites sur son téléphone. Megan ne lui avait jamais dit qu'elle était jolie. Elle était flattée, mais aussi paniquée. D'une voix contrôlée pour en masquer le tremblement, elle rétorqua :

— Terence n'est vraiment pas mon style. Trop mastoc.

Megan acquiesça d'un air entendu, puis répliqua, après une courte pause :

— Mais tu aimes les garçons, au moins ?

Nelly, en proie à une angoisse grandissante, n'arrivait même plus à réfléchir. Megan restait calme, les yeux au plafond, ses mains sur son ventre. Celui-ci se soulevait au rythme de sa respiration. Nelly était troublée. La chaleur du corps de Megan à ses pieds la picotait, mais elle restait immobile. Elle tenta de s'en sortir par une pirouette.

— Qu'est-ce que ça peut bien faire ?

Megan fronça les sourcils.

— Oui, t'as raison.

Elles se turent. Il n'y avait même pas de musique pour combler les blancs. Le malaise de Nelly était presque palpable. Elle ferma les yeux puis, d'une voix blanche, révéla :

— J'en sais rien.

Elle ne l'avait jamais dit ; c'était étrange de l'entendre. Megan croisa son regard. Les joues de Nelly brûlaient.

— Est-ce que tu m'aimes ?

Nelly mentit :

— Non.

— OK, acquiesça Megan. Tant mieux : je tiens à notre amitié.

Nelly s'efforça de lui sourire, mais elle bouillonnait à l'intérieur. Elle avait envie de crier, d'envoyer valser téléphone et coussins, de pleurer… Que se serait-il passé si elle avait dit la vérité ? Megan serait partie, effrayée, et elle ne l'aurait plus jamais revue. Nelly se persuada qu'elle avait fait le bon choix, pour conserver sa vie sociale et leur amitié. Tant pis s'il fallait qu'elle ravale ses sentiments pour le restant de ses jours.

Megan repartit un peu avant le dîner, et quand Nelly referma la porte derrière elle, la maison lui parut plus vide que jamais. Elle fondit en larmes, le cœur brisé. Elle était en colère, contre elle-même et contre Megan. Elle aurait payé des millions pour savoir ce que pensait son amie à cet instant. Et si Megan ne lui reparlait plus jamais ? Que resterait-il à Nelly, à part des yeux de biche et un père fantôme ?

Son téléphone vibra dans sa poche : elle venait de recevoir un message de Terence, qui lui demandait s'il pouvait passer chez elle. Il avait besoin de parler. Nelly s'attendait au pire : la dernière chose qu'elle voulait, c'était voir un type un peu lourd. Mais Terence lui assura que c'était d'une importance primordiale. Il paraissait sincère ; Nelly prit le risque. Elle devait se distraire si elle ne voulait pas exploser.

Terence sonna vingt minutes plus tard. Quand elle lui ouvrit la porte, il demanda aussitôt :

— T'as pleuré ?

— Non.

Il laissa passer le mensonge. Elle l'invita à s'asseoir à l'îlot de la cuisine. Le garçon regardait autour de lui avec émerveillement.

— Elle est trop cool, ta maison.

— Oui, peu importe. Terence, qu'est-ce qui se passe ?

Il fit glisser son téléphone jusqu'à elle, et Nelly se pencha sur l'écran, intriguée. En lisant les messages, elle comprit l'urgence de la situation.

— Pourquoi ? demanda-t-elle.

— J'en sais rien, on a commencé à discuter au cours de théâtre et, depuis, le courant passe bien. J'en pensais trop rien, mais là, lis ce qu'elle m'a envoyé.

Dans la matinée, Jude lui avait écrit : *Honnêtement, j'adore Tim, mais il y a un truc qui me bloque chez lui. Je ne sais pas ce que c'est, en tout cas, ça ne va pas tout seul, pas comme avec toi.*

Nelly se prit la tête entre les mains.

— Il est nouveau en ville et malade, et il a fallu que tu lui piques sa copine potentielle !

Terence s'insurgea :

— C'est pas ma faute, je ne contrôle pas les sentiments des gens ! Et puis, de toute manière, je ne vais rien en faire, *évidemment*. Entre Jude et mon pote, je vais choisir mon pote. Mais je ne sais pas si je lui dis ou non. Il continue de s'accrocher. Encore plus depuis qu'elle lui a fait ce bonnet.

— Non. Tu ne lui dis rien. Je ne pense pas qu'il ait besoin de ça pour le moment. Arrête de parler à cette fille, et sois un bon ami.

Terence hocha la tête et changea soudain de sujet :

— Alors, pourquoi tu pleurais ?

— Je ne pleurais pas.

— Allez, je ne suis pas débile. Enfin, peut-être un peu, mais je sais faire la différence entre quelqu'un qui a fumé et quelqu'un qui a pleuré. C'est à cause de Megan ? Vous vous êtes disputées ?

Nelly fut aussitôt sur la défensive. Elle aimait bien Terence, mais pas assez pour en faire son confident. D'autant que la journée avait déjà été riche en émotions. Elle préféra inventer un bobard.

— C'est pas à cause de Megan. C'est à cause de mon père.

— Aïe, je connais ça.

— Tu te disputes souvent avec ton père ?

— Ouais. Quand il est là.

Nelly baissa les yeux.

— Mon père n'est jamais là, confia-t-elle.

— Mon père n'est jamais là non plus, sauf quand on aimerait bien qu'il dégage. Là, miraculeusement, il est dans nos pattes.

— Désolée.

Terence haussa les épaules.

— On va pas refaire le monde !

Nelly opina de la tête. Dehors, le vent soufflait de plus en plus fort. Il était presque l'heure de dîner, et Nelly ne voulait pas endurer un énième plateau-télé à ressasser des pensées négatives.

— Tu veux rester manger ? proposa-t-elle.

— Non, ma mère préfère m'avoir à la maison pour le dîner.

Quand il fut parti, Nelly ressentit encore plus le vide de l'immense demeure. Prise d'une migraine à force de pleurer, elle se coucha sans manger et, cette nuit-là, dormit d'un sommeil de plomb.

Chapitre 16

Tim avait bouché la douche. Pendant la vingtaine de jours qui avait suivi la première chimiothérapie, ses cheveux étaient restés bien accrochés à son crâne, mais au début de la troisième semaine, la catastrophe s'était produite. Il les perdait par poignées quand il se lavait ou qu'il tentait de les brosser. Ils restaient dans son bonnet quand il le retirait et sur son oreiller quand il se levait le matin. Sur son crâne, sa peau nue apparaissait par plaques. Tim restait fort, mais il avait envie de pleurer.

Quand le siphon de la douche avait commencé à régurgiter ses cheveux, il avait pris la tondeuse de feu son oncle et achevé le massacre. Il avait regardé dans la glace son crâne jaune et luisant, et avait craqué. Il l'avait, son look de malade. Ses sourcils se clairsemaient déjà, il n'avait presque plus de poils aux jambes ou aux aisselles. L'entrejambe, on n'en parlait même pas. Il n'avait rien vu venir. Il s'était persuadé que tout irait pour le mieux, ignorant même les signes de progression, comme le respirateur sous lequel il était placé toutes les nuits ou ses essoufflements quand il restait trop longtemps debout. Tant que ses cheveux avaient résisté, Tim s'était cru invincible. Mais désormais, il n'était plus que le malade de service.

Comme si ça ne pouvait pas être pire, il avait, ce jour-là, sa deuxième chimio. La perspective de passer les quatre jours suivants recroquevillé dans son lit, à somnoler en vomissant ses tripes, l'épuisait déjà. L'infirmière l'avait placé dans la salle de traitement et lui installait sa perfusion quand Tim, assis dans le fauteuil moelleux qui soulageait la douleur des os de ses hanches, aperçut un visage malicieux et des cheveux roux dans l'entrebâillement de la porte. Il ne comprenait pas comment Flora pouvait se balader dans l'hôpital sans jamais être réprimandée. Cela faisait partie de son mystère. Une fois la poche en place et le cathéter alimenté, l'infirmière lui souhaita bon courage. Elle reviendrait dans une petite heure. Quand elle sortit, Flora se faufila à sa place.

— Tu ne devrais pas être là, la prévint Tim.

— C'est bon, ne t'en fais pas. Je me suis lavé les mains.

Elle tira un tabouret en face de Tim avant de grimper dessus. Ce jour-là, elle avait attaché ses boucles. C'était la première fois que Tim la voyait ainsi. Elle portait un pull vert, une jupe de danseuse bleue et un collant rayé de toutes les couleurs. Flora restait plus bariolée que le reste de cette ville, mais ce matin-là, elle avait malgré tout un air triste.

— Tu vas bien ? s'enquit-elle.

Tim comprit que derrière sa question se cachait le désir qu'il la lui retourne.

— J'ai perdu mes cheveux.

De sa main libre, il souleva son bonnet pour dévoiler son crâne nu.

— Ça va aller, tu les retrouveras, ils ne doivent pas être bien loin.

Sa candeur fit sourire Tim.

— Et toi, tu vas bien ?

Dans un soupir, Flora attrapa sa jambe pour la ramener à sa poitrine.

— Je ne pense pas que je sortirai d'ici un jour.

— Pourquoi ?

— Ils disent que je fais des progrès, qu'ils sont fiers de moi, que je ne suis plus un danger ni pour moi ni pour les autres. C'est pour ça qu'ils me laissent aller et venir. Mais ils ne veulent pas me laisser sortir. Je crois que ce sont mes parents qui refusent.

— Depuis combien de temps tu es là ?

Ce n'était pas la première fois qu'il tentait de grappiller des informations à son sujet. Chaque fois, Flora s'était refermée comme une huître. Mais ce jour-là, elle semblait ouverte aux confidences : Tim en profita. La jeune fille mit un temps à répondre, levant ses doigts à mesure qu'elle faisait le décompte – des jours, des semaines, des mois, des années, Tim n'en savait rien.

— Douze, conclut-elle.

— Douze quoi ?

— Douze.

Il n'insista pas.

— Et depuis combien de temps tu as le droit de te balader dans l'hôpital ?

— Trois.

— Je comprends mieux. Tu étais où avant ?

— Tu crois que je suis assez naïve pour te révéler tous mes secrets, Timothy ?

Le garçon rit, et ce petit sursaut soudain le fit grimacer de douleur. Dans le creux de ses omoplates, il y avait comme une pointe. Flora n'avait cessé de le fixer. Elle reprit :

— Tu crois que tu vas mourir ?

La question avait de quoi interpeller, mais Tim répondit avec confiance :

— Non, je ne veux pas mourir.

— Ce n'est pas la même chose, argumenta Flora.

— Je ne pense pas que je vais mourir.

— Tu n'as pas peur que ça arrive ?

— Je n'ai pas peur de la mort, affirma Tim.

— J'ai très peur de la mort…

Il n'avait rien à dire de plus et, visiblement, Flora aussi voulait en finir avec cette conversation. C'était ce qu'elle faisait souvent : elle partait sans un mot, sans un au revoir, parfois en plein milieu de la discussion. Le lendemain, ou un autre jour, c'était comme si on la rencontrait pour la première fois.

Elle laissa Tim seul avec le ronronnement des machines. Le garçon pensa aux derniers mots échangés. Soudain, dans le silence, il prit conscience de sa respiration sifflante, de la chaleur du bonnet qui le grattait et de la douleur cuisante de sa colonne vertébrale contre le fauteuil. Il avait déjà perdu beaucoup de poids ; c'était d'ailleurs ce qui inquiétait le plus les médecins. Si la courbe continuait sa descente, il faudrait l'alimenter par sonde, quand le couperet de la mise sous oxygène menaçait déjà de tomber à tout moment. Tim ne voyait pas son corps se détériorer. Pourtant, quand il s'attardait sur les détails, il devait constater qu'il était bien différent de l'adolescent pimpant et athlétique de l'été.

Allait-il mourir ? Tim ne savait plus trop.

**

Cette deuxième chimiothérapie fut encore plus éprouvante que la précédente. Tim ne put retourner en cours que le mercredi suivant. Il avait quitté le lycée le jeudi soir avec un semblant de cheveux et un reste de sourcils, et revenait sans rien. Ses camarades voyaient bien ce qu'il s'était efforcé de cacher jusque-là, et lui adressaient des sourires bienveillants, gardant pour eux tout commentaire. Les professeurs ne lui demandaient plus de retirer son bonnet.

À midi, Tim rejoignit les coulisses du théâtre, devenues leur QG. Il n'y avait jamais personne, et ils faisaient toujours attention à ne pas laisser de miettes traîner, pour éviter de provoquer des reproches. Megan faisait office de bouclier. On n'aurait pas osé s'attaquer à la fille du proviseur.

Il pensait être en avance, car le professeur d'anglais avait lâché sa classe avant la sonnerie, mais en se faufilant dans l'auditorium vide, il entendit des rires.

— Arrête, tu vas tout gâcher ! lançait joyeusement une voix qui ressemblait à celle de Jude.

— Mais non, j'apporte une touche de modernité, regarde.

Tim s'avança, le cœur serré. Terence et Jude étaient agenouillés sur le sol, en train de peindre la base d'un décor. Jude tentait d'arracher le pinceau des mains de Terence qui jetait de la peinture rouge à la volée sur le pan de carton. Trop occupés à se chamailler, ils ne remarquèrent pas l'arrivée de Tim. Le garçon les observa quelques secondes, se demandant d'où leur venait cette complicité soudaine. Il réalisa alors qu'ils passaient du temps ensemble pendant les répétitions. Et Terence parlait souvent de Jude. Très souvent. Même quand Tim ne pensait pas – et ne voulait pas penser – à elle. Oh, maintenant il comprenait !

Jude, un éclat lumineux sur le visage, riait bêtement. Elle n'avait jamais ri comme ça avec lui. Une sensation d'étouffement saisit Tim, et elle n'avait rien à voir avec la saloperie installée dans ses poumons.

Ses amis l'aperçurent et se calmèrent aussitôt. Terence lâcha le pinceau, Jude le récupéra discrètement.

— Il est déjà midi ? feignit de s'étonner Terence. J'avais pas vu, je… Faut que j'y aille. J'ai promis aux gars de l'équipe de manger avec eux.

Il se leva, récupéra ses affaires et s'éclipsa. En passant devant Tim, il posa une main sur son épaule.

— Tu passes toujours à la maison ce soir ?

Tim acquiesça. Terence disparut derrière le rideau. Tim vit que Jude rougissait. Il était en colère, mais ne pouvait pas s'énerver. Un, il n'avait aucune preuve qu'il se passait quelque chose entre eux, deux, Jude ne lui devait rien.

— Les autres ne viennent pas, finit par formuler la jeune fille.

— Ah bon ?

— Non, Megan doit réviser à la bibliothèque et Swann n'est pas venu en cours aujourd'hui.

— Il n'est pas venu juste comme ça ? s'étonna Tim.

— Ça lui arrive, parfois.

— Donc c'est juste toi et moi ?

— Oui, confirma-t-elle d'une petite voix.

Quelques semaines – et même quelques jours ! – plus tôt, Tim se serait réjoui. Enfin le sésame d'un instant de répit, seul avec Jude, se présentait. Il ne méprisait pas les moments passés avec le reste de leur nouvelle bande, bien au contraire. Swann était un peu irritant parfois et Megan avait des tendances moralisatrices, mais tous lui mettaient du baume au cœur. Ils lui rappelaient les amis laissés derrière lui, en Californie. Ils n'auraient pas pu remplacer ces derniers, mais ils comblaient le vide. C'était tout de même parfois pesant de voir tant de monde, là où, au début, il n'y avait que Tim et Jude.

Pourtant, alors qu'enfin le délice du tête-à-tête était là, il se sentait d'humeur maussade. La scène à laquelle il venait d'assister lui laissait un souvenir cuisant. Avait-il été trop aveugle ? Trop bête ? Ses amis devaient penser que ça ne lui ferait rien. Tim avait déjà un cancer, alors une déception de plus…

Il fixait les gestes réguliers de Jude, la gorge nouée. Il ne ressentait plus la fascination des premières fois. Il était juste révolté par son silence. Avec une amertume dans sa voix, il tenta d'amener le sujet sur la table :

— Alors, toi et Terence, hein ?

Jude ricana, trop vite.

— Non, on s'entend bien, c'est tout. Ne t'en fais pas, il ne se passe rien.

Ce « ne t'en fais pas » fit frissonner Tim. C'était une manière de dire : « Je vois bien que tu es jaloux, ne le sois pas. » Il insista :

— Il est sympa, quand même, Terence. C'est ce que tu m'avais dit.

— Il est sympa, oui. Tu dois le savoir, c'est ton meilleur ami.

— Et il est franchement beau, ajouta Tim. Même moi, je dois l'admettre.

— Oui, c'est vrai. Enfin, je le préférais quand il n'avait pas les cheveux rasés, mais ça va, il n'est pas affreux.

Jude gardait son calme. Elle ne le regardait toujours pas. Le pinceau repassait au même endroit pour la dixième fois.

— Je pense qu'il est intéressé par toi, dit Tim.

— Non, je ne pense pas. Tu as vu comment il regarde Nelly ? Ou même Megan ! Elles sont beaucoup plus jolies, plus féminines. Et elles ont à peu près son âge.

— Moi, je te choisirais sans hésiter.

— Merci, bafouilla-t-elle, cramoisie.

La rage de Tim grandissait.

— Tu sais, tu peux me le dire si t'aimes bien Terence, je peux t'arranger le coup.

Jude lâcha son pinceau et affronta enfin Tim, agacée :

— Qu'est-ce que tu me fais, au juste ? Je vois bien que t'essaies de m'amener quelque part, mais je ne vois pas où !

— Nulle part, répliqua Tim avec une fausse nonchalance. Je me demandais juste si tu t'étais éloignée de moi parce que tu préférais Terence ou parce que tu étais dégoûtée par ma maladie.

— Quoi ? Mais d'où tu sors ça ?

Elle faisait mine de ne pas comprendre, mais Tim n'était pas dupe.

— Tu sais bien. Tout allait bien, jusqu'au jour où je t'ai dit que j'étais malade. Depuis, soit tu me fuis, soit tu t'arranges pour que quelqu'un soit avec nous.

— C'est à propos de Swann ? C'est ça ? Swann est mon ami, il vient tous les soirs à ma fenêtre, c'est notre truc. Je n'allais pas le renvoyer alors qu'on ne faisait que réviser !

— Alors peut-être que c'est Swann qui t'intéresse, et pas Terence ?

Jude laissa tomber son visage entre ses mains. Tim enrageait mais se retenait d'exploser. Ce n'était pas l'envie de crier qui lui manquait. Le mutisme de Jude aggrava la situation.

— Donc, c'est bien le cancer.

— Je vais y aller, trancha-t-elle en se levant.

Il n'en était pas étonné. Jude, Flora... Elles fuyaient la confrontation car elles en avaient peur. Elles voulaient que tout le monde les aime. Tim en était écœuré. Jude abandonna son travail et partit à grandes enjambées. Furieux, Tim renversa le pot de peinture et regarda le rouge couler sur le carton, dépassant les lignes que Jude avait tracées. La satisfaction d'avoir gâché son travail n'apaisa Tim que quelques secondes.

Une quinte de toux le secoua et les larmes lui montèrent aux yeux. Il toussait à longueur de journée, si bien qu'il ne le remarquait plus, mais cette suffocation alimenta sa colère. C'était sa faute. Il aurait pu être un adolescent normal, avec une place dans l'équipe de foot, des amis et une bonne santé. Alors Jude l'aurait sûrement aimé. Mieux, il aurait pu rester en Californie et mener une vie tranquille, avec ses potes et les filles de là-bas. Jude n'aurait jamais entendu parler de lui, elle serait toujours cette gamine coincée qui peignait des cartons et tricotait des bonnets ! Il l'avait sortie de sa carapace. Elle n'était personne sans lui, et elle avait le culot de la lui faire à l'envers ! Il la détestait ! Il la haïssait autant qu'il se haïssait lui-même.

À quoi bon… Il allait mourir de cette connerie. Flora l'avait dit.

En sortant de l'auditorium, il courut à l'infirmerie et dit qu'il ne se sentait pas bien. L'infirmière, dépassée par son cas, appela la tante de Tim. Quand celle-ci vint le chercher, paniquée, il tenta de la rassurer. Il était juste fatigué, il voulait dormir. Elle le laissa tranquille le reste de l'après-midi. Terence tenta de l'appeler plus de cinq fois, et Tim fixa à chaque fois son prénom affiché sur l'écran, attendant qu'il disparaisse. Tard dans la nuit, il trouva le courage de lui envoyer un texto.

Désolé. Me sentais pas trop bien. Suis rentré dormir.

Terence répondit dans la minute.

T'inquiète, je comprends. Prends soin de toi. Si jamais tu veux parler, je suis là.

Tim poussa un long soupir. Il n'avait plus de cheveux, le respirateur sur sa bouche lui donnait un air de RoboCop, et il avait le cœur brisé.

Chapitre 17

Depuis que Swann n'était plus à Saint-John, la vie de Colin était bien fade. La sanction était tombée quelques jours après la bagarre : l'adolescent était exclu. Sans qu'il ait pu défendre sa cause. Swann ne l'aurait peut-être pas fait, à bien y réfléchir. Depuis, son ancien camarade était à Jefferson, et Colin n'avait plus le temps de le voir. Chez lui, la surveillance s'était renforcée. Sa mère lui avait posé un ultimatum : soit Colin revenait dans le droit chemin, soit il serait sévèrement puni. Comment ? Il n'en avait aucune idée, mais la menace était claire.

Plus de sorties jusqu'à nouvel ordre. Il devait rentrer directement après les cours, faire ses devoirs, aider aux corvées ménagères. Il dispensait le catéchisme aux enfants de la paroisse, accomplissait ses tâches en tant que bénévole et aidait le dimanche après l'office religieux. C'était la vie que Colin avait toujours menée, mais après avoir goûté à plus de liberté, à un horizon plus large, ça ressemblait à une prison.

Un samedi qu'il gardait ses nièces, il leur avait demandé de lui peindre les ongles en bleu électrique. Ses parents étaient furieux, mais il pouvait se réfugier derrière l'excuse du baby-sitting : il avait accepté car elles avaient insisté. Il ne le retira pas, et chaque jour le regard de son père se faisait plus meurtrier. Colin se délectait de cette tension : ses parents faisaient semblant de ne pas voir qu'il les provoquait, et lui feignait d'être étourdi et d'oublier de retirer le vernis. Le rapport de force devenait plus intense. C'était libérateur.

Lui qui n'avait jamais fait de crise d'adolescence se sentait l'âme rebelle. À dix-sept ans, il ressentait pour la première fois l'envie d'envoyer balader ses parents, leurs normes rigides et leurs valeurs d'un ancien temps. Quand il était autorisé à se connecter à Internet, Colin cherchait des réponses à ses questions.

La Bible peut-elle avoir tort ?

Dieu supporte-t-Il l'homosexualité ?

Le catholicisme est-il vraiment tolérant ?

Il découvrait des forums où des croyants confrontaient leurs idées, citaient des passages de la Bible et en donnaient des interprétations nouvelles pour lui. Il réalisait que des milliers de personnes dans le monde avaient émis les mêmes doutes que lui, les mêmes réserves quant aux discours conservateurs. Ces personnes avaient réussi à trouver des compromis, ce qui réconfortait Colin : il pouvait admettre que l'Église avait tort sur certains points sans être moins croyant que les autres ! Il relisait les textes avec un œil nouveau, et les passages sur lesquels il avait tiqué au début ne lui paraissaient plus si imbuvables.

Un soir, à table, son père avait fait un commentaire déplacé – un de plus – sur le divorce d'un de ses collègues.

— Sa femme veut se barrer avec les gosses et empocher tout son fric. Dans ce cas, quel est l'intérêt de se marier ?

— Peut-être qu'elle était heureuse au début, mais qu'elle ne l'est plus, proposa Colin, soudain plein d'audace.

Du bout de sa fourchette, il jouait avec sa boulette de viande. Quand il releva la tête, ses parents le regardaient avec des yeux ronds.

— Quoi ? Le divorce, c'est pas une calamité aujourd'hui, tenta Colin.

— Quand on se marie, c'est un engagement, c'est une promesse. Je n'aime pas qu'on brise les promesses qu'on m'a faites. Et toi ? Comment tu réagirais si on divorçait ?

Son père avait prononcé ce dernier mot comme s'il lui donnait la nausée. Colin haussa les épaules.

— Si c'est votre décision… Je n'en sais rien, je préférerais vous voir heureux séparés que malheureux ensemble.

Silence dans la tablée. Un voile passa sur le regard de sa mère, et Colin s'en voulut d'avoir formulé sa phrase ainsi. Bien sûr, il ne voulait pas que ses parents se séparent, mais si jamais…

Très calme, son père posa ses couverts, sa serviette en tissu, et se racla la gorge.

— Qui t'a dit tout ça ?

— Qui m'a dit quoi ?

— Tout ce que tu nous répètes depuis quelques semaines. Les bêtises et les blasphèmes. C'est quelqu'un à l'église ? Je croyais que tu t'étais remis à tes études de la Bible.

— Je le fais, assura Colin.

— *Ainsi, ils ne sont plus deux mais ne font qu'un. Que l'homme ne sépare donc pas ce que Dieu a uni.* Matthieu, chapitre 19, verset 6, récita son père.

— Enfin, papa, les mœurs ont changé depuis l'époque des Évangiles. On n'est pas obligés de suivre à la lettre toutes les recommandations.

Son père garda son sang-froid, mais Colin voyait une veine, à sa tempe, palpiter. Sa mère, mutique, avait le regard fixé sur son assiette. Colin, lui, restait calme. Son père encaissa et changea de sujet de conversation.

— Tu n'as pas retiré le vernis.

Colin baissa les yeux sur ses ongles où le bleu s'écaillait.

— Ah, oui. J'ai oublié. Bah, à ce stade, autant le laisser. Il partira tout seul.

Il ne reçut pas de réprimande, mais le reste du repas se déroula dans un silence mortifère.

**

Octobre touchait presque à sa fin quand, à la sortie du lycée, Colin aperçut une silhouette familière contre le mur d'enceinte. Swann fumait ; il ne portait plus d'uniforme et arborait fièrement la casquette que plus personne ne lui interdisait de porter. À l'envers, bien entendu. Sa présence ne pouvait pas être anodine, il devait l'attendre. Colin, heureux de le voir, vint à sa rencontre.

— Je commençais à croire que tu m'avais oublié, dit-il.

Swann fit tomber la cendre de sa cigarette avec désinvolture.

— Pas ma faute si tu n'as pas de téléphone ou de profil Facebook, comme le reste du monde. T'as changé, c'est sympa.

Il montra ses doigts. Le bleu avait laissé la place au noir. Colin n'avait même pas attendu que ses nièces le fassent, il avait acheté le vernis et se l'était appliqué lui-même. Ses parents l'avaient vu faire, impuissants. Colin sourit timidement.

— Les gens te cherchent pas des emmerdes à cause de ça ? demanda Swann.

— Étonnamment, non. Mais c'est peut-être parce que j'ai le pouvoir de leur donner des heures de colle.

— Cool.

— C'est comment, Jefferson ?

Swann haussa les épaules avant de tirer une nouvelle bouffée.

— C'est tranquille. Les profs s'en fichent un peu de moi, alors je peux respirer. La bouffe est merdique, par contre.

Colin opina machinalement. La manière dont ils se tenaient à distance l'un de l'autre était étrange. Leur amitié n'avait jamais été très démonstrative, parfois même froide, mais là, il avait l'impression d'être face à un inconnu. Colin piétina sur place. Il avait envie de passer du temps avec Swann, mais était censé rentrer aussitôt chez lui après les cours…

Qu'importe, il n'était plus à une désobéissance près.

— Tu veux marcher un peu ? proposa-t-il.

— Allons-y.

Plutôt que de prendre leur route habituelle pour rejoindre le restaurant des parents de Swann, ils empruntèrent la direction opposée. Ils s'engagèrent dans les grandes rues résidentielles aux trottoirs couverts de feuilles mortes. Colin remonta le col de son long manteau ; le vêtement cachait son uniforme.

— J'ai pas rendu son vélo à Jude, dit-il pour briser la glace.

— Tu peux le garder, je ne pense pas qu'elle t'en voudrait.

— Je ne suis pas un voleur, se défendit Colin.

— Ah oui, c'est vrai. Alors tu n'as qu'à passer chez moi.

Colin dit qu'il n'y manquerait pas, même s'il ne savait pas comment il se débrouillerait. Ils débouchèrent sur le parking d'une supérette. Swann proposa d'acheter de quoi manger et de se poser. Ils s'installèrent le long du bâtiment, un paquet de gâteaux et des canettes de boissons énergisantes posées entre eux. Sur leur gauche, les poubelles vomissaient des cartons que le vent faisait parfois claquer. Sur leur droite, la carrosserie d'un gros 4 × 4 les protégeait du regard des passants.

— Tu vois toujours Flora ? demanda Colin en piquant un gâteau.

Il n'avait cessé de penser à la jeune fille. Il lui était même arrivé de prier pour elle pendant les offices.

— Non. Ma mère était tellement déçue que je sois exclu de Saint-John qu'elle a demandé à la mère de Flora de me virer. Maintenant, je suis obligé de faire le service au restaurant certains soirs.

— Tes parents veulent absolument que tu travailles ?

— Ouais, c'est la valeur ultime dans la famille.

— Moi, mes parents veulent absolument que j'aille à l'église.

— Chacun son truc, dit Swann en haussant les épaules.

Le garçon ouvrit une canette dans un chuintement aigu, quelques bulles giclèrent. Il y but une première gorgée avant de la proposer à Colin. Celui-ci refusa. S'il buvait ce truc, il ne dormirait pas de la nuit.

— Je sais que tu vas encore t'énerver à cause de ça, mais j'ai repensé à Flora.

— Elle est célibataire, si c'est ta question, dit Swann en riant.

— Arrête. Elle a quoi, treize ans ?

— Quinze, on est de la même année.

— Tu as dit qu'elle était malade, rappela-t-il.

— Oui, c'est pour ça qu'elle est à l'hôpital.

— D'accord, merci. Mais elle a quoi ? Une maladie auto-immune ? Un problème avec ses reins ? J'ai voulu prier pour elle, mais je ne savais pas pour quoi.

Swann fronça les sourcils.

— Hein ? Enfin, Colin, elle est… enfin, elle est malade dans sa tête, quoi. Elle est dans le secteur psychiatrique.

— Elle est folle ?

Il avait déjà posé cette question, et Swann l'avait déjà balayée, mais c'était important pour Colin de la reposer.

— Elle n'est pas folle, elle… elle est malade, c'est tout.

Colin médita sur la réponse. Le vent sifflait à ses oreilles.

— T'as l'air paumé, constata Swann.

— Non… réfuta Colin, avant de se reprendre : Enfin, un peu. Mon père a l'habitude de dire qu'il y a les personnes saines d'esprit et les fous, et… tu vois le truc. Les fous sont des âmes perdues, corrompues, des pécheurs qui ne croient pas.

— Peut-être bien que ton père n'a pas raison sur toute la ligne.

— Il n'a pas raison sur grand-chose.

— Tu n'as plus qu'à faire la révolution.

— J'aimerais bien.

Colin trouvait difficile de voir ses repères s'effondrer. Ce n'était pas seulement une histoire de vernis, c'était toute son éducation et tout son héritage familial qui s'effritaient. Swann alluma une nouvelle cigarette et déclara :

— *Car ce n'est pas un esprit de timidité que Dieu nous a donné, mais un esprit de force, d'amour et de sagesse.* Deux Timothée, chapitre 1, verset 7.

Colin se redressa, sous le choc.

— Comment tu connais ça ?

— Mec, j'ai passé une partie de mon enfance au Mexique. Les cours de catéchisme, les messes barbantes, je connais.

— Tu ne me l'avais jamais dit.

— Pour quoi faire ? Je n'ai jamais été croyant, je faisais ça parce que j'y étais obligé. Je ne peux pas t'aider.

C'était tout de même réconfortant de savoir qu'une partie de Swann le comprenait. Désormais qu'il s'était fait un ami de ce gamin génial et grognon, aux antipodes de lui-même, Colin voyait où leurs vies se rejoignaient. Swann n'avait pas forcément plus de liberté : ses parents lui mettaient la pression pour qu'il soit quelqu'un d'autre, tout comme Colin. La seule différence entre eux, c'était que Swann disait « non », quand Colin se complaisait dans le rôle qu'on lui attribuait.

Il n'y avait plus de gâteaux dans le paquet, et le ciel se faisait de plus en plus menaçant. L'averse était proche. Pourtant, aucun des deux adolescents ne bougea. Colin était bien, caché derrière la supérette, avec son ami. Finalement, il n'avait jamais rien demandé de plus que la possibilité de mener cette vie. Swann attrapa sa cigarette entre son pouce et son index et en tira une longue bouffée. Pendant qu'il recrachait la fumée, il la tendit à Colin. Au début, celui-ci hésita, se rappelant les menaces de ses parents et la colère qu'il devrait affronter s'il rentrait avec l'odeur du tabac sur ses vêtements.

Au point où il en était… Colin attrapa la cigarette et la porta à sa bouche. C'était sa toute première. L'excitation de la transgression faisait battre son cœur plus vite. Il aspira et recracha la fumée aussitôt. Ce n'était pas trop mal, il n'avait même pas toussé.

— Recommence, dit Swann avec un sourire bienveillant. Avale la fumée.

Colin suivit ses instructions. Cette fois, quand il s'efforça d'inhaler la fumée, une brûlure violente irradia dans ses poumons. Il se mit à tousser. Les larmes aux yeux, il rendit sa cigarette à Swann, qui l'attrapa en riant.

— Tu t'en sors pas trop mal. Moi, ma première, je l'ai lâchée et j'ai cramé la main d'un mec.

— Je suis pas encore prêt pour faire la révolution, plaisanta Colin en essuyant le coin de ses yeux.

— Ça viendra.

Colin sourit. Ses poumons le brûlaient encore un peu, mais dans sa poitrine naissait une sensation de légèreté.

— Enfin… reprit Swann. Tu crois que tu seras prêt pour la révolution vendredi soir ? Parce qu'il y a des personnes que j'aimerais te présenter, et c'est possible que je te demande de faire le mur.

Chapitre 18

À la surprise de Nelly, et à son grand soulagement, ses relations avec Megan n'avaient en rien changé. Bien sûr, Megan ne parlait pas à Nelly de cette fameuse soirée. Parfois, elle lui montrait une photo d'une actrice qu'elle trouvait jolie, lui demandant son avis, rien de plus. Cette situation était à la fois une bénédiction et une torture. Bénédiction, car leur amitié n'était pas remise en cause, et Nelly pouvait toujours profiter de la présence de Megan. Torture, parce que ses sentiments devenaient plus forts de jour en jour. Nelly tremblait avant de la voir, faisait de grands discours dans son miroir pour se motiver à lui parler, mais tous ses plans tombaient à l'eau. Elle avait fini par abandonner l'idée. *Advienne que pourra*, se disait-elle, même si, au fond d'elle-même, elle était convaincue que *rien ne pourrait advenir.*

Ce vendredi soir, il y avait un match de football à Jefferson. Le lycée jouait à domicile contre une ville au nord de l'État. Nelly y avait été conviée. Ils allaient peut-être faire une fête chez elle, après. Ils ne savaient pas encore. « Ça dépendra si on gagne », avait déclaré Terence.

Nelly se rendit seule au lycée. Megan y allait avec son père, qui n'aurait manqué pour rien au monde les exploits de ses joueurs. Elles se retrouvèrent à l'entrée ; Megan patientait, assise sur les marches. Dans l'obscurité, Nelly ne voyait que sa silhouette et ses boucles régulières et brillantes. Megan lui avait raconté que, plus jeune, elle les avait torturées à la kératine. Désormais, elle avait jeté l'éponge. Nelly ne l'aurait jamais imaginée les cheveux lissés. Elle n'aurait pas été aussi belle.

Megan se leva. Elle avait de la peinture sur les joues et un marqueur à la main, qu'elle brandit. Nelly recula.

— Eh, bas les pattes !

— Allez, quoi ! Tu peux bien faire un effort et te mettre aux couleurs du lycée.

— C'est quoi, les couleurs du lycée ?

— Violet et blanc.

Nelly pinça les lèvres avant de céder dans un soupir.

— Bon, vas-y. Mais c'est juste parce que c'est raccord avec mon maquillage.

Enjouée, Megan se hissa sur la pointe des pieds pour atteindre les joues de son amie. Elle traça deux traits, sur chaque joue. Nelly remercia le ciel pour la pénombre, car son visage était en feu. Sentir Megan si proche était un supplice.

— Viens, ça va commencer. Terence ne tient déjà plus en place.

Megan saisit la main de Nelly pour l'entraîner dans sa course. Comme ça. D'instinct. Avant que Nelly n'ait pu s'en émouvoir, elles contournaient déjà le bâtiment pour rejoindre le stade, illuminé comme un phare dans la nuit. On entendait les cris d'encouragement dans les gradins. Megan ne lâcha la main de Nelly qu'une fois au pied de ceux-ci, et sa chaleur y resta, comme un fantôme. Bien entendu, ça ne signifiait rien, se raisonna Nelly. Megan avait toujours eu pour elle des gestes d'affection. Mais là…

Elles grimpèrent dans les gradins, à la recherche du reste du groupe, et n'y trouvèrent que Jude, perchée tout en haut. Un bonnet couvrait ses cheveux blonds, mais le bout de son nez était rougi par le froid.

— Tu es toute seule ? s'étonna Megan.

— Terence est en bas.

Le garçon, appuyé contre la barrière, tenait l'un de ses anciens coéquipiers par le col. Il gesticulait en parlant. C'était peut-être des conseils, mais ça ressemblait pas mal à un savon.

— Et Tim ? demanda Nelly.

Jude se contenta de hausser les épaules. Megan et Nelly échangèrent un regard inquiet. Il n'avait plus donné de nouvelles depuis une bonne semaine. Tim ne s'était pointé en cours qu'une seule fois, un jeudi matin, et il était reparti avant la pause de midi. Terence assurait qu'il allait bien, qu'il avait juste besoin de repos. Les autres chuchotaient qu'il n'en savait rien du tout, qu'il essayait de sauver les meubles.

— Swann ne devrait pas tarder.

— Je suis là.

Nelly fit volte-face pour découvrir le benjamin du groupe, son éternelle casquette plantée à l'envers. Il était flanqué d'un autre jeune, noir, grand, baraqué, à l'air timide. Swann fit les présentations :

— Voici Colin. Il mise gros ce soir, ses parents lui interdisent toute sortie. Alors je compte sur vous pour bien l'accueillir.

Le nouveau venu leva une main embarrassée pour les saluer, et Megan décida que, pour le mettre dans l'ambiance, il n'y avait rien de mieux que de lui peinturlurer le visage. Ils avaient tous les joues bariolées quand Terence remonta les gradins : le match allait commencer.

— Tu les as bien motivés ? l'interrogea Jude.

— Pas qu'un peu. Je leur ai dit que, s'ils perdaient, je viendrais hanter leurs familles sur cinq générations, si bien qu'ils finiraient tous par se crever les yeux. Un peu comme Œdipe.

— Et après tu t'étonnes qu'on t'ait viré de l'équipe, chantonna Megan.

— Attends, toi, tu connais Œdipe ? le charria Swann.

— Je *joue* Œdipe. C'est bien ça, hein ? Je suis bien Œdipe dans la pièce ?

Il s'était tourné vers Jude. Celle-ci acquiesça dans un sourire.

Le match commença. Seuls les élèves de Jefferson avaient fait le déplacement pour soutenir leur équipe : quand les adversaires marquaient, les huées faisaient trembler les gradins. Nelly se levait avec les autres et criait quand la foule l'y encourageait. Terence avait quitté son siège pour se placer dans l'escalier. Il alternait insultes et encouragements, traitait ses anciens coéquipiers de bras cassés ou hurlait : « Le nouveau Tom Brady ! Vous le voyez le nouveau Tom Brady ? » Megan était la première de la rangée à se lever quand Jefferson marquait. Nelly s'amusait de la voir ainsi. Parfois elle croisait ses yeux, et Megan articulait « On va gagner » en silence.

Pour être honnête, Nelly s'en fichait. Ce n'était pas son lycée et elle n'avait jamais rien compris aux règles. En revanche, elle appréciait l'ambiance, la foule soudée, les tonnerres d'applaudissements et la structure des gradins qui grondait sous leurs pieds. Elle se sentait enfin comme dans les films qu'elle avait passé son adolescence à regarder. Elle vivait enfin ses rêves les plus fous. Une vie où elle n'était ni la jolie nana, ni la fille de Paul Aubray, une vie où elle était juste normale, entourée, appréciée. Cette même vie qu'elle avait prêtée à Megan lors de leur première rencontre. Enfin, elle se sentait appartenir au monde. Elle n'était plus Raiponce dans sa tour.

À la mi-temps, Terence revint les voir.

— On est bien, on est bien, déclara-t-il. On mène, mais faut pas se reposer sur nos lauriers. C'est le risque.

— Si jamais on perd, tu as prévu les cochons ? plaisanta Jude.

Le nouveau, Colin, réagit aussitôt :

— Oh mince, je savais bien que ton nom me disait quelque chose. C'était toi qui les avais lâchés chez nous !

— Chez vous ? Tu es de Saint-John ? Swann, tu as amené un ennemi dans notre camp ?

— Il est cool, il est cool. Il leur mène la vie dure là-bas, il distribue des heures de colle aux fils à papa.

Terence dévisagea Colin avant de concéder :

— OK, on le prend à l'essai. Quelqu'un a faim ? Je paie ma tournée à la baraque à frites.

Ils s'accordèrent sur une tournée générale. Jude accompagna Terence pour les frites, et Swann s'éclipsa pour fumer une cigarette, Colin sur ses talons. Les filles devaient garder les places. Peu à peu, les gradins s'étaient vidé des affamés et de ceux qui cherchaient à se dégourdir les jambes. Megan avait les joues rouges à cause du froid, elle posait ses mains dessus pour les réchauffer.

— Quelle soirée ! Je ne m'étais pas amusée comme ça depuis...

— Fais attention à ce que tu vas dire, parce que tu passes la plupart du temps avec moi, la taquina Nelly.

— J'allais dire depuis cet après-midi, mais puisque tu as décidé d'être une garce, je retire.

Nelly fit semblant d'être excédée.

— Moi ? Une garce ? C'est pas ce que tu disais l'autre fois. *Nelly, tu sais, tu es la meilleure amie que j'aie jamais eue, avec toi, je peux vraiment être moi-même.*

— Je n'ai pas dit ça.

— Tu l'as dit.

— Non.

— Tu l'as dit et j'ai des preuves. C'était un message vocal que tu m'as envoyé à 3 heures du matin parce que tu n'arrivais pas à dormir. Je l'ai enregistré.

Megan fit la moue.

— D'accord, je l'ai peut-être dit.

— Merci, conclut Nelly dans un sourire.

Une ombre se dressa sur leur droite. Il ne fallut qu'une seconde à Nelly pour comprendre que cet homme imposant était le père de Megan. Même nez, même regard, mêmes sourcils. Il adressa à l'amie de sa fille un sourire chaleureux.

— Tout se passe bien pour vous ?

— Oui, les autres sont partis chercher des frites, dit Megan.

— Super. Je voulais juste savoir si je te ramène à la fin ou si tu vas dormir chez Nelly – ici présente, je suppose.

Intimidée, celle-ci hocha frénétiquement la tête. Megan réfléchit, puis finit par trancher :

— Je pense que je vais dormir chez Nelly.

Elles n'en avaient pas encore parlé. Nelly ne s'en plaignait pas, loin de là. Elle trouvait juste étrange que son amie décide du reste de la soirée si naturellement. C'était ce qu'ils avaient prévu, finalement : fêter la victoire chez Nelly. Et comme Jefferson semblait bien parti…

Les autres revinrent, Terence et Jude les bras chargés de barquettes de frites. Nelly en partagea une avec Megan. Le match reprit. La seconde mi-temps fut encore plus intense que la première. Les adversaires remontèrent le score, arrachant à la foule des protestations et des soupirs las. Terence s'en serait arraché les cheveux s'il en avait eu. À la dernière minute, il y avait égalité : la tension était à son maximum. Soudain, un joueur aux couleurs violettes réceptionna le ballon et fila comme une flèche sur le terrain. Terence vociférait :

— Allez Garth ! Allez, je te jure que si tu ne marques pas je…

Il n'acheva pas, car le garçon se jeta derrière la ligne de touchdown, raflant les points gagnants. Les cris d'enthousiasme déchirèrent la nuit. Megan se tourna vers Nelly et attrapa son visage entre ses deux mains, répétant : « On a gagné, on a gagné ! » Les acclamations de la foule couvraient sa voix. Terence dévala l'escalier, passa sous les barrières du terrain et sauta sur le dos de ses anciens coéquipiers. C'était un beau tableau,

Nelly avait le bout du nez glacé et le cœur léger. Elle était heureuse.

Ils terminèrent la soirée chez elle, autour du grand îlot de la cuisine. Il était presque minuit quand, voyant les mâchoires qui commençaient à se décrocher, elle leur proposa à tous de rester dormir. Il y avait bien assez de lits pour tout le monde entre la chambre d'amis et les canapés. Ils acceptèrent tous, sauf Colin, qui hésitait, à cause de ses parents. Il céda sur l'insistance de Swann.

— Je suis déjà dans une mouise pas possible, dit-il, fataliste. Qu'est-ce que ça changera ?

Nelly ratissa les placards à la recherche des couvertures et des oreillers éparpillés dans la maison. Ils aménagèrent le salon pour y faire dormir les garçons, qui cédèrent la chambre d'amis à Jude – qui s'y enferma sans tarder. Megan, qui avait ses habitudes, dormirait avec Nelly. Les filles éteignirent la lumière du salon une fois les garçons blottis dans leurs couettes. Dans l'escalier, Megan lança une dernière mise en garde :

— Terence, si j'entends pendant la nuit que tu te faufiles dans la chambre de Jude…

— C'est de la diffamation et je ne tolérerai pas de tels propos.

— Je suis son avocat et il a raison, ajouta Swann.

Nelly gloussa. Les deux filles se préparèrent pour aller se coucher, comme elles l'avaient fait des dizaines de fois depuis qu'elles se connaissaient. Désormais,

Megan avait plusieurs pyjamas qui l'attendaient dans la commode et une brosse à dents dans la salle de bains personnelle de Nelly. Pendant que son amie s'y trouvait, Nelly traîna distraitement sur les réseaux sociaux. Les images de la soirée lui revinrent alors. Les regards échangés, le contact de leurs mains, cet instant où Megan avait touché son visage, dans l'euphorie... Nelly tremblait comme une feuille. Quand Megan sortit de la salle de bains, la boule dans son ventre n'avait pas disparu.

En silence, Megan se glissa sous les draps. Du côté droit, près de la fenêtre. C'était comme ça depuis le début, elles n'avaient jamais remis cette décision en question. Elle demanda à Nelly d'éteindre, et la jeune fille lui en fut reconnaissante. Elle n'aurait pas pu soutenir une conversation. Mieux valait se recroqueviller dans son coin et tenter d'oublier la présence de son amie à quelques centimètres. Nelly ferma les yeux et se répéta que ça passerait. Elle n'avait qu'à penser à autre chose, à son père, à ses cours, au présentateur barbant des informations !

Alors, elle sentit une chaleur trouver son chemin jusqu'à sa main. Les doigts de Megan se glissèrent entre les siens. Ça, en revanche, c'était inédit. Nelly, raide comme un piquet, se laissa faire, le cerveau au bord de l'implosion. Devant ses yeux, des points grésillaient. La main de Megan remonta sur son bras. Les oreilles de Nelly s'étaient mises à siffler. Le froissement des draps lui indiqua que son amie venait de se rapprocher. Ses boucles caressaient sa joue. Que lui prenait-il ? Que faisait-elle au juste ? Nelly n'avait pas le temps de se poser de questions, tant l'appréhension sourde lui tenaillait le bas-ventre.

La main de Megan effleura son épaule, sa clavicule, son visage. Nelly n'avait toujours pas bougé. Du bout des doigts, Megan caressa les lèvres de Nelly. Dans l'obscurité, elle les cherchait, peut-être pour être certaine de ne pas se tromper d'endroit quand elle y poserait les siennes. Ce qu'elle fit. Nelly ferma les yeux, concentrée sur la chaleur du corps de Megan et la main qu'elle venait de glisser dans son dos. Quand elles approfondirent le baiser, jouant avec leurs langues, Nelly s'était même risquée à passer une main sous le débardeur de Megan.

Elles s'embrassèrent pendant une éternité et une milliseconde à la fois, dans le secret de la nuit. Une décharge électrique secoua Nelly quand les doigts de Megan quittèrent sa peau. Celle-ci se détacha, se recula, et Nelly l'entendit reposer la tête sur son oreiller. Elles s'étaient séparées, mais se tenaient encore la main.

— Bonne nuit, Nelly.

Nelly déglutit, et réussit à peine à articuler – tant sa voix était étranglée par le désir :

— Bonne nuit, Megan.

Chapitre 19

Le jour était levé quand Colin ouvrit les yeux. Il était le premier éveillé, sur le bout du canapé d'angle du salon. Les pieds de Terence lui faisaient face. Swann était roulé en boule sur le tapis à longs poils, pelotonné dans un plaid. Colin n'aurait jamais osé les réveiller, mais que pouvait-il faire à part fixer le plafond ? Il avait laissé le vélo de Jude à Jefferson et était donc coincé dans cette maison immense aux allures de showroom. Dans la bibliothèque s'alignait une belle collection de livres. Colin se risqua à en prendre un pour passer le temps, prenant garde de ne pas marcher sur Swann au passage. Il tenta de lire les premières lignes du roman, mais son esprit divaguait.

La veille, Swann était venu le chercher après le dîner. Colin avait fait comme si de rien n'était ; il s'était montré poli et avait mangé avec ses parents avant de monter dans sa chambre. Pendant que son père et sa mère regardaient la télévision, il avait glissé des vêtements sous sa couette pour imiter la forme de son corps endormi, et s'était glissé au-dehors par la fenêtre. Dans l'après-midi, il avait sorti le vélo du garage pour le cacher dans les buissons du terrain attenant. La voisine ne venait jamais dans ce coin de son jardin, de toute façon. Swann l'attendait ; ils étaient partis, traversant le lotissement puis remontant les rues du centre-ville en pédalant à toute vitesse. À cet instant, Colin se sentait déjà plus vivant que pendant tout le reste de sa vie, et une avalanche d'émotions l'attendait. Son premier couvre-feu violé, sa première veillée, sa première nuit passée avec des copains – les scouts ne comptaient pas –, et toutes les deuxièmes, troisièmes fois qui continuaient de le retourner : les autres cigarettes et les nouveaux amis.

Il était dans le pétrin. Déjà, il avait eu des doutes en laissant les vêtements dans le lit. Sa mère avait l'habitude de l'embrasser avant d'aller se coucher, elle ne serait pas dupe. Mais maintenant qu'il avait découché, c'était pire. Le pensionnat militaire l'attendait – ou un monastère ! Colin se demanda si ça valait le coup.

Oui. Pour toutes les nuits de liberté dont on l'avait privé. Celle-là les rattrapait.

Il n'avait pas plus avancé dans sa lecture quand une silhouette menue apparut au pied de l'escalier. Jude émergeait, les cheveux en bataille et les yeux encore à demi fermés. Il ne l'avait même pas entendue descendre. Elle vint s'installer au bout du canapé et s'étira comme un chat.

— Bonjour, murmura-t-elle d'une voix presque inaudible.

Colin lui répondit d'un signe de tête et d'un sourire.

— Tout le monde dort encore ? reprit-elle.

— Comme tu vois.

Jude rit en silence en posant les yeux sur les deux autres garçons. Swann roupillait la bouche ouverte : un mince filet de bave coulait le long de son menton. Terence était allongé, très raide, sur le dos. On aurait dit un mort. Colin regarda la fille, cherchant à la trouver jolie. Elle avait les yeux bouffis et la marque de l'oreiller sur la joue – sa peau était la plus pâle qu'il ait jamais vue. Elle était petite, un peu ronde, surtout les joues, avec des taches de rousseur qui dessinaient un croissant de lune sur son nez et des cheveux très clairs. Presque banale. Jude possédait un charme innocent, certes… Pas le style de Colin pour autant. Enfin, il ne savait pas trop, il n'avait encore jamais eu le temps de s'intéresser aux filles. Son père disait : « Pas avant dix-huit ans. » Comme il était un peu trop obéissant, il avait sagement attendu.

Jude porta un index à sa bouche et contourna le canapé pour se pencher sur Terence. Elle lui pinça le nez ; deux secondes plus tard, incapable de respirer, il se réveilla en sursaut, repoussant un coussin qui tomba sur la tête de Swann. Un grognement s'éleva.

— C'est l'heure de se lever, dit Jude. Tu as promis qu'on irait manger des pancakes ce matin.

— J'ai dit ça ?

— Hier soir.

Terence gémit.

— C'est vrai que, maintenant que tu le mentionnes, j'ai envie de pancakes, marmonna Swann.

Il n'avait pas retiré le coussin de son visage.

— Il faut aller réveiller Megan et Nelly, dit Jude.

— Ça, je peux le faire ! Si j'ai l'occasion de les embêter un peu… lança Terence.

Soudain en pleine forme, il se leva et disparut à l'étage. Colin souleva le coussin. Swann avait les yeux grands ouverts. Colin sursauta, Swann rit.

Terence revint au bout de quelques minutes.

— Je pense qu'on peut y aller sans elles, elles nous rejoindront.

Ils s'entassèrent à quatre dans la vieille voiture de Terence et se dirigèrent vers un restaurant en bordure de la ville. Avant, ils firent un détour pour frapper chez l'un de leurs amis qui n'était pas là, la veille. Tim, si Colin se souvenait bien. Ils patientèrent dans la voiture pendant que Terence frappait à la porte et, de loin, l'observèrent discuter avec une femme d'un certain âge. Puis il revint s'asseoir derrière le volant, seul.

— Il dort encore.

— Il va bien ? s'inquiéta Swann.

— Oui, oui. Il est fatigué, normal.

Sans un mot de plus, il manœuvra pour faire demi-tour. Ils s'installèrent dans un coin du restaurant. Colin commanda une immense assiette de gaufres. Swann l'imita, mais noya les siennes sous le miel.

— Je ne t'ai toujours pas rendu ton vélo, dit Colin à Jude.

— Tu peux le garder pour l'instant, assura-t-elle. Il ne me sert pas.

Colin la remercia. S'il avait dû rendre le vélo, il aurait vu disparaître son seul moyen de locomotion, et toutes les possibilités d'aventures et d'escapades qu'il représentait. Ils mangèrent en riant, en discutant de la soirée de la veille. Colin encaissa quelques piques sur Saint-John, qu'il balaya en roulant les yeux. Quand Jude se rendit aux toilettes, Terence se pencha au-dessus de son assiette et murmura sur le ton du secret :

— Les gars, il faut que je vous dise un truc.

Les deux amis l'écoutèrent.

— Je ne veux pas que Jude soit au courant, mais je m'inquiète beaucoup pour Tim. Il ne sort plus, il dort toute la journée, il ne répond pas à mes messages. Je suis allé le voir, mais bon… on ne peut rien en tirer.

— Bah, dit Swann dans un haussement d'épaule, il est malade.

Lui aussi ? pensa Colin.

— Oui, mais ça ne justifie pas qu'il s'isole. Je crois… je crois qu'il s'est disputé avec Jude et qu'elle l'a rejeté.

— Elle l'a enfin fait ? Tant mieux, il n'était pas pour elle, je l'avais senti depuis le début.

— Swann ! C'est pas le sujet. Il déprime dans son coin, faut qu'on l'aide.

— Je pense qu'il est juste fatigué, comme tu l'as dit, affirma Swann. Il ne mangeait presque plus et il respirait difficilement la dernière fois qu'on l'a vu.

— Et moi je te dis qu'il ne va pas bien. C'est mon meilleur pote, je sais de quoi je parle.

— Qu'est-ce que tu as en tête ? intervint Colin.

L'œil de Terence pétilla alors qu'il leur exposait son plan.

**

Nelly avait fini par les rejoindre, Megan, elle, travaillait. Ils traînèrent dans le restaurant une partie de la matinée, jusqu'à ce que le serveur leur fasse les gros yeux pour qu'ils cèdent la place. Dehors, il soufflait un vent à décorner les bœufs, l'averse menaçait. Terence ramena Colin et Swann au lycée pour qu'ils récupèrent leurs vélos. Ils se dirent à bientôt pour mettre leur plan à exécution. Colin doutait d'être de la partie.

Les deux adolescents se retrouvèrent devant la façade de Jefferson, le guidon de leurs vélos entre les mains. Colin ne voulait pas rentrer tout de suite. En réalité, il ne voulait pas rentrer du tout. De l'autre côté de la ville, ses parents devaient fulminer. S'il les croisait en train de faire des rondes pour le retrouver, il ne s'en serait même pas étonné.

— Tu veux bouger ? proposa Swann.

Colin acquiesça.

— Tes parents ne vont pas te tomber dessus ?

— Si, mais pour le moment, ils ne peuvent pas, alors autant en profiter.

— C'est vrai, tu n'as pas de téléphone. Comme quoi, avoir des parents d'un autre temps, ça a ses avantages quand on veut faire la révolution.

Ils enfourchèrent leurs vélos et dévalèrent les rues de Delphos, poussés par le vent. Dans quelques jours, novembre arriverait. Colin connaissait Swann depuis deux mois, et pourtant, il lui semblait que leur amitié durait depuis toujours. Ils s'installèrent à côté de la supérette, entre les poubelles et un nouveau 4 × 4, et se grillèrent une cigarette. Désormais, Colin pouvait en fumer une sans tousser. Il y trouvait même un certain apaisement.

Ses yeux se posèrent sur ses mains, où le vernis s'écaillait. Il voulait trouver une nouvelle couleur. Swann, la cigarette à la bouche, passait le doigt sur l'écran de son téléphone, concentré.

— Tu as des nouvelles du gars qui te mettait des vents ? interrogea Colin.

— Plus du tout. Mais il reviendra. Il revient toujours quand il s'ennuie. C'est pas bien grave, j'ai des vues sur une fille de ma classe. C'est en bonne voie, je lui laisse trois semaines avant de tomber dans mes bras.

Colin aurait aimé pouvoir afficher la même désinvolture sur ce sujet.

— Et toi ? relança Swann.

— Si j'ai des nouvelles du gars qui t'a mis des vents ?

— Mais non, ducon, si t'as des vues sur quelqu'un. Personne ? Même pas un peu ? insista Swann.

— J'ai jamais trop pensé aux filles, avoua Colin.

— Sérieux ? Tu as quand même une idée de ton genre de nanas ?

Colin réfléchit. Il lui fallut un temps pour s'autoriser des pensées réprimées toute sa vie.

— J'imagine que j'aime bien les filles comme Megan. Nelly, non, pas du tout. J'aurais peur de la casser.

— T'as déjà embrassé une fille ?

La question avait de quoi mettre mal à l'aise, surtout que Colin avait un peu honte de la réponse. Mais Swann n'avait jamais été du genre à juger.

— Non.

— Même pas ta cousine ?

— Pourquoi j'aurais embrassé ma cousine ? s'étonna Colin.

— Oh, allez ! Tout le monde embrasse sa cousine au moins une fois, quand on a dix ou onze ans.

— Dégueu.

Swann rit et lui passa la cigarette. Colin tira dessus avant de poser la question qui le démangeait :

— C'est comment ? De… tu sais.

— Quoi ? D'embrasser une fille ?

— Non. Enfin, tu vois bien.

— Je ne comprends pas.

Swann prenait un malin plaisir à le pousser à dire des mots que Colin n'avait jamais eu le droit de prononcer. L'adolescent souffla, avant d'articuler, le feu aux joues :

— C'est comment de faire l'amour ?

— C'est si poétique sorti de ta bouche, le taquina son ami.

— Bon, laisse tomber !

Swann explosa de rire.

— C'est bon, je déconne. Je ne saurais pas trop te dire… C'est… En fait, ce n'est pas si génial qu'on se l'imagine, surtout la première fois. Et le meilleur moment, enfin pour moi, c'est avant. Quand la tension monte, et monte, que t'es tout tremblant et que tu transpires d'appréhension. Ça, c'est ouf.

Colin ne répondit rien, troublé, le corps tendu.

Ils fumèrent encore un peu et furent surpris par la pluie. Swann rentra, Colin fit un détour par la supérette pour acheter du vernis, jaune, cette fois : ce temps maussade méritait une éclaircie. Il déballa l'objet, jeta l'emballage dans une poubelle et pédala jusqu'à chez lui sous une pluie diluvienne. Le porche de sa maison se dessina à travers le rideau de l'averse, la lumière du salon était allumée. En laissant son vélo appuyé contre la porte du garage, Colin avait la boule au ventre. Était-il prêt à affronter le courroux de ses parents ? Il n'était même pas sûr que la pluie ait lavé l'odeur de tabac de ses vêtements. Il tendait le bâton pour se faire battre.

Il poussa la porte, trempé et tremblant. Ses parents, assis dans le canapé, levèrent la tête. Sa mère se précipita sur lui pour le serrer dans ses bras, si fort que Colin suffoqua. Elle se recula enfin et prit le visage de son fils entre ses mains, comme pour l'inspecter. Elle avait des cernes violets sous les yeux ; manifestement, elle n'avait pas dormi de la nuit.

— Où tu étais ? On était morts d'inquiétude, j'étais prête à appeler la police !

Son ton était doux, et les épaules de Colin se détendirent. Il ne servait à rien de mentir.

— J'étais avec des amis. On est allés voir un match à Jefferson, et après, on a tous été dormir chez Nelly, c'est la fille de Paul Aubray, vous savez, celui qui a payé l'hôpital.

Sa mère le dévisagea, comme pour s'assurer qu'il ne mentait pas. Elle se tourna vers son mari. Colin connaissait trop bien ses parents pour ignorer ce qu'ils se disaient d'un regard : « Que fait-on, on le punit ou non ? » Comme toujours, la décision revenait au père. Colin déglutit, attendant la sentence.

— Ils ont gagné ? demanda son père.

Décontenancé, Colin bafouilla :

— Oui, ils… ils ont bien joué. Égalité jusqu'à la dernière minute et touchdown miraculeux avant le coup de sifflet final.

Son père soupira.

— Il n'y a pas à dire, Jefferson est peut-être dirigé par un fichu démocrate, mais pour le football, ils savent y faire.

C'était tout. Pas un cri, pas un reproche, même pas une réprimande déguisée derrière un conseil comme : « Tu devrais faire un peu de lecture » ou « Je compte sur toi pour aider à la quête demain ». Son père avait décidé de laisser couler. Colin ne savait pas s'il jetait l'éponge ou si c'était la première étape d'un plan machiavélique. Sa mère passa une main dans son dos et le poussa vers la salle de bains.

— Allez, va prendre une douche, et donne-moi tes vêtements.

Chapitre 20

Même quand il n'était pas trop faible pour se lever, Tim n'en avait pas envie. Il vivait cloîtré dans sa chambre, un endroit sûr où personne ne venait l'embêter. Sa tante toquait de temps en temps à la porte pour s'assurer qu'il ne manquait de rien. Il grognait pour la faire partir.

Si Tim ne pouvait plus aller en cours, ce n'était pas seulement par manque de motivation. Son état s'aggravait. Chaque jour, son corps le lâchait un peu plus. Il était encore capable de respirer, mais au prix d'un effort constant. Chaque inspiration réclamait qu'il se concentre, qu'il n'oublie pas de le faire. Ça l'épuisait. Après la troisième chimio, on lui avait mis un tube dans le nez, qui lui envoyait de l'oxygène et le soulageait pendant qu'il vomissait. Avec le tube et la bouteille d'oxygène à laquelle il était relié, Tim aurait pu retourner au lycée. Il se serait trimballé un second sac à dos pour porter le dispositif, mais ça ne l'aurait pas empêché de se concentrer. Seulement, il n'en trouvait pas le courage.

Le lycée... cela aurait signifié affronter les regards de pitié, les paroles d'encouragement dont il n'avait pas besoin... et aussi revoir Jude. Ça, il n'en avait *vraiment* pas envie. Encore moins si c'était pour qu'elle se pavane devant Terence. Tim ne l'aurait pas supporté. Son ami lui envoyait des messages que Tim ouvrait sans y répondre. Il était venu plusieurs fois, la tante de Tim l'avait renvoyé. Tim voulait être tranquille. Il souhaitait que les autres le laissent dans son coin et ne le voient surtout pas dans cet état. Parfois, il avait aussi envie, en secret, de s'endormir et de ne jamais se réveiller.

Il voyait juste Flora lors de ses rendez-vous à l'hôpital. Ce n'était pas faute d'essayer de l'éviter, mais la rousse trouvait toujours moyen de le croiser. Elle lui avait dit, le jour où on avait installé ce fichu tube dans sa trachée – il se réveillait à peine de l'anesthésie :

— Tu feras attention, tu as attrapé du noir.

— C'est quoi, du noir ? avait-il demandé d'un ton las.

— C'est comme un cancer, mais dans tout le corps. J'en avais avant.

Il n'avait pas relevé. Il ne comprenait pas la moitié des choses qu'elle déclarait. Flora avait ajouté :

— Je ne vois plus Jude.

— Jude ne vient jamais te voir.

— Je sais, mais avant, elle venait en partie avec toi. Tu t'es fâché avec elle ?

Fatigué et irrité, Tim l'avait envoyée balader.

— Lâche-moi, et arrête d'emmerder le monde avec tes questions pourries.

Flora s'était contentée de pincer les lèvres.

— Pas étonnant que Jude se soit fâchée avec toi. Tu es la personne la plus aigrie du monde.

Si même Flora le détestait, c'était que Tim avait touché le fond. Il le savait.

Une nuit, incapable de dormir, il se leva pour boire un verre de lait et grignoter quelques biscuits. Il posa lourdement le sac avec la bouteille d'oxygène sur le comptoir. Les médecins lui avaient proposé le modèle avec roulettes, mais Tim, trop fier, avait refusé. Il était encore capable de porter quelques kilos sur son dos.

Tim posa les yeux sur le calendrier accroché sur le réfrigérateur. Sa tante rayait religieusement chaque jour qui passait. Tim réalisa qu'on était déjà en novembre. C'était bientôt Thanksgiving. Ses parents et sa sœur avaient pris un billet pour venir le voir. Tim leur avait assuré que ce n'était pas nécessaire, qu'il était fatigué, mais comment aurait-il pu les en empêcher ? En Californie, ils étaient rongés par l'angoisse, incapables de quitter leur travail pour rejoindre leur fils, d'autant moins que la facture des soins s'allongeait de jour en jour. Tim n'était pas pressé de les revoir. Il aurait préféré leur épargner la vision de son corps meurtri.

Les placards regorgeaient de gâteaux et sucreries en tout genre. C'était tout ce que Tim parvenait à avaler. Peu nutritif mais, au moins, ça passait, alors que la simple vue d'un légume lui filait la nausée. Il avait disposé quelques biscuits sur une assiette quand son téléphone, posé sur le comptoir, vibra. Sur l'écran, le prénom de Terence s'afficha. Pourquoi l'appelait-il si tard ? Tim regarda l'appareil se déplacer au fil des vibrations. L'appel s'arrêta, avant de reprendre aussitôt. Cette fois, Tim décrocha :

— Quoi ? dit-il sèchement.

— Mets tes chaussures, ordonna Terence.

— Je dors.

— Menteur, t'es dans ta cuisine.

Tim fronça les sourcils, le cœur battant. Attrapant son sac de sa main libre, il se traîna jusqu'à la fenêtre. Les phares d'une voiture brillaient dans l'allée, une silhouette était adossée au capot. Terence lui fit signe de la main.

— J'ai pas envie de sortir, lança Tim.

— Le truc, c'est que je te demande pas ton avis.

— Tu vas venir me chercher de force ?

— Je pourrais.

Tim soupira. Il voulait rester chez lui, manger des biscuits, retourner dans son lit et attendre que le sommeil l'accueille. Mais il n'avait pas vu Terence depuis des semaines, et ce dernier paraissait déterminé.

— Allez, insista son ami. Il fait noir, personne ne te verra. Tu as même le droit de venir en pyjama.

— Je vais déjà partout en pyjama.

Les vêtements amples et confortables, pantalons de survêtement et sweat-shirts, étaient devenus une seconde peau, une carapace dans laquelle il ne voyait pas son corps maigrir. Il ne mettait plus le bonnet de Jude, relégué au fond d'un tiroir. Sa tante lui en avait acheté un autre. Tim réfléchit. Il aurait été le dernier des connards s'il avait refusé à nouveau de voir Terence.

— D'accord, je viens. Laisse-moi le temps de me préparer.

Tim raccrocha et passa le sac à ses épaules. Histoire d'avoir quelque chose dans l'estomac, il termina son verre de lait. Puis il enfila ses chaussures, une veste par-dessus son pull, et tira les deux capuches par-dessus son bonnet. Sa bouteille à oxygène dans le dos, il attrapa ses clés délicatement, pour ne pas les faire tinter et réveiller sa tante. Dans l'entrée, il y avait un grand miroir. Tim croisa son reflet. Il était ridicule, minuscule dans ces couches de tissu superposées, les joues et les yeux creusés, le teint cireux. Il préféra éteindre la lumière et sortir.

Dès qu'il mit un pied dehors, Terence se jeta sur lui et, voyant son sac, se proposa pour le porter. Tim refusa, amer.

— Je peux aller jusqu'à la voiture, c'est bon.

Terence lui ouvrit la portière côté passager. Tim réalisa qu'ils n'étaient pas seuls. Sur la banquette arrière, il y avait Swann. Tim le connaissait à peine.

— Sympa, le tube, commenta le plus jeune.

Il voulait lui faire plaisir, mais Tim détestait l'idée que c'était le premier truc qu'il avait remarqué. Il avait toute la panoplie du malade, désormais.

— Pourquoi vous êtes là ?

— On a préparé une aventure, révéla Terence dans un sourire.

Tim avait peur de la suite des événements, mais se laissa entraîner. Même la force de protester venait à lui manquer.

Ils roulèrent en direction du centre-ville, Fleetwood Mac à fond dans l'habitacle. Derrière Tim, Swann chantait à tue-tête. Au volant, Terence l'accompagnait à la batterie, entre deux changements de vitesse. Tim ne comprenait toujours pas ce qui se passait, mais se surprenait à sourire. Au début, il avait maugréé, regardant le paysage défiler. Peu à peu, sa mauvaise humeur s'était dissipée dans l'ambiance légère. Les garçons avaient ignoré son caractère de cochon, Terence l'avait bousculé pour l'encourager à chanter. Tim fredonna les paroles et ferma les yeux. Le moment était bon. Meilleur que tout ce qu'il avait vécu pendant ces dernières semaines. Ils ouvrirent les fenêtres, le vent s'y engouffra, fouettant le visage du garçon et pénétrant entre les capuches. Tim riait. Il en oubliait presque la présence de la bouteille à ses pieds, le tube au fond de sa gorge.

La virée s'arrêta sur le parking vide du lycée. Terence emprunta la voie réservée aux pompiers qui longeait le bâtiment et s'achevait tout près du stade. Il tira le frein à main dans un grincement et leur ordonna de sortir. Tim demanda :

— Qu'est-ce qu'on fait ici ? Vous voulez vandaliser le lycée ?

— C'est pas mal non plus ! s'exclama Swann. On peut pas faire ça, plutôt ?

Terence balaya sa proposition d'un revers de la main et chargea Swann du sac contenant la bouteille d'oxygène. Quand le garçon approcha pour s'exécuter, le grand gaillard lui mit le sac dans les mains sans le prévenir. Swann fit semblant de le laisser tomber, exagérant son poids.

— Allez sur le terrain, j'arrive.

Tim et Swann marchèrent en direction du terrain de football pendant que Terence fouillait dans son coffre. Le ciel était dégagé. Au-dessus de leurs têtes se déroulait un tapis d'étoiles. Une fois sur la pelouse, Tim leva les yeux. Parfois, à rester entre quatre murs, on oubliait toute la beauté du monde. Il aurait aimé rester là pour le restant de ses jours. Seul dans le noir, sans un bruit… enfin presque.

— Ça pèse son poids, ton machin, se plaignit Swann. T'es sûr que t'en as besoin ?

— Non, vas-y, débranche-le et mets-le sur le côté.

— Vraiment ?

— Bien sûr que non, intervint une troisième voix. Tu le fais exprès ?

Terence les avait rejoints. Il tenait un ballon de football. Les yeux de Tim s'y attardèrent. Est-ce qu'on l'avait amené là pour le narguer ? Pour lui rappeler qu'il ne pourrait probablement plus jamais jouer de sa vie ?

— Une ou deux passes, ça te dit ? proposa son ami d'une voix calme. Rien de trop difficile. Je lance, tu rattrapes comme tu peux. Si je me loupe, Swann court chercher le ballon.

— Eh ! s'insurgea le gamin.

Tim déglutit. Il n'avait pas touché à un ballon depuis l'été, avant même son arrivée à Delphos. Et c'était sur ce stade que tout avait commencé : les sélections ratées, la rencontre avec Terence… L'air frais s'engouffrait dans ses poumons et lui faisait du bien, mais pouvait-il jouer ?

Terence l'attendait.

— Prêt ?

Tim lui fit signe de patienter, et demanda à Swann de poser le sac. Ignorant les mises en garde des deux autres, Tim dévissa lui-même son tube et invita Terence à lui lancer le ballon. Sa respiration se fit courte, mais c'était supportable. *Allez, poumon gauche, tu peux le faire, tu peux respirer pour deux*, pensa-t-il. Terence prit une centaine de mètres de recul. Tim plissa les yeux, il ne voyait qu'une silhouette. Il suivit le mouvement du bras et le ballon qui décollait. Le lancer était bon ; Terence avait calculé la trajectoire pour que lui n'ait pas à bouger. Tim, les sens en alerte, réalisa alors que, malade ou pas, il avait gardé tous ses réflexes. Il avait été receveur, celui qui attrapait. Mais Terence avait lancé trop fort. Il recula, d'abord doucement, puis de plus en vite, les yeux au ciel, guettant l'ombre du ballon. Ce ne fut qu'en entendant le cri de Swann qu'il réalisa qu'il courait. Il rattrapa le ballon, mais au prix d'une chute violente qui lui coupa le souffle. Tim se retrouva le nez dans la pelouse, un goût de terre dans la bouche. Les garçons se précipitèrent.

— Ça va ?

Tim roula sur le dos. Ça n'allait pas vraiment. Une douleur lui tenaillait la nuque. Il manquait d'air aussi, pourtant il explosa de rire, entre deux quintes de toux. Bon sang, que c'était bon ! Il avait peut-être mal, mais c'était pour une bonne raison. Terence lui tendit une main pour l'aider à se relever tandis que Swann revenait en courant avec le sac et la bouteille d'oxygène.

— Tout va bien ? répéta Terence.

Tim acquiesça. Il se sentait faible, tout de même, il avait mal partout, et étrangement, alors que cela faisait des nuits qu'il ne dormait pas, il était assailli d'une fatigue soudaine.

— Je suis épuisé. On peut rentrer ?

La passe avait été bonne, sa rencontre avec le sol beaucoup moins. Les garçons acquiescèrent, compréhensifs, et tous trois retournèrent à la voiture. Tim gardait précieusement le ballon serré contre sa poitrine.

Il pensa aux paroles de Flora. C'était donc ça, être une personne aigrie ? Voir ses amis se mettre en quatre pour lui faire passer un bon moment, et tout gâcher ? Le ballon contre son cœur, alors que Terence remettait le contact, Tim murmura :

— Merci.

— De rien. Les amis, c'est fait pour ça, répondit Terence.

Ils firent le chemin du retour avec moins d'enthousiasme qu'à l'aller. La musique retentissait mais plus personne ne chantait. Tim avait recouvré tous ses esprits et la douleur dans son cou avait disparu. L'adrénaline retombait, les endorphines l'endormait. Il réalisa qu'ils s'étaient arrêtés quand Swann sortit et claqua sa portière. La façade de la maison de Jude se découpait dans l'obscurité. Tim détourna les yeux.

— Ça va ? demanda doucement Terence.

— Ça peut aller.

— Mec… Tu n'es pas sorti de chez toi pendant plus de trois semaines.

— J'étais fatigué.

— Mec…

Tim l'observa du coin de l'œil. Le crâne de Terence luisait. Il devait entretenir sa boule à zéro. En d'autres circonstances, si Tim n'avait pas ressenti un dégoût profond pour le monde et tout ce qui s'y trouvait, il en aurait été touché.

— Tu devrais revenir au lycée, reprit son ami. Tu nous manques, tu *me* manques. C'est chiant, sans toi.

— Tu as Jude.

Terence fit mine de ne pas comprendre.

— Ça n'a rien à voir. Jude n'a rien à voir avec toi.

— Évidemment, Jude n'est pas aigrie.

— Quoi ? Qui t'a dit ça ? Jude ? Je sais que c'est difficile, ce que tu traverses. Je veux être là pour toi, mais c'est dur si tu passes ton temps à m'éviter.

— Je ne le mérite franchement pas.

— Oh, et voilà qu'il nous joue du violon ! Je ne te laisserai pas tranquille, tu sais. Tu peux être le plus gros con de la Terre, je ne te laisserai pas.

Ses paroles arrachèrent un sourire à Tim. Il n'y croyait pas, il restait persuadé que Terence se lasserait et disparaîtrait. Alors, il ne lui resterait que lui-même. Ses doigts se promenèrent sur le ballon.

— Jude… Elle te plaît ?

— Hein ? s'étrangla Terence.

— Allez, dis-le-moi, pour que je sois fixé.

Terence se trouva forcé d'avouer :

— Oui, peut-être un peu. Mais je ne ferai jamais rien.

— Pourquoi ?

— Déjà, je ne peux pas blairer son frère, et c'est une raison valable en soi. Et puis ça te ferait trop de mal. J'ai pas envie de te faire du mal. Je suis ton ami pour de vrai, mec. Tu es le meilleur ami que j'aie jamais eu. Je ne pourrai pas te trahir.

Le souffle de Tim était court malgré l'oxygène. On ne lui avait jamais fait une telle promesse. Et Tim y croyait.

— Tu vas retourner au lycée ? demanda Terence. Jude prend toujours tes cours pour toi.

Sans un mot, Tim opina. Il ne savait pas s'il tiendrait parole, mais à cet instant, il l'espérait. Il serra le ballon contre sa poitrine, et Terence comprit qu'il était temps de le ramener chez lui.

Chapitre 21

Nelly et Megan n'avaient jamais reparlé du baiser. Ni le lendemain matin, après que Terence eut frappé à la porte de la chambre, ni quand Nelly avait déposé son amie à la bibliothèque, ni les semaines suivantes. Jamais. Si bien que Nelly doutait que ce soit arrivé. Il était tard, elle était fatiguée et nerveuse. Elle avait pu rêver l'instant, secouée par les émotions de la soirée et l'espoir de voir ses désirs réalisés. Sinon, Megan en aurait reparlé ? Ou, au moins, aurait rougi en se réveillant à ses côtés ? Non, rien. Nelly était perdue, car parfois, ses lèvres se rappelaient le baiser partagé et son dos se souvenait de la chaleur des doigts de son amie.

Elle en était si retournée que, quand son père débarqua, elle ne s'en réjouit même pas. Quand il la prit dans ses bras, cela ne lui fit ni chaud ni froid. Paul Aubray lui proposa le même plan qu'à son dernier passage : une visite express à l'hôpital pour signer des papiers et un déjeuner en ville. Nelly accepta, avec moins d'enthousiasme toutefois.

On lui demanda de patienter dans une salle d'attente le temps que son père termine la paperasse dans les bureaux. Nelly attrapa un magazine périmé de plusieurs mois. Il pleuvait. Les premières neiges n'allaient pas tarder, celles qui ne tenaient pas au sol mais salissaient les jardins d'une boue humide.

— Psst.

Nelly leva la tête.

— Je savais que tu allais revenir.

C'était la rousse qui avait peint Tim sur un mur. Elle vint s'asseoir sur une chaise à côté de Nelly. Celle-ci ne savait pas quoi dire.

— Tu m'as manqué, déclara son interlocutrice.

— Vraiment ?

— Oui.

Nelly arqua un sourcil préoccupé. Elle n'avait jamais demandé à Tim s'il connaissait la fille qui avait fait son portrait. Oui, de toute évidence. Ils avaient dû se croiser. Peut-être ne s'étaient-ils jamais parlé. Ça aurait été encore plus étrange. Nelly ne voulait pas être impolie, et cette petite était si douce. Elle lui parla, comme à une enfant :

— Tu as continué de peindre sur les murs même si c'est interdit ?

— Je suis contente que tu me le demandes. J'ai quelque chose à te montrer.

Elle se leva et tendit une main à Nelly. Piquée par la curiosité, celle-ci la saisit : que risquait-elle ? En silence, la fille la balada dans les couloirs de l'hôpital et dans les étages. Parfois, elles s'arrêtaient à un endroit et la rousse lui montrait un dessin sur un mur. C'était dérangeant. Nelly sentait l'effroi l'envahir.

En bas, dans les toilettes, il y avait Tim, et ça, Nelly le savait déjà. Mais ce n'était pas tout. Dans un couloir du troisième étage, caché derrière un chariot de produits infirmiers, Flora avait dessiné Swann. Derrière les feuilles d'une plante, Jude, et dans un coin, presque au plafond, Colin. C'étaient de petits dessins, de la taille d'un Polaroid, presque invisibles pour un œil non averti. Si on ne s'approchait pas très près, on ne pouvait même pas reconnaître les visages. Le clou du spectacle, qui fit frémir Nelly pour de bon, fut le croquis caché derrière un tableau. C'était elle-même. Nelly remit en place le cadre d'une main tremblante.

Cette fille dessinait des inconnus, et il devait y avoir des centaines de dessins comme ceux-ci dans l'hôpital. Mais elle ne lui avait montré que ses amis. Comme si elle savait, comme si elle connaissait le monde à l'extérieur. Peut-être que Tim lui en avait parlé, pensa Nelly pour se rassurer.

— Tu dois penser que je suis folle, dit Flora.

Nelly n'aurait pas pu affirmer le contraire sans mentir. Mais Flora paraissait si pure, si innocente ! Elle ne voulait pas lui faire de mal.

— Non, ce sont de très jolis dessins, répliqua-t-elle.

Mis à part le fait qu'ils étaient sur les murs d'un lieu public et qu'ils représentaient sa bande d'amis.

— Merci, mais ce n'est pas fini. Je crois qu'il me manque quelques personnes.

D'une voix blanche, Nelly confirma :

— Oui… Oui, je crois qu'il t'en manque.

Comme un cadeau du ciel, son téléphone sonna alors dans sa poche. Son père la cherchait. Nelly s'excusa et s'engouffra dans l'ascenseur le plus proche pour retourner au rez-de-chaussée. Seule dans la cabine, elle fixa son reflet dans le miroir, troublée et effrayée.

**

Terence faisait une petite fête chez lui. Sans occasion particulière : simplement, sa mère n'était pas à la maison. Nelly avait d'abord cru à un comité réduit, mais quand elle était arrivée à l'adresse donnée et avait vu les voitures s'aligner, elle avait douté. La maison n'était pas bien grande, mais elle accueillait une bonne vingtaine de personnes. Des têtes connues et beaucoup de joueurs de football. Nelly arriva en retard et sans Megan. Elle la chercha des yeux dans le salon sans la trouver.

Dans la cuisine, Terence se prenait la tête avec un grand blond.

— Tu peux pas me virer de chez toi, j'accompagne ma sœur, affirmait son interlocuteur.

— Elle n'a pas besoin de toi, elle est grande.

— Peut-être, mais je ne te fais pas confiance !

Terence capitula en levant les mains.

— Très bien, fais comme tu veux, mais reste dans ton coin et ne touche pas à mes trucs.

Il le laissa en plan. Nelly en profita pour l'interpeller :

— Tu sais si Megan est arrivée ?

— Ah, salut ! Oui, elle doit être quelque part, je crois que je l'ai vue avec Tim.

Tim est ici ? s'étonna Nelly, mais elle n'eut pas le temps de poser la question : Terence avait déjà filé. Les mains dans les poches de sa veste, elle arpenta le séjour. La pièce était loin d'être immense et l'entassement des meubles, des bibelots et des gens rendait l'atmosphère encore plus étouffante. Elle croisa Swann : la clope au bec dans le canapé, il arnaquait des footballeurs avec un jeu de cartes. Jude se disputait avec le même gars que Terence. Aucune trace de son amie.

Elle ne l'avait pas vue depuis deux jours – un record ! Avant de venir, elle s'était motivée dans le miroir de sa salle de bains. Ce soir, elle lui demanderait des explications. Tant pis si elle se ridiculisait ou si Megan niait. Au moins, elle serait fixée.

Elle la trouva enfin sur la terrasse – une simple dalle de béton. Elle était assise sur une chaise longue, aux pieds de Tim. Le cœur de Nelly se serra de joie de les avoir trouvés tous les deux. Elle s'accroupit à hauteur du garçon pour l'enlacer.

— Aïe, aïe, se plaignit-il. Peux plus… respirer.

Il ne faisait pas si peur à voir. Oui, il n'avait ni cheveux ni sourcils et affichait un air fatigué. Un tube sortait de son nez, lui barrait la joue et disparaissait sous sa capuche. Mais il avait l'air d'un adolescent normal, un garçon qui aimait un peu trop porter des pantalons de survêtement et des sweats à capuche. C'était bon de l'avoir près d'eux.

Elle sourit à Megan en guise de salut. Tout courage l'avait quittée. Elle n'y arriverait pas. Ça ne servait à rien, elle ne ferait qu'abîmer leur relation. Elle n'avait qu'à mettre cette histoire dans un coin de sa tête et faire comme si ce n'était pas arrivé.

Un jeune livreur apporta discrètement quelques bouteilles de vin bon marché à la porte du jardin. Leur petit groupe s'était réuni autour des chaises longues, Colin en moins, le grand blond en plus. C'était le frère de Jude et il tirait salement la gueule. Swann les rejoignit une heure plus tard. Il agitait une liasse de billets.

— Parfois, je me dis que je suis peut-être réellement un génie.

— Ces mecs sont juste trop cons, ton arnaque se voit à dix kilomètres à la ronde, dit le frère de Jude.

— Tu veux parier ?

— Tu me donnes tout ton pactole si je réussis.

— Julian… l'interpella sa sœur.

Il fit le geste de chasser une mouche.

Swann prit le mot comme un défi. Il s'agenouilla sur le sol et aligna les cartes face à Julian. Celui-ci devait en choisir une : Swann la plaçait en évidence dans le paquet, puis réalignait les cartes. Chacun ne pouvait faire qu'une tentative pour la retrouver. Le reste du groupe était hypnotisé.

— Elle est dans ta manche, dit Tim, confiant.

Pour lui prouver qu'il avait tort, Swann dévoila ses poignets. Face au jeu, Julian se concentrait. Il piocha une carte et la retourna : c'était la bonne. La mâchoire de Swann se décrocha, Julian lui fit signe de donner l'argent. Swann obtempéra en maugréant.

— Comment t'as fait ? demanda Jude.

— J'ai inventé toutes les magouilles de cette ville pourrie. Bon, allez, on se casse, maman avait dit 22 heures.

— Je ne veux pas rentrer.

— Tu n'as pas le choix, c'est moi qui conduis, alors si je veux rentrer maintenant, on rentre. Bouge.

— On ramènera Jude, intervint alors Megan.

— Merci, mais non. Elle rentre avec moi. Jude, dépêche-toi, je bosse demain.

— On ramènera Jude, dit à son tour Nelly.

Elle ne savait pas si elles le feraient. Elle avait bu, le mauvais vin commençait à l'étourdir. Mais le frère de leur amie était exécrable, elle avait envie de lui tenir tête. Face à la résistance de sa sœur, Julian poussa un soupir agacé.

— Tu fais la vaisselle pendant trois semaines.

— Deux, négocia Jude.

— Trois.

— Deux et je fais aussi celle de Thanksgiving.

— Marché conclu. Emmerde-toi bien.

Sur ces mots, il récupéra ses clés, sa liasse de billets gagnée en arnaquant un arnaqueur et disparut. Du jardin, ils entendirent le moteur de sa voiture rugir puis s'éloigner. Nelly se tourna vers Megan.

— Tu es sortie avec *ce gars* ?

Megan sirotait son verre.

— De sombres moments de ma vie… commenta-t-elle.

Peu après, l'ambiance morose décolla enfin. C'était peut-être le départ du frère haïssable de Jude, le fait que Terence avait fini par trouver le moyen de brancher la sono ou l'alcool qui commençait à échauffer certains. On parla moins, on dansa plus, on s'amusa. Nelly arrêta de compter les verres de vin et se dit qu'elle ne ramènerait pas Jude ce soir-là. Les bouteilles descendaient, on rappela le livreur. Tard dans la nuit, alors que Nelly se servait un verre d'eau dans la cuisine, Megan entra et l'attrapa par le poignet.

— Viens, j'ai une idée.

Nelly n'eut le temps que de poser son verre. Au bout du couloir qui traversait la maison, il y avait une porte en bois fissurée par l'humidité. Megan la poussa et alluma la lumière, dévoilant une chambre en désordre, des posters de sportifs au mur.

— Qu'est-ce qu'on fout là ? demanda Nelly.

— Terence se moque de moi depuis des années, et je n'ai jamais su comment riposter. On va fouiller un peu, je veux pouvoir lui clouer le bec.

Nelly rit. C'était stupide, mais Megan paraissait si heureuse de son plan. Elles fermèrent la porte, et, comme le monde tournait un peu, Nelly s'assit sur le lit pendant que Megan retournait les tiroirs de la commode.

— Qu'est-ce que tu penses trouver ?

— J'en sais rien, des slips kangourou, des caleçons avec des cœurs ou mieux…

Elle se retourna, un tee-shirt dans les mains.

— Un tee-shirt *La Reine des neiges* !

Nelly explosa de rire à la vue du vêtement. Megan entreprit de l'enfiler par-dessus son pull pour aller narguer Terence, et, comme il la serrait, elle demanda à son amie de l'aider. Nelly tira sur le bas du tee-shirt, attirant Megan vers le lit. Leurs corps n'étaient qu'à une dizaine de centimètres l'un de l'autre. Nelly se souvint de ses intentions, au début de la soirée. N'était-ce pas le moment idéal ? Megan ne riait plus, elle la regardait avec langueur. Elles entendaient le bruit sourd des basses et les gens qui discutaient sous la fenêtre ; pourtant, il n'y avait personne d'autre dans le monde à cet instant. Alors, Nelly en fut sûre. Cette nuit-là, c'était arrivé.

— J'ai envie de t'embrasser.

Elle ne savait pas ce qui lui avait pris. Si c'était l'alcool ou le cœur qui avait voulu parler. Megan chuchota :

— Alors fais-le.

Nelly prit le tee-shirt et attira Megan à elle. Cette fois, le baiser fut bien plus passionnel que le premier, bien moins doux. Nelly l'apprécia d'autant plus. Leurs mains trouvèrent leur place sur leurs corps, envoyant une décharge à chaque contact. C'était plus fort que tout ce que Nelly avait ressenti et tout ce qu'elle s'était imaginé ressentir un jour. C'était mieux que tous les films qu'elle avait vus. Et ça se passait dans une chambre de mec, sur des draps qui sentaient la transpiration.

Seulement, le baiser ne dura pas ; alors que Nelly basculait sur le dos, Megan au-dessus d'elle, la poignée de la porte s'abaissa et une voix les surprit :

— Les filles, sérieux, j'avais dit pas…

Elles se séparèrent aussitôt. Le cœur de Nelly battait si fort qu'il lui cognait aux tempes. Terence regarda ailleurs.

— Je… je vous laisse.

Il referma la porte derrière lui, mais c'était trop tard. La magie de l'instant avait été brisée. Megan s'était relevée et avait réarrangé ses cheveux. D'une voix étouffée, elle s'excusa :

— Je dois aller aux toilettes.

Elle sortit, et Nelly laissa retomber sa tête sur le matelas. Elle y avait cru, pendant un instant, elle avait cru que c'était le début de quelque chose, une histoire, n'importe quoi. Au moins, elle n'avait rien halluciné. Megan l'avait embrassée. Deux fois.

Il lui fallut cinq bonnes minutes de méditation sur le plafond avant de trouver le courage de sortir de la pièce et de retourner dans le salon. Megan n'y était pas, peut-être enfermée dans les toilettes. Terence était dans la cuisine ; l'estomac de Nelly se noua. Elle ne pouvait pas courir le risque qu'il raconte la scène qu'il venait de surprendre. C'était sûrement trop tard, mais elle devait lui parler. Elle lui chuchota :

— C'était pas ce que tu crois.

— Je ne crois rien, dit-il.

Il se moquait d'elle.

— Terence, pour de vrai… Si tu le dis à qui que ce soit…

— Tu penses que j'ai que ça à faire ? Ça me regarde pas. Faites vos trucs si vous voulez, seulement… pas dans ma chambre.

Elle n'arrivait pas à savoir ce qu'il pensait, mais elle choisit de lui faire confiance.

— Tu pourras quand même dire à Megan de me rendre mon tee-shirt ? J'y tiens, à celui-là.

Le garçon lui adressa un clin d'œil, et le cœur de Nelly s'allégea un peu. Elle s'autorisa même un sourire. Un sourire triste.

Chapitre 22

Tim, coincé dans sa chaise longue, regardait les autres s'amuser. Il ne pouvait pas boire, la simple idée de l'alcool lui filait la nausée. Il avait déjà engueulé Swann six fois car il fumait trop près de lui. Il était fatigué, il voulait rentrer. Terence avait tellement insisté que Tim avait de nouveau cédé. Au fond de lui, il se persuadait que cette fête n'était qu'une excuse de plus pour le sortir de chez lui. Tim n'était toujours pas retourné en cours, mais il avait promis que le lundi suivant serait le bon. Terence ne voulait pas attendre, alors il avait organisé cette fête.

Jude était là, elle aussi. Était-ce un point positif ou non ? Aucune idée, mais au moins, elle était sa meilleure alliée. Ils mirent un certain temps avant d'oser se parler. Au début, il y avait son frère, un vrai con, et quand il fut parti, les autres ne les laissaient pas tranquilles. Pendant les conversations de groupe, ils se jetaient des coups d'œil, rarement au même moment. Il regardait Jude, il baissait les yeux, il la voyait le scruter en retour, furtivement. L'effort qu'ils mettaient à être indifférents l'un à l'autre était épuisant.

En réalité, ils étaient loin de l'être. Tim et Jude avaient coupé les ponts après une dispute, mais, de toute évidence, ils brûlaient d'envie de se reparler et de recoller les morceaux. Alors, quand Megan et Nelly allèrent danser, quand Terence se mit à faire la police pour éviter que sa maison ne tombe en ruine et quand Swann décida d'arnaquer quelques joueurs de plus, Tim et Jude profitèrent enfin d'un instant d'intimité. Le premier depuis plus d'un mois.

Ils tirèrent les chaises longues hors de la terrasse pour les installer dans l'obscurité, entre un carré de potager envahi de mauvaises herbes et un vieux barbecue à roulettes. La pelouse boueuse couinait sous leurs pieds. Tim, les muscles engourdis, s'avachit sur le transat. Le déplacement l'avait éreinté. Il avait calé le sac avec la bouteille d'oxygène entre ses jambes. Jude n'avait fait aucun commentaire sur le tube. Elle ne disait jamais rien, de toute façon. Elle s'allongea dans la chaise voisine et ils regardèrent le ciel noir. Les nuages cachaient les étoiles.

— Tu n'as plus mon bonnet, remarqua Jude.

— Il est juste à laver.

S'il lui disait qu'il ne le portait plus par fierté…

— Tu vas revenir au lycée ?

La conversation était plate, mais ils étaient obligés d'en passer par là. Tim prit une longue inspiration.

— Lundi, normalement.

— Pourquoi tu continues de mentir ?

Tim fronça les sourcils.

— Je ne mens pas.

— Tu mens tout le temps, affirma Jude. Tu m'as menti au début, quand tu disais que ce n'était qu'une bronchite. Tu as menti à tout le monde quand tu répétais que tu allais bien, que tu étais juste fatigué par les traitements. Et là, tu continues à mentir en faisant croire à Terence que tu reviendras au lycée alors que tu n'en as pas envie. Tu mens tout le temps. C'est ton truc. Tu mens parce que c'est plus facile pour toi que d'affronter la vérité et ce que les autres en penseraient.

Tim souffla. Était-il venu pour qu'on lui prenne la tête ? Jude poursuivit :

— Est-ce que c'est à cause de moi si tu ne veux pas revenir en cours ?

— Non !

Il réalisa qu'elle avait peut-être raison et se reprit :

— Un peu.

— Qu'est-ce que j'ai fait ?

— Rien. C'est le truc : tu n'as jamais rien fait.

Ça ressemblait à une nouvelle dispute, mais sans cris, cette fois-ci. Ils murmuraient, les yeux au ciel. La voix de Jude trahissait une colère montante :

— Tu ne peux pas me reprocher de ne pas t'aimer en retour. Tu ne peux pas. C'est comme ça.

— Mais comment tu peux savoir que tu ne m'aimes pas, hein ? Tu m'as à peine connu, et je suis tombé malade. Et j'ai perdu mes cheveux, et j'ai perdu du poids. Tu m'as rencontré et j'ai tout perdu. Alors comment tu peux être sûre que tu ne m'aimerais pas si j'avais tout gardé ?

— Peut-être que je t'aimerais. Peut-être que je ne t'aimerais pas. Est-ce que c'est si important ? Là, maintenant, dans le présent, je ne t'aime pas comme toi tu m'aimes.

— Je ne te crois pas.

Ou plutôt, il ne voulait pas la croire. Tim se souvenait des moments passés dans les coulisses, au début de l'année, quand le reste du monde n'y avait pas débarqué. Il se rappelait les instants partagés et les sourires échangés. Il refusait d'admettre que Jude n'aurait pas eu de sentiments pour lui sans tout ce malheur. Ils étaient faits pour être ensemble, et si elle ne l'acceptait pas, c'était uniquement parce que son apparence actuelle la dégoûtait.

— C'est ça, le truc, chuchota Jude. Tu n'as pas besoin d'y croire pour que ce soit vrai.

Silence. Tim fixait les étoiles comme s'il pouvait y trouver les réponses à ses questions. Jude reprit :

— Tu n'es pas si affreux que tu le penses.

— Quoi ?

Ils se regardèrent enfin, les yeux dans les yeux, pour la première fois depuis une éternité.

— Tu n'es pas si affreux que tu le penses, répéta Jude. Tu t'es persuadé que tu étais devenu un monstre, mais c'est faux. Tu as exactement le même visage, tu ne fais pas peur à voir. Tu es... tu es un garçon normal. Et personne n'est dégoûté par ta maladie ! Personne, à part toi. On veut tous être tes amis, mais tu refuses d'être aidé. C'est la vérité, mais comme ton truc, c'est le mensonge, tu ne veux pas l'entendre.

Tim soupira avec dédain. Elle disait ça pour lui faire plaisir, pensant lui remonter le moral. Elle ne le voyait pas au jour le jour, elle ne le voyait pas les lendemains de nuits sans sommeil et les journées où il vomissait.

— Alors pourquoi tu ne m'aimes pas ? Si tu n'es pas intéressée par Terence, pourquoi tu ne m'aimes pas ?

— Tu veux vraiment que je te le dise ?

— Dis-le-moi, insista Tim.

Jude ne sourcilla pas, ni ne chercha ses mots. Elle savait exactement ce qu'elle avait à dire.

— Parce que tu n'as pas encore prouvé que tu étais quelqu'un de bien.

Tim serra les dents et les poings. Même son cœur se serra. Il avait envie de pleurer, mais resta fort. Elle n'en valait pas la peine. De rage, il répliqua :

— Quand j'irai mieux, tu le regretteras.

— Tu sais quoi ? Je l'espère.

Ils restèrent dans les chaises longues, silencieux, à écouter le bruit lointain de la musique et celui tout proche du vent dans les arbres. Sous ses couches de vêtements, agité par la chaleur de sa colère bouillonnante, Tim ne sentait même pas le froid de novembre. Au bout d'un moment, ses paupières s'alourdirent, et le noir tendre du ciel céda la place au noir total. Il s'endormit.

**

Les médecins avaient calculé le planning des chimiothérapies pour que la semaine de Noël soit libre. Mais ça impliquait sacrifier le lendemain de Thanksgiving. Tim s'en fichait, il n'avait jamais aimé le Black Friday, et cette année, qu'aurait-il pu acheter ? Des vêtements taille 14 ans à moins 70 % ? Sa famille lui rendait visite, Tim n'en était pas enchanté, mais au moins, ils lui avaient apporté sa console. Ils lui avaient manqué. La console peut-être même plus que la famille. Après le repas interminable et la soirée passée à se chamailler avec sa petite sœur sur le programme télé, ses parents l'avaient accompagné à l'hôpital le lendemain.

Sa mère tremblait et sanglotait dès qu'une aiguille perçait la peau de son fils, et son père demandait à toutes les infirmières s'il n'était pas possible d'apporter des coussins pour soulager son dos. Tim avait honte, et il était furieux. Ses propres parents le traitaient comme un nourrisson, bon sang, qu'il détestait ça ! La chimio n'avait commencé que depuis dix minutes – il en restait vingt – quand, à bout, il leur demanda de sortir de la salle. Il passa la séance les yeux fermés, à attendre que ça passe. Que tout passe. Le traitement, mais aussi la colère, la tristesse, la vie. Tim était las. Chaque jour était plus dur que le précédent et offrait moins de raisons d'attendre le suivant.

Quand l'infirmière vint lui ôter la perfusion, il s'étonna.

— Flora n'est pas là ?

— Je ne sais pas, je ne m'occupe pas d'elle.

Il fronça les sourcils. C'était bizarre. Flora ne loupait jamais une de ses visites. Ou bien était-elle encore vexée ?

— Tu veux que je demande ? proposa l'infirmière.

Il acquiesça. La femme partit se renseigner. Tim, après quelques instants pour se remettre, autorisa ses parents à revenir et répondit machinalement à toutes les inquiétudes de sa mère, l'esprit ailleurs. Quand la femme en blouse blanche revint, elle annonça :

— Elle est dans son aile, ils ont limité de nouveau ses déplacements.

— Pourquoi ?

— Je ne sais pas, peut-être avait-elle du mal à s'adapter aux autres patients.

« Qui ? Qui ? » questionnait sa mère avec insistance. Mais Tim ne dit rien, la gorge nouée. Il espérait que rien de tragique n'était arrivé à la petite rousse. Si une seule personne avait le droit de goûter au bonheur, Tim aurait voulu que ce soit Flora.

L'infirmière aida Tim à s'extirper du fauteuil, et son père porta son sac avec la bouteille d'oxygène jusqu'à la voiture. Le trajet jusqu'à chez sa tante le berça, il somnola, appréhendant déjà les effets des prochaines heures.

À moitié conscient, il loupa le départ de ses parents et de sa sœur le dimanche. Et le lundi, il ne retourna pas en cours, malgré sa promesse, malgré l'insistance de son meilleur ami. Ni le mardi ni le mercredi. Le jeudi, Tim se dit qu'il n'irait plus jamais au lycée, qu'il ne s'en sortirait pas vivant, alors pourquoi s'embarrasser de telles futilités ?

Chapitre 23

Colin appréciait au moins une chose à Delphos : il neigeait toujours au début de décembre. C'était réglé comme du papier à musique. Le premier jour de l'Avent, il se réveillait avec un jardin enneigé. Ce n'était jamais assez pour bloquer les routes, mais son père sortait quand même la pelle à neige et déblayait l'allée à 7 heures du matin, avant d'aller travailler. Une précaution inutile, la neige fondait toujours dans la journée. C'était quelques jours plus tard, quand le sol était froid, qu'il fallait déneiger.

Ce jour-là, son père le déposa devant le lycée en lui souhaitant une bonne journée. Colin réajusta son insigne. Pas de vernis, ce jour-là, il l'avait gratté la veille et n'avait pas pensé à en remettre. Ses parents s'y étaient faits. Sa mère lui proposait même de nouvelles couleurs. À l'église, en revanche, on lui jetait des regards interloqués. Colin s'en fichait. Il avait vu une photo d'un homme avec de longs cils, il avait adoré, et maintenant, il mettait parfois un peu de mascara. Honnêtement, ça ne se voyait même pas. En passant le portail, il pensa au jour où il avait surpris Swann en train de fumer dans un recoin. S'il avait su !

Colin aurait aimé dire que sa vie avait vraiment changé. En réalité, il avait bravé quelques interdits et déclenché plusieurs disputes, mais son quotidien restait le même. Il se levait, allait en cours, retrouvait Swann à la sortie et ils fumaient dans une rue cachée avant de passer chercher ses petits frères. Le soir, Colin mettait la table, dînait avec ses parents en évitant les sujets brûlants et montait se coucher. La fenêtre avait été changée, elle ne s'ouvrait plus qu'en oscillo-battant : impossible de s'échapper. On ne l'avait pas prévenu. Colin s'en était rendu compte un jour qu'il voulait aérer. Il ne l'avait jamais mentionné, ses parents non plus. Ce n'était pas bien grave. Les examens du premier semestre arrivaient, il n'avait pas le temps de faire le mur.

Il ne savait pas s'il était plus libre qu'avant. Un temps, il y avait cru. Il s'était senti pousser des ailes quand ses parents haussaient le ton. Mais ils avaient cessé, et avec l'arrêt des cris, le sentiment de transgression s'était envolé. Colin ne faisait plus du tout la révolution, car s'il l'avait faite pour de vrai, ça aurait fusé tous les soirs dans la maison. La liberté, c'était toucher l'interdit du doigt ; si l'interdit était autorisé, on n'était plus libre, on vivait juste dans une prison plus grande. La pire punition infligée par ses parents avait été de ne pas le laisser se rebeller.

Alors quand, ce matin-là, Colin trouva Swann dans la cour de Saint-John en train de fumer une cigarette avec sa casquette à l'envers, il se dit qu'il avait dû manquer la révolution.

— Tu n'as pas le droit de fumer ici, dit Colin.

Les premiers mots qu'il lui avait adressés. C'était marrant.

— Je sais, mais j'ai eu une révélation en me levant.

— Tiens donc !

— Calme-toi, je n'ai pas vu la Vierge. J'ai réalisé qu'on n'était plus amis.

— On n'est plus amis ?

— Non. On est un vieux couple. Et moi, je ne fais pas dans le vieux couple, uniquement le nouveau. Deux mois, trois mois, c'est déjà trop ! On s'est installés dans une routine, et c'est pas bon. On doit innover dans notre révolution.

Colin sourit.

— C'est comme si tu lisais dans mes pensées.

Swann jeta son mégot et l'écrasa avec la semelle de sa chaussure avant de se pencher pour le récupérer. Il ne les laissait jamais par terre, il les gardait dans sa main jusqu'à ce qu'il trouve une poubelle, puis les jetait en psalmodiant : « Un mégot dans le caniveau, ça pollue cinq cents litres d'eau ! » En se relevant, Swann pointa son ami du doigt.

— Et pour innover, tu dois déjà sécher les cours.

Dans une autre vie – et même dans toutes ses autres vies – Colin aurait dit non. Il n'allait pas sécher, c'était trop dangereux, surtout avec ses responsabilités. Les examens approchaient : raison de plus pour être assidu. Et ses parents que le lycée appellerait dès la première heure… Mais dans toutes ses autres vies, Colin n'était pas le rebelle de celle-ci. Alors il dit oui, sans hésiter, décrocha l'insigne pour le glisser dans la poche de son pantalon et fit demi-tour. Quelques élèves lui lancèrent des regards interrogateurs. Avaient-ils cours ? Si Colin Hogan sortait, c'était que l'école était annulée, il n'y avait pas d'autre explication !

Colin n'avait pas son vélo : il enfourcha celui de Swann et ce dernier monta sur le guidon. Les premiers vingt mètres furent chaotiques, puis ils trouvèrent enfin un équilibre. À deux sur une même bicyclette, sur les trottoirs glissants, ils allaient bien moins vite. La neige crissait sous les roues. Colin, dans son gros manteau, transpirait sous l'effort.

— On va où ? haleta-t-il.

— À l'aventure ! cria Swann en pointant l'horizon.

Et quelle aventure ! Ils firent une première escale à la supérette, pour s'acheter un paquet de gâteaux et fumer une cigarette près de la poubelle. Jusque-là, rien de bien différent, mais ce n'était qu'une étape. Après ça, ils filèrent jusqu'au nord de la ville, échangeant les rôles. Swann pédalait fort, et Colin, sur le porte-bagages, l'aidait, poussant la route du bout de ses pieds. Les pneus souffraient le martyre. Quand ils passèrent les dernières maisons, ils laissèrent le vélo dans un buisson et s'enfoncèrent dans un champ enneigé. Swann disait :

— Pas de souci, je connais le proprio.

Mais Colin en doutait.

Au bout d'un moment, les pieds mouillés et le front en sueur, ils s'avachirent dans la neige. Le ciel commençait à se dégager, le soleil perçait prudemment l'épaisse masse de nuages. À la fin de la journée, toute la neige aurait fondu. Colin était essoufflé, et on n'était qu'au milieu de la matinée. Swann se moqua de lui.

— Eh oui, ça fatigue, la révolution.

Lui ne bronchait même pas.

— Tu en es à ta combientième, de révolution ?

— Une. On fait qu'une seule révolution : après, on aide les autres à faire la leur. C'est le cercle des révolutionnaires.

Colin rit, et Swann se contorsionna pour attraper son paquet de cigarettes. Il s'en grilla une, allongé sur le dos. Quand il la proposa à Colin, celui-ci refusa. En revanche, il dit :

— Je me demande à quoi ressemblera ma vie quand je serai parti d'ici.

— Tu penses déjà à partir ? On est à peine arrivés !

— Mais non. De cette ville, je veux dire. À la fin de l'année scolaire, quand j'irai à l'université.

— C'est loin, tout ça, affirma Swann. Entretemps, il peut se passer un milliard de choses !

— Comme quoi ? Il ne se passe jamais un milliard de choses dans ma vie.

Swann haussa les épaules.

— Des gens naissent, des gens meurent. On se fait de nouveaux amis, on lit de nouveaux livres, on voit de nouveaux films et on se pose de nouvelles questions. On fume d'autres cigarettes, on assiste à d'autres matchs de football. On rencontre le grand amour, on se fait briser le cœur… Il se passe un milliard de choses à chaque seconde. Faut avoir une sacrée audace pour affirmer que dans six mois, tout sera pareil qu'aujourd'hui. Alors ne te demande pas à quoi ressemblera ta vie plus tard, demande toi ce que tu veux qu'elle soit maintenant.

Colin le dévisagea en silence. Il s'amusa à faire des ronds avec la fumée de la cigarette, mais la buée de ses expirations qui s'y mêlaient ne lui facilitaient pas la tâche.

— T'es vraiment un génie, en fait.

— N'est-ce pas ? J'arrive pas à croire que ce mec m'ait plumé l'autre soir.

**

La journée ne passa ni trop lentement ni trop vite. Elle se déroulait plutôt dans une autre dimension où le temps n'avait aucune prise sur eux. Ils parcoururent la ville sur un vélo fatigué, voyant le soleil grimper dans le ciel et le sol se découvrir au fil des heures. Ils n'avaient rien à faire et bientôt plus rien à se dire. Peu importait, Colin se sentait libre à nouveau. Ils se séparèrent à l'heure de la fin des cours. Colin se mêla à la foule des élèves qui sortaient du lycée, pour la forme. Il se rendit à une leçon de catéchisme avec des enfants peu intéressés par la période de l'Avent, et plus par leur liste de Noël. Colin arrêta le cours et leur fit faire des jeux.

— Ne le répétez pas à vos parents, leur souffla-t-il.

Il faisait déjà nuit quand il rentra chez lui. La pelle à neige traînait sur le porche, à côté de son vélo – le vélo de Jude, devenu le sien. Frigorifié, Colin était impatient de déguster la soupe de sa mère, la meilleure de tout Delphos. Tous les ans, le premier jour de décembre, elle préparait un velouté venu directement du paradis. Carottes, poireaux, navets et un ingrédient secret qu'elle ne comptait révéler que sur son lit de mort.

Il poussa la porte et n'eut que le temps de retirer son bonnet.

— Où tu étais ? tonna son père.

La ride entre ses deux sourcils tremblait de rage. Le sang de Colin se glaça. Il savait. En général, c'était sa mère qui lui tombait dessus, et son père qui lavait ses fautes. Là, les rôles étaient inversés. La gorge serrée, il réussit à articuler :

— Au catéchisme.

— Et plus tôt ? Où tu étais plus tôt ?

— En… en cours.

Garder les phrases les plus courtes possible, ne pas s'éterniser à donner des détails.

— Tu me crois stupide ? Le lycée m'a appelé. Tu n'y étais pas. Tu n'y es pas allé de la journée.

Colin n'avait pas préparé d'excuses. Peut-être pensait-il s'en sortir, ses parents avaient fermé les yeux sur tant de dérapages depuis trois mois. Il bredouilla :

— Je me sentais malade.

— Tu te sentais malade ? Tiens donc ! Tu te sentais malade et plutôt que de rentrer te reposer, ou appeler ta mère, tu es parti te balader dans les champs pour fumer des cigarettes ? Ne me regarde pas comme ça ! Tu crois que je ne suis pas au courant ? Tu crois qu'on ne te voit pas ? Tu penses que Delphos est si grand que ça et que tu peux échapper au regard des passants ?

Colin déglutit, raide comme un piquet, les yeux sur ses chaussures. Il dominait toujours son père de plus d'une tête, mais face à cet homme, il ne tenait pas. La révolution, la révolution… Sa révolution à lui n'en était pas une, puisqu'il n'arrivait même pas à regarder l'autorité en face. Le père continua, à la fois déçu et furieux :

— Tu sais pourquoi je ne dis rien, depuis le début ? Parce que je comprends. Moi aussi, j'ai fait le rebelle, moi aussi, j'ai cherché à repousser les limites. Mais ça ne sert à rien, Colin ! Je l'ai appris bien avant toi, et j'aimerais que tu n'aies pas à l'apprendre par toi-même. J'ai de l'expérience, pas toi. C'est pour ça que je sais mieux que toi ce qui est bon pour toi. Donc, tant que tu vivras sous mon toit, tu respecteras *mes* règles. Suis-je clair ? Après… Après tu feras ce que tu veux, ce sera entre Dieu et toi. Mais pas pour l'instant.

Alors, Colin commit l'erreur la plus monumentale de sa vie.

— Je ne crois plus en Dieu, de toute façon.

Le bras de son père se leva, et, par réflexe, Colin ferma les yeux. Ses parents ne l'avaient jamais frappé, *jamais*. Ils avaient mis un point d'honneur à lui offrir une éducation bienveillante, haussant la voix s'il le fallait mais en aucun cas la main. Colin ne leur avait pas non plus donné de raison de le faire, et l'affront qu'il venait de proférer était impardonnable, il le savait. Il attendit la gifle, qui ne vint pas, et ouvrit les yeux pour découvrir son père haletant, le poing serré contre sa poitrine.

— Tu m'aurais frappé pour ça ? souffla Colin.

Le père et le fils se défièrent du regard. Le cœur de Colin tambourinait contre sa poitrine. Qu'est-ce qui avait retenu le poing de son père ? Sa propre morale ou la conviction que, s'il le frappait, Colin ne le respecterait plus jamais ? Ils se regardèrent en chiens de faïence de longues secondes, et même si le geste était resté en suspens, Colin n'en pouvait plus.

Avec précipitation, il fit volte-face pour ressortir, enfonça son bonnet sur son crâne et attrapa le vélo à côté de la porte. Dans son dos, il entendait les cris de son père qui lui ordonnait de revenir et sa mère qui hurlait son prénom. Bientôt, leurs voix se réduisirent à un écho lointain. Colin pédala. Il pédala dans le noir et, sentant le froid engourdir ses joues, il comprit qu'il pleurait. Le vent séchait les larmes et, de sa manche, il essuyait la pellicule salée sur ses pommettes. Il ne savait pas où aller. Chez Swann, peut-être. Il voulait juste pédaler et goûter à la liberté. Comme il n'avait pas de lumière, on le klaxonna plusieurs fois alors qu'il slalomait dans les bouchons. Colin s'en moquait. Il roulait jusqu'à en perdre haleine, dans un état de transe. Il ne pensait pas, ne pleurait pas, il respirait : c'était déjà beaucoup.

Quand il passa le panneau de la ville, celui qui disait MERCI DE VOTRE VISITE À DELPHOS, OHIO, il réalisa que s'il tournait, il rejoignait le sentier qui menait à l'hôpital. Colin n'hésita pas. Il pensa à Flora. Ce serait bon de parler avec elle, de l'interroger sur les forces et les énergies. Elle avait des réponses à ses questions, il en était certain.

Il jeta son vélo sur un carré de pelouse et entra dans l'hôpital. Quand il passa devant le comptoir de l'accueil, l'infirmière de garde cria :

— Monsieur, s'il vous plaît !

Colin l'ignora. Il courut dans les couloirs jusqu'à la salle où il avait rencontré la rousse pour la première fois. Elle devait s'y trouver ; il avait une intuition. Si Dieu existait pour de vrai, Il lui indiquait la voie. Mais quand il poussa la porte, il ne trouva personne, sauf un gars qui jouait à la console assis dans un fauteuil.

— Tout le monde est parti manger, le prévint le type d'une voix traînante.

Son débit était lent et saccadé, comme s'il s'essoufflait à chaque syllabe. Colin demanda :

— Est-ce que tu connais Flora ? Elle est là ?

— Flora n'a plus le droit de sortir de sa chambre. Elle emmerdait trop les autres patients et les visiteurs.

Colin aurait dû s'en douter. On ne pouvait pas trouver Flora, il fallait qu'elle vienne à vous. Il se sentit bête. Il ne pouvait pas rentrer chez lui, pas après être parti de manière si dramatique. Le type reprit son jeu, des bruits de tirs sortaient des haut-parleurs. Colin détailla son teint fatigué et ses sourcils inexistants. Sans même l'avoir rencontré, il savait.

— Tu t'appelles Tim, non ?

— Comment tu sais ?

Il aboyait presque, prêt à mordre. Il avait l'air sacrément méchant.

— Je suis un ami de Swann. J'ai beaucoup entendu parler de toi.

— Ah oui, tu es le catho. Moi aussi j'ai beaucoup entendu parler de toi.

Colin s'avança pour s'asseoir en face de lui. Le garçon le dévisagea, son regard était dur.

— Qu'est-ce que tu fais là ? s'enquit Colin prudemment.

— Je tousse depuis quelques mois, ça devient inquiétant, dit Tim, non sans ironie.

Il rit à sa propre blague et Colin l'imita, mal à l'aise. Tim posa sa console sur ses genoux avant de s'étirer dans un grognement.

— Plus sérieusement, reprit-il, ils veulent m'avoir en observation pour une nuit. Je ne dors presque plus, ils veulent comprendre pourquoi.

— Et toi, tu sais pourquoi tu ne dors pas ?

— Ouais. C'est parce que chaque fois que je ferme les yeux, j'ai besoin de les rouvrir.

Colin ne demanda pas s'il y avait un sens caché dans cette réponse.

— Il n'y a vraiment pas moyen de voir Flora ?

— S'il y en avait un, elle serait à ta place, en train de me casser la tête.

— Tu ne l'aimes pas ? s'étonna Colin.

— Si. J'adore Flora. Mais elle me casse trop la tête.

Colin aurait bien aimé que Flora fasse de même avec lui. Voyant que le regard de son interlocuteur se perdait dans le vide, Tim l'interrogea :

— Tu comptes rester là toute la soirée ?

— J'ai pas envie de rentrer chez moi, reconnut Colin.

— Bon, alors ne fais pas trop de bruit. Ça aussi, ça me casse la tête.

Colin acquiesça. Tim reprit son jeu. Les déflagrations violentes, en revanche, ne semblaient pas le déranger. Colin réalisa qu'il ne pouvait pas rester là si Flora n'y était pas. Il ne savait pas ce qu'il voulait, mais il devait partir. Sans un mot, il quitta la pièce. En sortant dans le froid, il eut une pensée pour Tim : qu'allait-il advenir de lui ?

Colin reprit son vélo et roula pendant des heures à travers champs, jusqu'à la ville voisine. La lune grossissait au fil des heures. Il retourna au champ traversé dans la matinée et s'allongea sur la terre encore mouillée de neige fondue. Le froid et l'humidité l'enveloppaient petit à petit. Il regarda le ciel, pensa à Dieu. Il n'était pas sûr d'avoir arrêté d'y croire. C'était encore difficile pour lui d'imaginer un monde où le hasard, l'inconnu, se trouvait à chaque coin de rue. Un monde où l'on devait admettre l'existence des *peut-être* et des *et si*. Quand Quelqu'un veillait sur vous, au moins, vous vous confortiez dans l'idée que votre vie, peu importe son sens, allait quelque part. Sans Dieu, comment savoir où aller et quoi faire ? Colin se demanda si croire, c'était être libre, si ce n'était pas s'emprisonner dans la perspective d'un seul chemin possible. Il ne pouvait pas être le seul à s'être posé la question. Avant lui, combien s'étaient allongés dans un champ mouillé un

1er décembre, avaient regardé le ciel et avaient pensé à Dieu ?

Colin y croyait peut-être encore, parce qu'on ne pouvait pas faire la révolution seul. Quelqu'un devait vous aider. Swann l'avait dit.

Chapitre 24

Après la fête chez Terence, les messages avaient cessé et Megan n'était plus venue chez Nelly. Celle-ci avait d'abord cru que ça passerait, comme à chaque fois. Elles retourneraient à leurs soirées télé et à leurs confidences sur le tapis de la chambre, sans allusion à ce qui s'était passé. Elle s'était trompée. Cette fois, c'était la fin. Ce ne fut même pas dur à accepter : le temps que Nelly réalise que leur amitié était terminée, trois semaines avaient passé. Nelly avait vécu tout ce temps avec le fantôme de sa meilleure amie avant de comprendre que celle-ci l'avait abandonnée. Elle s'était mise corps et âme à ses cours pour valider ses examens à distance, n'allant à la bibliothèque qu'en semaine pour éviter d'y croiser un visage trop connu.

La vie avait repris. Son père était rentré pour les vacances de Noël. Nelly voyait encore Terence, parfois

Swann, quand il n'était pas en train de braver la loi dans son coin. Tim avait disparu de la circulation.

Le jour suivant la fin des examens, Nelly alla rendre les livres qu'elle avait empruntés. À force d'être enfermée sans voir la lumière du jour, elle avait perdu la notion du temps. Ce ne fut qu'en apercevant Megan derrière le comptoir qu'elle réalisa qu'on était déjà samedi. Une part d'elle, incapable d'affronter son ancienne amie, voulait faire demi-tour. Mais elle se raisonna. Elle pouvait laisser les livres sur le bureau et partir aussitôt. Nelly posa sa pile devant Megan et, quand leurs yeux se croisèrent, elle esquissa un sourire timide.

— Salut, fit Megan.

Le timbre de sa voix ne révélait rien. Nelly n'en attendait pas moins de la reine du faire-semblant.

— Salut, lança-t-elle en retour.

Megan enregistra les livres, les bips de la machine couvrirent le silence. Nelly pouvait s'en aller, mais la vue de cette fille si importante pour elle un mois auparavant ravivait les papillons dans son ventre. Elle avait été bête de s'imaginer un seul instant l'avoir oubliée.

— Comment tu vas ? questionna-t-elle.

— Ça va, c'est enfin les vacances.

— C'est vrai, c'est cool. Qu'est-ce que tu vas faire ?

Megan haussa les épaules.

— Je ne sais pas encore. On ne fête pas Noël dans ma famille, on va peut-être faire un repas. Après, je vais sortir, fêter le Nouvel An. Rien d'extraordinaire.

Elles avaient parlé de passer le réveillon ensemble. Tous ces plans étaient tombés à l'eau avec la rupture brutale de leur relation. Nelly demanda tout de même :

— Avec la bande ? Avec Terence, Jude et les autres ?

Ils avaient peut-être prévu de faire la fête sans lui en parler. Une trahison de plus, mais Nelly s'en serait remise.

— Non, confia Megan, soudain gênée. Avec mes potes du début d'année. On s'est réconciliés. Je… je me suis remise avec Adam.

Le cœur de Nelly se fissura dans sa poitrine. À quoi s'était-elle attendue ? Que Megan abandonne tout pour elle ? Elle n'avait été qu'une passade, un flirt, une expérience. Son amie avait voulu savoir à quoi ça ressemblait d'embrasser une fille, puis avait réalisé que les garçons étaient mieux. Elle avait couru se réfugier dans les bras d'Adam et Nelly était devenue une erreur de parcours, un obstacle dans leur histoire. La jeune fille garda la tête haute, les épaules droites, pour masquer son écroulement intérieur.

— J'espère que ça marchera entre vous, cette fois.

C'était la phrase la plus minable au monde, mais la seule qui lui venait à l'esprit. Megan se contenta de sourire, et Nelly comprit qu'il était temps non seulement de sortir de cette bibliothèque, mais de sa vie. Megan lui avait apporté bien des choses : une amitié, des rires et des réponses à des questions latentes depuis des années. Désormais, tout était terminé, Nelly devait l'accepter. Megan et elle continueraient leurs vies chacune de leur côté.

Quand elle se retrouva dehors, il neigeait de nouveau, deux semaines après les premiers flocons. Avec le froid, le manteau blanc allait tenir au sol pendant le reste de l'hiver. Quand tout fondrait, Nelly avait espoir d'être passée à autre chose.

**

— Pourquoi est-ce qu'on ne va pas chez toi ? C'est quand même bien plus stylé qu'ici.

Terence décapsula la bière sur le coin de la table du jardin et la tendit à Nelly. Elle l'attrapa. La bouteille était glacée.

— Mon père a besoin de calme pour boucler des dossiers. Et puis, cette baraque m'étouffe. Chez toi, ça change.

— En exclusivité, découvrez notre nouvelle émission, où une fille de riches vit en immersion chez des pauvres !

Elle rit.

— T'es con !

La première gorgée lui fit du bien. Ils étaient sur la terrasse, assis sur les chaises longues semi-inclinées. Le ciel était bleu, le jardin blanc, on n'était qu'à quelques jours de Noël. Terence poussa un soupir las avant de s'affaler sur la chaise.

— Merde, je déteste l'hiver.

— Pourquoi ? s'étonna Nelly.

— Regarde-moi ça. Les arbres sont morts, on se les caille, tu penses que la neige, c'est beau et poétique, alors qu'en fait, ça dégueulasse tout. Puis l'ambiance… La nuit qui tombe à 5 heures de l'après-midi, les repas de famille où tout le monde fait semblant d'être heureux. C'est trop triste, l'hiver. Vivement le printemps. Ou, à défaut, vivement qu'on reprenne les cours.

— Toi, tu es pressé de reprendre les cours ?

— Si je reste enfermé, je pète les plombs. Je déteste le lycée, mais j'adore y aller.

Nelly le croyait. Pendant les derniers mois, elle avait hésité à abandonner l'école à distance pour rejoindre le lycée public. Voir ses amis tous les jours, rire avec eux pendant le déjeuner. À être loin d'eux cinq jours par semaine, elle loupait des instants précieux.

— Comment c'était, avant les vacances ?

Sa question était vague, pourtant Terence comprit tout de suite qu'elle parlait de l'ambiance dans leur petit groupe d'amis – s'il en était encore un.

— Pas ouf. Megan nous saluait à peine dans les couloirs. Swann… Honnêtement, je ne sais pas ce que Swann fout la plupart du temps. Et même moi… même moi, je préférais traîner avec les joueurs de l'équipe, car sinon, je me serais retrouvé seul avec Jude. Je peux pas me retrouver seul avec Jude sans avoir l'impression de trahir mon pote.

Il faisait semblant de ne pas être affecté par le silence de Tim, mais Nelly voyait le voile qui assombrissait son visage quand il mentionnait ce dernier. Terence se sentait impuissant et détestait ce sentiment. Nelly était inquiète, elle aussi.

— Tu penses qu'il va bien ?

Terence haussa les épaules.

— Je l'espère de tout mon cœur. J'aimerais simplement qu'il accepte mon aide. Il croit que personne ne le comprend, qu'il est seul au monde. Alors que c'est faux ! C'est faux, moi je sais, moi je comprends. J'ai pas eu un cancer, mais je comprends quand même. C'est pas son cancer qui le bouffe en ce moment, c'est autre chose, c'est lui. Il se bouffe lui-même, et ça, je comprends.

Nelly esquissa un sourire bienveillant.

— Tu tiens beaucoup à lui, pas vrai ?

Terence chercha ses mots.

— Oui. Oui… Je me reconnais en lui. Dès le premier jour, tu sais. Dès le premier jour, je me suis dit : « Merde, ce gars, c'est moi il y a deux ans. » La belle gueule, un peu réservé mais arrogant comme pas deux. Tim aurait pu devenir le roi de ce bahut si rien ne s'était mis en travers de son chemin. Comme moi… comme moi, j'étais le roi du bahut avant ! Je me pavanais dans les couloirs avec fierté, je dirigeais l'équipe de foot, je faisais des blagues qui amusaient tout le monde, et Megan me détestait. Elle me détestait pas pour de vrai, elle détestait le roi du bahut, elle détestait ce que je représentais. Si tu avais été là, je te jure que tu aurais été la reine ! Tu es bien trop jolie pour cette ville, tu aurais été la reine de ce bahut et moi le roi. On aurait dominé Jefferson.

Nelly explosa de rire à sa tirade. Elle leva les yeux au ciel.

— Oui, au moins ça. Si j'avais aimé les mecs.

— Ah… c'est vrai. Tu es sûre ? Même pas moi ? tenta Terence en riant.

— Surtout pas toi.

— J'aurai essayé.

Le sourire aux lèvres, ils burent leur bière. Le garçon ferma les yeux pour profiter du soleil, peut-être bronzer un peu. Il avait le crâne aussi blanc que la neige sur le sol. Il continuait de se raser la tête, même s'il ne voyait plus Tim. Son dévouement n'avait pas d'égal. Nelly se demandait parfois s'il ne méritait pas mieux que Tim. Après un long silence, la jeune fille relança la discussion :

— Qu'est-ce qu'il t'est arrivé ? Pourquoi tu n'es plus le roi du bahut ?

— La vie. La vie et l'héritage familial.

— L'héritage familial ? C'est par rapport à ton père ?

— Eh ! Je suis avec ma pote ou mon psy, là ? Tu parles trop, et tu ne bois pas assez.

Nelly abandonna le combat et termina sa bière d'une traite. Ils restèrent encore un moment à discuter, jusqu'à ce que le ciel se couvre et que le froid les force à rentrer. Le soir, Nelly trouva son père en pleins préparatifs du repas de Noël. Il adorait cuisiner et voulait faire les choses en grand. C'était le dernier Noël de Nelly avant son départ pour l'université, ça se fêtait.

**

Ils avaient toujours offert les cadeaux le 24 au soir, car, le 25, ils aimaient faire la grasse matinée jusqu'à 11 heures, puis aller déjeuner au fast-food. C'était pour Nelly le meilleur moment des fêtes de fin d'année. Le jour de Noël, les familles se gavaient à domicile, et les restaurants étaient déserts. Son père et elle, qui n'avaient personne à inviter, en profitaient pour commander le maximum de plats. Un véritable festin ! Ils ne mangeaient presque rien les trois jours qui suivaient.

Seulement, ce 25 décembre, Nelly ne fit pas la grasse matinée, car la sonnerie de son téléphone l'extirpa de son sommeil bien trop tôt. D'abord, elle ne fut qu'une musique lointaine dans son rêve. Nelly émergea quand elle cessa. Maugréant, elle attrapa le téléphone sur la table de nuit et déchiffra les messages sur l'écran. Elle avait six appels manqués de Megan, quatre de Terence, un de Jude. Elle n'eut pas le temps de se poser davantage de questions : Terence l'appelait à nouveau.

— Allô ?

— Allô, Nelly ? Tu vas bien ?

Il y avait un tremblement dans sa voix, et elle ne comprit pas pourquoi il s'embarrassait des formules de politesse.

— Oui, mais il s'est passé quelque chose ? Tout le monde a essayé de m'appeler.

— Euh… Ouais. C'est Tim.

Nelly manqua de lâcher le téléphone. Elle pensa au pire et les larmes lui montèrent aux yeux. Comment ça ? Qu'était-il arrivé à Tim ? Pourquoi se posait-elle seulement la question ? Elle savait bien ce qui avait pu arriver à Tim.

— Sa tante m'a appelé pendant la nuit, continua Terence. Il… il a arrêté de respirer dans la soirée. On comprend pas ce qui s'est passé. Il est en réanimation.

— Il est…

— Non. Non, il est en vie. Pour l'instant.

Un long silence passa sur la ligne. Terence ne paniquait pas, il avait dû avoir la nuit pour le faire, mais Nelly, elle, commençait à angoisser. Son ami reprit :

— On va aller le voir ce matin. Tu penses pouvoir venir ? Il faudrait passer prendre Swann et Jude.

— Oui… souffla-t-elle. Oui, oui, j'irai les chercher.

— OK… À tout à l'heure.

Il raccrocha. Nelly resta assise dans son lit, le téléphone contre son oreille, bouleversée, sentant l'émotion l'étouffer. Elle pleurait sans s'en rendre compte, car rien ne l'avait préparée à cette situation.

Chapitre 25

Colin enfilait ses chaussures quand la sonnerie retentit. La voisine devait être en avance. Chaque année, ils partaient ensemble pour la messe de Noël, en procession. Sa mère alla ouvrir, et quand l'adolescent entendit son prénom, il fronça les sourcils. Un lacet encore défait, il se glissa dans l'entrée. Jude se tenait sur le seuil. Colin pensa qu'elle était venue récupérer son vélo. Mais elle avait plutôt l'air d'avoir besoin d'un câlin.

— Il y a un problème avec Tim.

C'était une jolie périphrase. Elle passait inaperçue pour quiconque n'était pas averti. La mère de Colin, par exemple, pouvait penser que ce Tim s'était levé du mauvais pied ou bien qu'il avait fait une mauvaise chute. Sans le contexte, « Il y a un problème avec Tim » n'alarmait pas. Mais quand on savait qu'il se baladait branché à une bouteille d'oxygène, les voyants s'allumaient au rouge. Jude bafouilla :

— Il a été transféré en réanimation pendant... pendant la nuit. On va le voir. On... Je sais que...

Elle prit une longue inspiration, et la mère de Colin passa une main réconfortante dans son dos pour la calmer. Jude recommença sa phrase.

— Je sais que tu ne le connaissais pas, mais j'ai pensé qu'il aurait besoin que quelqu'un prie pour lui, et... j'ai pensé à toi. C'est sûrement stupide. Swann a dit que c'était stupide.

Colin croisa les yeux de sa mère, lui demandant l'autorisation en silence, et celle-ci acquiesça.

— Oui. Oui, je viens.

Jude l'attendit sur le pas de la porte pendant qu'il terminait de lacer ses chaussures. Sa mère lui offrit un verre d'eau ; elle refusa. Colin enfila son manteau, son bonnet et promit qu'il serait de retour avant la fin de la messe. Sa mère lui dit de prendre son temps. Jude et lui descendirent la rue.

— Je le connais, déclara Colin. Tim. Je l'ai rencontré à l'hôpital début décembre.

— Ah oui ? Il était comment à ce moment-là ?

Colin réfléchit.

— Triste. En colère.

Il marqua une pause, avant de trouver le mot parfait.

— Désespéré.

En bas du lotissement, une voiture les attendait, Nelly au volant et Swann sur la banquette arrière. Colin boucla sa ceinture à côté de lui. Swann portait un pull de Noël stupide, avec un renne et un pompon sur le nez de l'animal. Colin ne fit aucune remarque.

Le trajet jusqu'à l'hôpital se déroula dans un silence mortifère. Sans musique et sans un mot. Les maisons défilaient et Colin pensait à toutes ces familles heureuses et ces enfants sous le sapin décoré, des étoiles dans les yeux. Il repensa à ce jour où Swann et lui avaient séché les cours. « Entretemps, il peut se passer un milliard de choses », avait dit son ami. Avait-il à présent conscience du poids de cette phrase ?

Nelly se gara sur le parking de l'hôpital, au milieu de dizaines de voitures. Beaucoup de véhicules pour un jour de Noël. Personne n'aurait jamais dû être obligé de passer Noël dans un hôpital. Pourtant, lui y était. Il n'avait pas hésité un seul instant quand Jude lui avait proposé de prier pour Tim. Il n'avait pas douté de l'existence d'un dieu, d'une force, d'une énergie. Il avait dit oui, qu'il le ferait. Et il prierait pour Tim de tout son être. C'était peut-être le signe qui lui manquait. Si Tim s'en sortait, alors il serait enfin fixé.

Avant d'entrer dans l'hôpital, Swann voulait fumer une cigarette.

— Chambre 156, dit Jude avant de disparaître.

Colin resta avec son ami, les mains dans les poches.

— Il est moche ton pull, lui fit-il remarquer pendant que Swann allumait sa cigarette contre le vent.

— Il est super, mon pull, Tim adorerait. Il dirait : « Trop nul ton pull, tu devrais le mettre plus souvent. »

Il aspira la première bouffée dans une grimace.

— Tu le connais bien ? s'enquit Colin.

— Pas trop, pour te dire la vérité. Quand je l'ai rencontré, il était déjà révolté contre le monde entier. J'ai pensé que ce type était encore plus en colère que moi. Il en menait une sacrée, de révolution, lui. En fait, je pense qu'on le connaît pas. Aucun de nous. Une fois, il me racontait sa vie en Californie et comment tout était différent de l'Ohio. Peut-être que lui aussi est devenu différent ici. Il s'est inventé une nouvelle vie à Delphos, il a mis un masque. À cause de ça, on ne l'a jamais connu pour de vrai.

— Et si c'était l'inverse ?

— Comment ça ?

— Si, en réalité, vous le connaissez pour de vrai, et que le masque, il le portait en Californie ? C'est peut-être pour ça qu'il était si en colère. Il ne supportait pas de se voir sans le masque.

Swann opina.

— Tu sais ce qui serait bien, là ? Que tu cites un verset de la Bible, ça clôturerait cette conversation en beauté.

Colin fouilla chaque recoin de sa mémoire avant de capituler.

— J'en ai pas qui me vienne en tête.

— Regarde-moi ça, de moins en moins catholique chaque jour. Qu'est-ce qu'on va faire de toi, Colin ?

Swann termina sa cigarette en silence, avec son fichu pull de Noël et le renne dessus qui dévisageait Colin avec des yeux de poisson. Ils franchirent les portes de l'hôpital, décoré de guirlandes en papier crépon et de dessins d'enfants où des pères Noël rachitiques côtoyaient des maisons bariolées avec des toits en triangle. Dans l'ascenseur, même la musique était d'ambiance, grelots et notes entraînantes.

La porte de la chambre 156 était ouverte. Colin fut pris d'une soudaine hésitation. Tim aurait peut-être préféré être avec sa famille, ses vrais amis, pas un inconnu rencontré une fois dans la salle de détente des patients. Comme il ne bougeait pas, Swann le tira par le bas de son manteau.

Jude et Nelly étaient déjà là, Megan assise dans le seul fauteuil de la chambre, et Terence à la tête du lit.

— Venez, les encouragea Nelly. La famille nous laisse un quart d'heure.

Colin osa rentrer pour de bon, et le lit se dévoila à lui. On ne reconnaissait même plus Tim, caché sous les couvertures, le masque, les fils. Il n'avait pas de capuche, son crâne était nu contre l'oreiller, et cette vision choqua Colin. L'adolescent paraissait minuscule, sans épaisseur sous le drap.

Terence fronça les sourcils en voyant le pull de Swann, mais esquissa un bref sourire. Il tenait fermement la main inerte de Tim. Personne ne parlait. Chacun fixait le lit avec gravité. Parfois, on percevait un soupir, et il n'y avait pas besoin d'exprimer plus, tout le monde comprenait.

Un bruit près de la porte attira l'attention de Colin. Une silhouette menue, avec des cheveux roux qui descendaient jusqu'à la taille et des lunettes de la dimension d'un pare-brise, venait d'apparaître. Son pull bleu à pois jaunes et roses concurrençait celui de Swann, mais sa jupe rouge sur des collants verts lui permettait de remporter le concours. Tous tournèrent la tête vers elle ; Flora leur sourit avec tristesse. Nelly lui tendit une main amicale pour l'encourager à s'avancer, et la jeune fille l'attrapa. Elle se serra contre la grande brune et on entendit quelques sanglots.

Les pleurs de Flora alourdirent l'atmosphère. Terence crispa sa mâchoire pour retenir ses larmes ; Nelly et Jude pleuraient en silence. Au milieu d'eux, Colin ne pouvait pas s'imaginer leur douleur, mais il compatissait. Lui-même sentait ses yeux se mouiller.

Flora lâcha Nelly et grimpa sur la table roulante, en face du lit, pour s'y asseoir en tailleur. Elle fut la première à parler.

— Il ira bien, affirma-t-elle. Il ira bien, parce qu'un jour, il m'a dit qu'il ne voulait pas mourir. Et même s'il a changé d'avis, il m'a aussi dit qu'il n'avait pas peur de la mort. Alors, dans tous les cas, il ira bien.

Silence. Flora répéta :

— Il ira bien. Et nous aussi.

REMERCIEMENTS

Il est dans la vie d'un auteur des histoires qui ne meurent jamais. *Jefferson's world* fait partie de celles-ci. Les personnages qui l'habitent sont nés en 2012, quand j'avais 14 ans. Depuis, ils ne m'ont plus jamais quitté. *Jefferson's world* n'a pas connu un ou deux jets, cette histoire en a eu des dizaines. Aujourd'hui, c'est avec émotion que je vous partage l'aboutissement d'années de travail.

Un grand merci, avant tout, aux lecteurs et lectrices de Wattpad qui ont soutenu le projet du début à la fin, qui se connectaient à chaque nouveau chapitre pour découvrir les aventures de Tim, Colin, Nelly et les autres. Vos commentaires resteront gravés dans ma mémoire à tout jamais. Si ce livre est aujourd'hui entre vos mains, c'est en partie grâce à vous.

Je remercie bien sûr Isabel Vitorino, Angéline Ciréderf et toute l'équipe de Hachette Romans pour le travail d'édition et les directions données au texte. Ce fut un long périple pour en arriver jusqu'ici, mais je n'ai ressenti rien d'autre qu'une bienveillance à toute épreuve et un souci d'arriver au meilleur résultat possible.

Merci aussi à mes amies, avides lectrices, avec qui j'ai discuté de longues heures des personnages et qui m'ont aidé à construire le monde de Jefferson : Elodie Wang, dont je vous invite vivement à découvrir les livres, et Chloé, première fan du personnage de Tim. J'espère que tu ne m'en veux pas trop de tout ce que je lui ai fait subir. Je remercie également ma famille pour le soutien qu'ils m'apportent depuis des années, mes parents, ma sœur et ma grand-mère, qui, en 6 ans, n'a jamais loupé un seul chapitre de mes histoires en ligne.

Enfin, je te remercie, toi, la personne qui tient ce livre. En espérant que le voyage t'ait plu et que tu es prêt. e à t'embarquer pour la suite. Je t'attends pour le tome 2 !

Illana Cantin

DÉCOUVREZ SANS ATTENDRE
UN EXTRAIT D'UN AUTRE ROMAN,
LES MURMURES DE LA SCÈNE
DE MARINE CHAPARRO

CHAPITRE 1

LUNA

– SAMEDI 23 MARS –

Mes pieds se décollent du sol, lentement, et je monte sur mes pointes. Je lève les bras au-dessus de ma tête et les maintiens en couronne tout en contrôlant ma respiration. La pièce est silencieuse, aucun bruit ne vient interrompre mes mouvements. Les yeux clos, j'évolue à ma guise avec souplesse et précision.

Je me sens pleinement moi. Je suis libre de faire un mouvement après l'autre comme je l'entends, libre de commettre des erreurs, de recommencer. Je suis ma seule limite, personne d'autre n'a le pouvoir de m'arrêter. C'est moi qui fixe les règles.

Alors, la musique s'élève, entamant la deuxième partie. Calme puis dynamique, elle s'immisce sous ma peau, prend possession de mon corps et de mon rythme cardiaque. Mes gestes se calquent sur elle, obéissant à ses variations telles des directives distinctement énoncées, et nous ne formons plus qu'un tout, elle et moi. Je glisse, saute, tourne sans jamais ralentir. La chaleur m'enveloppe, la transpiration perle sur mon front, mais je continue.

Lorsque le decrescendo est amorcé, je sais que la dernière partie vient de commencer. J'effectue un grand jeté. Mon corps s'élance dans les airs, les jambes parfaitement droites et alignées, et je me réceptionne en pliant les genoux. Les dernières notes de piano viennent s'échouer sous mes talons lorsque je repose les pieds à plat sur le sol.

Le silence reprend ses droits, dans la pièce mais aussi dans mon cœur, où cette petite voix lointaine cesse finalement de chanter.

La respiration saccadée, le cœur au bord des lèvres et les jambes chancelantes, je rejoins ma chambre et me laisse tomber en arrière sur mon matelas. Il me reste juste assez de force pour tendre le bras afin de saisir la bouteille d'eau posée sur la table de nuit.

Ces derniers mois, je me suis donnée avec tant d'ardeur à la danse que j'ai pu accéder à un niveau que je n'avais encore jamais atteint. Pourtant, ce n'est pas seulement pour m'améliorer que je pratique ce sport quotidiennement. La danse a quelque chose d'apaisant et j'aime m'y perdre complètement, recharger mes batteries pour mieux reprendre le cours de ma vie ensuite.

Elle est mon meilleur compagnon, mon guide, ma seule forme d'expression. Alors que certaines situations me paralysent, que souvent les mots viennent à me manquer, je sais que, sur les planches, ma voix sera écoutée.

› **Romain :**

Je sors du métro.

Si danser n'est pas juste une passion, mais aussi une manière d'exister, elle n'est pas la seule chose à embellir mon quotidien.

Ma mère me demande souvent pourquoi je n'ai qu'un seul ami. Au lieu de lui répondre que sa fille ne sort jamais, alors que Paris offre tous les possibles, je ferais mieux de lui expliquer ceci : le temps que requiert mon amitié avec Romain est à l'image de toute l'affection que je lui porte. C'est simple, nous ne pouvons pas passer une journée sans nous voir ou nous parler. La danse, les cours et lui font partie intégrante de ma vie, et ça me suffit.

› **Romain :**

Si j'étais toi je me dépêcherais.

J'ai plein de choses à te raconter !

› **Moi :**

À propos de quoi ?

› **Romain :**

De ton Italien, entre autres...

Son message a l'effet escompté. Toute fatigue quitte mon corps à l'instant où je me représente le visage et les cheveux bouclés de l'Italien, qui masquent toujours en partie ses yeux bleus. Abandonnant mon portable sur le lit, je vais m'enfermer dans la salle de bains pour me refaire une beauté.

« L'Italien », c'est le surnom que Romain aime donner au garçon qui, depuis la première année de fac, a éveillé mon intérêt. Chaque fois qu'il est dans les parages, je ne peux détourner mon regard de lui et les battements de mon cœur s'accélèrent dans ma poitrine. C'est idiot, je ne lui ai jamais parlé, je doute même qu'il soit conscient de mon existence. Et pourtant, les jours où j'ai la chance de le croiser dans un couloir, au restaurant universitaire ou à la bibliothèque, ma journée me semble plus belle et je me sens bien.

Je dévale l'escalier de mon immeuble pour attendre Romain sur le trottoir, emmitouflée dans mon étole. Le mois de mars tire à sa fin, mais les températures ne semblent pas vouloir respecter le calendrier des saisons. La fraîcheur du vent fait voler mes cheveux devant mon visage et je regrette de ne pas être restée un peu plus longtemps sous l'eau chaude de la douche.

Romain apparaît au coin de la rue et je trottine jusqu'à lui, impatiente de savoir où je vais pouvoir me réchauffer.

— Tu as une idée de l'endroit où tu veux manger ? demandé-je en arrivant à sa hauteur.

Même si nous n'éprouvons aucune attirance l'un pour l'autre, je trouve charmantes les petites fossettes qui se forment sur ses joues lorsqu'il sourit. Ce visage pourrait faire chavirer les cœurs, malheureusement Romain perd tous ses moyens dès qu'il doit s'adresser à une fille qui lui plaît.

— Et comment !

Il me prend la main et nous nous mettons en route jusqu'à un restaurant de hamburgers.

Sitôt notre commande passée, il se penche vers moi et murmure :

— L'association étudiante a organisé une soirée en boîte, hier soir.

— Oui, je sais, tu n'as pas arrêté de me harceler pour que j'y aille avec toi !

— Exactement. Mais comme tu ne sors pas, j'y suis allé tout seul.

Je siffle discrètement d'admiration, me demandant bien comment on peut se rendre dans ce genre d'endroit de son plein gré, et réussir à passer une bonne soirée.

— J'ai rencontré une fille.

Je ricane mais je dois reconnaître que sa confidence a éveillé ma curiosité.

— Tu veux dire que tu lui as parlé ? Parce que je te connais, tu…

— Oui, figure-toi que c'est elle qui m'a abordé, intervient-il, coupant court à ma moquerie.

— Comment elle s'appelle ?

— Elsa.

Mon sourire s'agrandit devant son air fier.

— Et vous avez passé la soirée ensemble ?

— Oui, elle m'a intégré à son groupe d'amis. On a dansé pendant des heures, j'en ai encore mal aux pieds. Elle était plus magnifique encore que quand…

Il est interrompu par le serveur qui vient nous apporter notre commande. Je picore dans mes frites en observant les gens autour de nous. Beaucoup sont des étudiants qui mangent entre amis, dont un groupe de garçons qui s'esclaffent bruyamment. À demi consciente que Romain a repris la parole, je les regarde avec plus d'attention, lorsque, subitement, mon cœur s'arrête.

— Qu'est-ce qu'il fait ici ?

Mes yeux ne peuvent plus se détacher de mon Italien qui mange tranquillement son hamburger sans se douter de l'intérêt qu'il suscite. Maintenant que je suis consciente de sa présence dans la salle, mon rythme cardiaque se met à faire n'importe quoi et je ne contrôle plus rien.

À côté de lui, sa sœur – ils se ressemblent comme deux gouttes d'eau – se chamaille avec un garçon métis assis sur la banquette en face. Cette fille, je la croise fréquemment à la bibliothèque et elle dégage une telle confiance en elle que je l'envie chaque jour un peu plus. Elle parle et rit avec ses amis comme s'ils étaient seuls au monde, comme si le restaurant n'était pas plein de personnes susceptibles de les voir, de les écouter, de les juger. Elle se lève pour aller aux toilettes, perchée sur ses talons hauts, d'une démarche qui fait danser sa queue-de-cheval dans son dos. Elle est l'incarnation de celle que j'aimerais être, mais ne serai jamais qu'en rêve.

Je reporte mon attention sur celui qui m'intéresse vraiment. Si j'aimerais ressembler à cette fille, je ne voudrais pas pour autant être à sa place ; je regretterais chaque jour de ma vie d'être la sœur du garçon qui l'accompagne.

Celui-ci lève soudain les yeux et nos regards se croisent. Tout mon corps se contracte alors que son rire se fait plus discret pour se transformer en un sourire en coin adorable qui m'est adressé. Mal à l'aise, je détourne les yeux à la hâte et me concentre sur Romain qui a suivi mon regard. Je sens encore ses iris clairs posés sur moi, alors j'attrape ma canette pour m'occuper les mains.

— Quelque chose me dit que la chance est de mon côté, annonce mon meilleur ami en se retournant vers moi avec un léger sourire.

— Pourquoi ?

Il se penche en avant et plonge ses yeux verts dans les miens.

— Alessio Morelli.

Je fronce les sourcils en regardant le groupe.

— C'est qui ?

— Ton Italien.

Je sens mes joues rougir.

— Comment tu connais son nom ? soufflé-je.

Ma réaction accentue son sourire.

Alessio.

Ce nom lui va beaucoup mieux que tous ceux que j'ai pu imaginer.

— C'est le frère d'Elsa. Il était là aussi hier soir. C'est un gars sympa.

Je manque de m'étouffer avec ma gorgée.

— Tu es sorti avec la sœur d'Alessio ?

Il hoche la tête, accentuant son sourire, alors que mes yeux dévient vers la belle brune qui regagne sa place, administrant au passage une tape amicale sur la tête de son frère.

— Elle n'est pas plus jeune que nous ?

— Seulement d'un an. Elle est en deuxième année et aura vingt ans en octobre.

— Tu m'as l'air déjà bien renseigné. C'est allé loin, vous deux ?

Pétrifiée, je ne suis même pas sûre de vouloir connaître la réponse à cette question. Je sais qu'elle me fera mal. Très mal.

— Au début, je pensais qu'elle sortait avec un des gars du groupe. Ils avaient l'air très proches. Mais en fait, quand j'ai rejoint leur table, nous nous sommes un peu détachés des autres, elle et moi, discutant beaucoup tous les deux. Et à la fin j'ai dit à Alessio que je la raccompagnerais chez elle.

— Et tu l'as fait ?

— Mon appart était plus près que le sien, s'esclaffe-t-il. Ça a été la meilleure partie de la soirée, même si au début c'était un peu étrange. C'est quand même la première fois que j'emmène une fille chez moi dès le premier soir ! Par contre, ce matin à mon réveil, elle était partie sans laisser de numéro.

D'une mine satisfaite, il jette un nouveau coup d'œil par-dessus son épaule.

— Tomber sur eux aujourd'hui, c'est une chance inespérée !

Je secoue la tête. Je ne peux pas le croire. Voilà des mois que, chaque fois que je croise Alessio sur le campus, je rêve de pouvoir le connaître, d'avoir assez de courage pour aller l'aborder, et voilà que Romain, en une soirée, arrive à avoir tout ce que je n'aurai jamais.

Une part de moi est heureuse pour mon ami, même si Elsa ne donne pas l'impression de vouloir aller plus loin, mais une autre, bien plus grande, brûle de jalousie.

Pourquoi les choses ne sont pas aussi faciles pour moi ? Pourquoi je ne peux pas simplement aller voir Alessio et lui parler ?

Ce dernier nous jette des coups d'œil et je fais mon possible pour rester naturelle, pour masquer ma déception et ma crainte face à ses yeux posés sur moi. Je devine qu'il a reconnu Romain, dos à lui, mais je continue de faire comme si je ne l'avais pas remarqué.

Mes mains sont moites, mon cœur bat trop vite, je ne sais plus où regarder.

La timidité ne devrait pas être un frein dans la vie. Elle ne devrait pas être un handicap, pourtant, je ne compte plus le nombre de choses que je suis incapable de faire par sa faute. Elle dicte ma vie.

Alessio se lève soudain sous les interrogations de ses amis, sans quitter notre table des yeux. Je saute sur mes pieds au moment où il fait un pas dans notre direction et je m'excuse auprès de Romain. Je sors un billet de ma poche, le pose sur la table puis m'enfuis du restaurant, lorsque la voix d'Alessio qui nous salue retentit derrière moi.

hachette s'engage pour l'environnement en réduisant l'empreinte carbone de ses livres. Celle de cet exemplaire est de :
500 g éq. CO_2
Rendez-vous sur
www.hachette-durable.fr

PAPIER À BASE DE FIBRES CERTIFIÉES

Pour l'éditeur, le principe est d'utiliser des papiers composés de fibres naturelles, renouvelables, recyclables et fabriquées à partir de bois issus de forêts qui adoptent un système d'aménagement durable. En outre, l'éditeur attend de ses fournisseurs de papier qu'ils s'inscrivent dans une démarche de certification environnementale reconnue.

Composition et mise en pages : Nord Compo
Achevé d'imprimer en France
par le Groupe CPI – Brodard et Taupin
Dépôt légal 1re publication avril 2021
18.0606.4 – ISBN : 978-2-01-711436-9
Édition : 01 – Dépôt légal : avril 2021
N° d'impression : 3042441